DEVENIR POUSSIÈRE

J.S. COOK

DEVENIR POUSSIÈRE

J.S. COOK

Publié par
DREAMSPINNER PRESS

5032 Capital Circle SW, Suite 2, PMB# 279, Tallahassee, FL 32305-7886 USA
www.dreamspinnerpress.com

Devenir poussière
Copyright de l'édition française © 2016 Dreamspinner Press.
Titre original : Come to Dust
© 2013 J.S. Cook.
Première édition : novembre 2013
Traduit de l'anglais par Julianne Nova.

Illustration de la couverture :
© 2013 Maria Fanning.
Les éléments de la couverture ne sont utilisés qu'à des fins d'illustration et toute personne qui y est représentée est un modèle

Édition e-book en français : 978-1-63533-107-3
Édition imprimée en français : 978-1-63533-106-6
Première édition française : novembre 2013
v 1.0

Édité aux Etats-Unis d'Amérique.

À Paul, qui supporte mes manies étranges.

« Garçons et filles chamarrés doivent tous / Devenir poussière, comme les ramoneurs. »
(Shakespeare : *Cymbeline.*)

PROLOGUE

LA NUIT, on n'entendait ni le bruit des oiseaux ni celui de la pluie, ou de la douce marée lointaine aux abords de Miramar. Il pouvait donc penser. Il pouvait ignorer le cliquetis inconsolable des perles de Maria et les questions incessantes d'Alberto, et il pouvait être en paix avec lui-même, au moins un petit moment.

Señor Fernando Peron Juan-Martìn Perez De Cuellar était un homme d'une taille inhabituelle, avec un visage tout aussi inhabituellement triste ; son maintien, comme disaient les voisins, rappelait la force et la carrure d'un roi. Cette carrure était désormais évidente, penché ainsi sur une pile de papiers froissés dans son bureau, la porte fermement verrouillée derrière lui. Maria et Alberto étaient tous deux endormis, ils avaient renvoyé tous les serviteurs plus tôt dans la semaine, et le jardinier était parti depuis longtemps. Il n'y avait, enfin, plus personne pour l'entendre.

Il ouvrit soigneusement la boîte en acajou et en sortit l'un des pistolets de duel de son grand-père. Il ramassa l'arme d'une main, et de l'autre, la nettoya avec révérence, polissant la surface avec la même concentration qui imprégnait tout ce qu'il faisait. Il essuya la gâchette en dernier et y passa le plus de temps, parce qu'il ne pouvait y avoir aucune erreur. Rien ne pouvait être ignoré ; il n'y avait aucune place pour la faute. Il n'y avait, enfin, plus nulle part où aller.

Señor Fernando Peron Juan-Martìn Perez De Cuellar pencha soigneusement le pistolet, et plaça le canon dans sa bouche, puis se fit sauter la cervelle, éclaboussant le mur.

À des milliers de kilomètres de là, un homme aux yeux sombres à bord d'un train à destination de Londres se réveilla en sursaut, un cri mourant dans sa gorge.

I

Londres, 1891

— ALLONS, ALLONS... ne continue pas comme ça, mon beau bébé... plus que trois, c'est une gentille fille, ça.

La vieille femme rassembla les coupures d'ongles et les fit glisser dans une enveloppe qu'elle lécha ensuite de deux ou trois coups de sa grande langue, tandis que la jeune fille frissonnait et pleurait derrière elle. Il était presque midi et il faisait jour dehors, mais la chambre en elle-même était sale, les fenêtres soigneusement peintes pour obscurcir la vue de Harley Street, en contrebas. La vieille dame s'engagea dans l'escalier en marmonnant, laissant la jeune femme seule.

La fille, bien sûr, ne disait rien ; les cinquante centimètres de bure épaisse l'empêchaient de parler, tout comme les bracelets en métal autour de ses poignets et de ses pieds la gardaient solidement attachée à sa chaise. Elle regarda la vieille femme partir et lutta sans bruit pour se défaire de ses liens. Les talons de ses chaussures tambourinèrent sur le sol, exprimant sa frustration, et elle se redressa vivement, se fit dessus, et s'évanouit.

Quand la lumière vive de l'après-midi déclina, la vieille femme revint, fronçant le nez en sentant la puanteur.

— Tu as été une méchante fille, n'est-ce pas ?

Elle agrippa une pleine poignée des cheveux noirs de la jeune fille.

— Chier dans tes vêtements ! On croirait une pute, une petite pute de merde.

Elle frappa le visage de la jeune femme. Miriam, car c'était son prénom, cria malgré son bâillon, s'étouffant sur le tissu moisi et l'odeur de sa propre crasse.

PHILEMON RAFT sortit de l'ascenseur et resta parfaitement immobile un moment, son cœur battant à tout rompre. Il allait bien. Il n'allait pas s'évanouir ou s'enfuir en criant ou toutes ces autres choses que faisaient soi-disant les gens hystériques, si c'est ce qu'il était désormais. Freddie Crook, son constable [1] et son ancien amant, était toujours en Argentine. Il manquait toujours horriblement à Raft, et il ne pensait pas que cela changerait de sitôt.

« Une année entière, Freddie. Que vais-je bien pouvoir faire ? »

Il s'était lui-même préparé à ne pas s'attarder trop longuement sur le quai, à ne pas toucher Freddie hormis pour une embrassade de pure forme et une tape dans le dos. Freddie était en Amérique du Sud depuis près d'un an, et même maintenant, Raft se surprenait toujours à se retourner pour dire quelque chose au constable, s'attendant à ce que Freddie se trouve près de lui, comme par le passé.

— Eh bien, pour l'amour de Dieu, si ce n'est pas l'inspecteur Raft !

La grande carrure de Pontius Doyle, préposé à la morgue et rat de laboratoire, émergea d'un placard à documents, portant une liasse épaisse de papiers à la main. Il s'arrêta à deux doigts d'étreindre Raft, et Raft en fut reconnaissant.

— Heureux de vous revoir, Monsieur !

Raft avait pris un congé prolongé après le départ de Freddie Crook. Pendant de longs mois, il s'était perdu dans le genre de travail décousu qui était habituellement le fort de son ami, l'adepte des vols de cadavres, Jeremy Hoare. Il avait offert ses services comme détective consultant et s'était occupé la plupart du temps de retrouver les ombrelles et les épingles à chapeau des vieilles dames. Il s'était imaginé qu'une année sabbatique pourrait l'aider à se remettre de ses nerfs en pelote, mais en vérité, Raft ne s'était jamais autant ennuyé de sa vie.

— Heureux de vous voir, Doyle.

Raft lui serra la main avec une pointe de soulagement.

— Où est passé tout le monde ? Ne me dites pas que l'Éventreur est de nouveau en liberté ?

— Oh, ils sont dans le coin. Sir George est en réunion avec eux dans la salle des sergents. Je suppose que vous avez entendu parler de ça ?

Raft hocha la tête.

— Miriam Dewberry. Quelle honte.

Il avait l'habitude de lire les journaux dès le réveil, mais cela n'en rendait pas les nouvelles récentes moins choquantes. Dewberry était au plus haut rang que l'on pouvait atteindre dans ce pays : il venait d'une famille

---

1 En Angleterre, les constables étaient des officiers municipaux chargés de l'exécution des lois et du maintien de l'ordre.

très ancienne, avec une fortune tout aussi vieille. Dewberry était un Pair [2] et un membre du Parlement. Dire que quelqu'un avait eu l'insolence de kidnapper sa fille !

— Pensez-vous que cela dérangerait Sir George si je…

— Vous savez que vous êtes le bienvenu, dit Doyle. Sir George apprécierait votre opinion.

Il agita la liasse de papier.

— J'ai bien peur de devoir m'y remettre. Prenez soin de vous, Monsieur.

Il entra dans l'ascenseur que Raft venait juste de quitter et s'enfonça lentement vers le bas, hors de la vue de Raft, telle une baleine coulant dans les profondeurs de l'océan.

Raft trouva son chemin jusqu'à la salle des sergents et entrouvrit la porte. Aussitôt, plusieurs têtes se tournèrent dans sa direction. Il reconnut la tête brillante de Fred Abernathy, plus gros que jamais, et le jeune constable, Cholmondely, puis, bien sûr, Sir George Endicott.

Ce dernier lui fit signe d'entrer.

— Raft. Venez, venez. Asseyez-vous. Nous étions en train de discuter de l'affaire Dewberry.

La pièce était remplie à craquer d'hommes, certains appuyés contre le mur du fond, d'autres rassemblés près des portes. Un radiateur sifflait et tambourinait dans un coin de la pièce, essayant désespérément d'empêcher le froid de ce mois de janvier d'entrer. La salle empestait la laine mouillée, le cuir et la transpiration. Le commissaire de police Sir George Endicott, un petit homme aux cheveux de feu, se trouvait au centre de la pièce. Divers éléments liés à l'affaire étaient affichés sur un tableau derrière lui : un morceau de mouchoir, des fleurs séchées, et ce que Raft supposa être une mèche de cheveux appartenant à Miriam Dewberry. Cela lui rappela désagréablement l'affaire de l'Éventreur, avec son assortiment varié de cheveux, de boutons et de dentelles de jupons. *S'il vous plaît, mon Dieu, faites-en sorte que personne ne retrouve Miriam Dewberry éviscérée dans la cour d'un équarrisseur à Whitechapel.*

Abernathy indiqua une chaise libre près de lui.

— Asseyez-vous ici, Raft.

---

2 Qui possède un titre au Royaume-Uni (Duc, Marquis, Compte, Vicomte, ou Baron)

C'était un peu surprenant de voir Abernathy se montrer courtois, pour changer. Raft hocha la tête et s'installa, défaisant quelques boutons de son lourd manteau. En règle générale, Raft méprisait l'hiver et toute sa froideur détrempée, et il détestait avoir à porter autant de couches de laine.

— Comme je vous le disais, la fille de Lord Dewberry, Miriam, a disparu d'un thé dansant à Knightsbridge. La jeune femme était là une minute et la suivante, elle avait disparu.

Nous étions désormais le 26 janvier, et Raft se demanda s'il restait réellement un espoir de retrouver la jeune femme vivante. Les victimes de kidnapping n'avaient pas tendance à rester en vie très longtemps, surtout si la rançon n'arrivait pas.

— Malgré des fouilles approfondies dans les principaux quartiers de Londres, nous n'avons pas été en mesure de déterminer où se trouvait la jeune fille.

Le regard d'Endicott ratissa la salle.

— Il n'y a pas eu de demande de rançon ou autre.

L'assemblée prit une inspiration collective. Raft pouvait imaginer un grand nombre de rouages tournants dans chacun de leur cerveau. Cela expliquait peut-être l'odeur de la pièce, se dit-il.

Cholmondely fut le premier à prendre la parole.

— Donc ils n'ont pas l'intention de la rendre ? Est-ce bien ça, Monsieur ?

Endicott sembla un instant contrarié.

— Nous espérons que non, euh… ?

— Cholmondely, Monsieur.

Il était effroyablement jeune, à peine la vingtaine, avec des cheveux sombres et le genre d'yeux bleus aux longs cils qui faisaient soupirer les jeunes filles et grincer des dents de frustration les inspecteurs de police. Raft pensait que Cholmondely était probablement le genre de jeune enquêteur qui faisait se pâmer toutes les femmes, et c'était à peu près tout. Dans une situation difficile, il serait davantage un poids qu'un atout, et Dieu vienne en aide au policier qui se retrouverait avec un tel mignon à la traîne.

— Cholmondely, soupira Endicott. Je suis terriblement désolé.

Il regarda autour de lui.

— Périodiquement, à ce qui semble être des intervalles réguliers, des morceaux de la jeune fille sont envoyés à son père : des coupures d'ongles, des mèches de cheveux, et ainsi de suite. Ces… cadeaux se sont multipliés au cours des derniers jours. Hier, nous avons reçu ce que le médecin légiste a identifié comme étant de la peau morte, probablement grattée sur la plante de ses pieds, et plus tôt ce matin, un coursier a amené une petite boîte contenant un chiffon taché de sang. Qu'en pensez-vous, Messieurs ?

Raft réfléchit à la question tandis que les autres se disputaient pour se faire entendre d'Endicott.

— Depuis combien de temps envoient-ils des morceaux d'elle ? cria Roush, un sergent à l'arrière de la salle.

— Le premier morceau est arrivé au lendemain matin de sa disparition, c'est-à-dire le 3 janvier, Sergent Roush, ce qui fait un peu plus de trois semaines.

Endicott ignora le petit rire collectif.

— Je me rends compte que vous n'êtes pas très doué en mathématiques.

— Il ne doit pas rester grand-chose d'elle, alors, dit quelqu'un d'autre.

Raft repéra de larges épaules et un double menton : le constable Josiah Burley. Burley n'était pas vraiment une lumière, mais il possédait la carrure et le genre de puissance physique qui le rendaient très utile en cas de pépin.

— On pourrait probablement ranger ce qui reste dans une boîte d'allumettes ! dit Roush.

— Ça suffit, s'exclama Endicott d'un ton cassant. Ce n'est clairement pas le moment de faire preuve de légèreté. Encore un mot, Sergent, et vous vous occuperez de la circulation à Charing Cross, est-ce que c'est clair ?

— C'est clair, Monsieur, répondit Roush d'un ton boudeur. Désolé, Monsieur.

Il était très inhabituel pour un ravisseur, peu importe son mobile, de renoncer à une demande de rançon. Les cas sans rançons avaient tendance à mal finir, avec la mort de la victime, auquel cas Miriam Dewberry était pour ainsi dire fichue. Sans le vouloir, il parla à voix haute.

— Peut-être que…

— Oui ? Raft ?

Endicott releva une main devant Abernathy.

— Vous avez quelque chose ?

— Eh bien, Monsieur, elle a presque disparu depuis le jour de l'an, et pourtant il n'y a toujours aucune communication de la part des ravisseurs de la jeune femme. S'ils n'en ont pas après l'argent, alors pourquoi se donner la peine d'enlever la fille de Lord Dewberry ? S'ils l'avaient prise pour d'autres raisons…

Abernathy l'interrompit.

— Attendez une minute. Quelles autres raisons ?

6

Raft réprima un soupir.

— Traite des blanches, sacrifice d'une vierge, rituels religieux bizarres. Vous ne lisez pas les journaux, Fred ? S'ils voulaient simplement une fille, pourquoi ne pas kidnapper une prostituée ? Il y en a beaucoup à Whitechapel et partout ailleurs. Elles ne manqueraient à personne. Pourquoi prendre la peine de s'en prendre à la fille d'un Lord ?

Endicott s'approcha de Raft, et celui-ci s'adressa désormais à Sir George directement.

— Cela n'a aucun sens, Monsieur. Il se passe autre chose ici, et nous ne le voyons pas.

La main de Cholmondely se leva, lui donnant l'air d'un écolier ayant grandi trop vite.

— C'est un message. Ils ont pris Miriam Dewberry parce qu'elle est la fille de Lord Dewberry. Ils en ont après Dewberry.

Bon Dieu, pensa Raft. *Il est intelligent, après tout, et il a gâché tout ce temps aux cellules.*

— Il a raison, Monsieur.

Les oreilles de Cholmondely devinrent rouge vif comme une paire de lanternes chinoises.

— C'est simplement logique.

— Hmpf.

Ce son signifiait qu'Endicott réfléchissait, ce qu'il faisait très bien.

— Raft, je voudrais vous réintégrer le plus tôt possible, si vous êtes d'accord.

Il fit un signe vers Cholmondely.

— Vous... quel que soit votre nom...

— Cholmondely, Monsieur.

Sir George cligna des yeux.

— Épelez-le ?

— C-H-O... euh... L... M... vous voyez...

— D'accord. Cholmondely, vous serez assigné à l'inspecteur Raft à partir de maintenant. Il sera votre superviseur. Vous pouvez l'attendre dans son bureau. Cinquième étage, tournez à droite après l'ascenseur, le nom est sur la porte.

Endicott esquissa un geste de la main à l'attention des hommes restants.

— Bien, vous autres, allez-y. Je veux qu'on ratisse Belgravia et Knightsbridge, c'est compris ? Qu'on les ratisse. Ramenez-moi tout ce que

7

vous trouvez qui puisse être lié à cette affaire. Questionnez tous ceux que vous voyez.

Raft attendit que le constable ait disparu.

— Monsieur, je ne suis pas sûr de comprendre.

Endicott pencha la tête vers l'arrière autant que possible afin de pouvoir regarder Raft dans les yeux.

— Qu'est-ce que vous ne comprenez pas, inspecteur ?

— Pourquoi la Division H enquête-t-elle là-dessus ? Je vous demande pardon, Monsieur, mais Knightsbridge n'est-il pas un peu en dehors de notre juridiction ? Si je puis me permettre, je pense que cette affaire appartient aux gars de Pimlico, pas à nous.

Endicott baissa la voix tandis que la pièce se vidait.

— Lord Dewberry est... eh bien, je le connais. Il m'a demandé de diriger cette enquête et j'ai accepté de le faire.

— Et vous m'assignez à l'affaire Dewberry, Monsieur ?

— Oui, inspecteur, cela me semble être ce que je suis en train de faire.

Endicott releva un sourcil broussailleux et ramassa ses dossiers.

— Allez vous enregistrer auprès du sergent, au bureau d'en bas. Assurez-vous qu'il sache que vous avez été réintégré.

Il se détourna pour partir, marqua une pause, puis se retourna vers Raft.

— Je suis désolé au sujet du jeune Crook, dit-il brusquement. Quel dommage, cette maladie.

— Merci, Monsieur.

Une année. Cela faisait un an, mais Raft sentait encore cette perte aussi vivement que si elle avait eu lieu hier. C'était un vieil adage, certes, mais plein de vérité. Freddie et lui avaient décidé de dire à Endicott que Freddie était parti en Amérique du Sud pour sa santé, qu'il avait contracté une fièvre obscure qui avait à son tour endommagé ses poumons, et qu'une saison dans un climat chaud et sec était essentielle. C'était plus facile et plus politiquement correct que de dire la vérité à Endicott : Freddie était parti en Argentine pour combattre une dépendance au laudanum.

— Avec tout mon respect, Monsieur, au sujet du constable Cholmondely.

Endicott le regarda.

— Qu'y a-t-il ?

8

— Il est un peu… si je peux me permettre, Monsieur, il est encore un peu jeune.

Entre autres choses.

— Raft, je n'ai pas de temps pour ça. La fille du Lord Dewberry a disparu et est peut-être morte. La plupart de mes hommes sont occupés ailleurs. Personne ne veut du constable Cholmondely, mais il est tout ce que j'ai de disponible pour le moment, donc il est à vous.

— Avec tout mon respect, Monsieur, je ne cherche pas vraiment un nouveau partenaire…

— Avec tout mon respect, Raft, je n'en ai rien à faire.

Endicott avança rapidement vers l'ascenseur.

Raft réprima un soupir.

— Est-ce que Cholmondely sait comment faire le thé ? demanda-t-il.

— Je crois que sa spécialité, c'est le café, déclara Endicott en entrant dans la cage d'ascenseur et en fermant la porte derrière lui. Sa mère est américaine, dont ça devrait être votre domaine.

Il plissa les yeux en le regardant.

— Vous êtes sûr que ça ira, Raft ? Je peux demander à quelqu'un d'autre, si vous préférez prolonger votre congé sabbatique…

— J'en suis sûr, Monsieur.

C'était une question sacrément stupide, mais Raft n'allait pas partager ses sentiments sur la question. Endicott pensait-il qu'il était simplement venu faire la causette ?

— Je vais m'organiser pour que les éléments de l'affaire Dewberry soient apportés dans votre bureau. Certains des gars étaient en train d'y jeter un œil.

— D'accord, Monsieur. Merci.

Ces satanés laborantins avaient probablement effacé toute trace utilisable.

— Je veux des résultats, Raft.

L'ascenseur se mit en marche, emportant Endicott.

— Dewberry est un ami à moi. Assurez-vous que ça marche.

Quelque chose de sombre et hagard passa lentement devant l'ascenseur, une forme hirsute se déplaçant lentement, en silence. La silhouette d'un jeune homme, son corps noyé et bouffi, de l'eau spectrale dégoulinant de ses vêtements.

Tu n'es pas là. Tu es mort. Tu n'es pas vraiment là.

Raft ferma les yeux et compta jusqu'à vingt. Quand il les rouvrit, le fantôme de Thomas Rennie avait disparu.

L'APPARTEMENT QUE Jeremy Hoare, détective amateur, ancien avocat et trafiquant de cadavres, partageait avec son partenaire, le Docteur John Ponsonby, était encombré du genre de spécimen qu'on trouvait en général dans les couloirs sombres d'une université étrangère. Au salon, la flopée de coléoptères séchés, de morceaux de papier, de registres, de boîtes de classement et d'échantillons étranges conservés dans de l'alcool était vraiment étouffante.

— Eh bien, j'ai toujours apprécié, pour ma part, l'air de l'Amérique du Sud. Ces grandes étendues ont quelque chose de poétique, tout comme la brise de la mer et l'herbe de la pampa. Dommage que vous ayez dû revenir si vite, Monsieur Gallant.

Jeremy Hoare se percha sur un fauteuil en cuir, ses longues jambes repliées sous lui comme les membres d'une mante religieuse. Il sourit à peine au jeune homme allongé sur le canapé.

— Dois-je sonner pour demander du thé ?

— S'il vous plaît.

Gallant n'était pas très grand, mais il était mince et bien fait, avec la musculature fine d'un athlète. Ses yeux bruns sardoniques contemplaient le monde de sous une coupe de cheveux si précise qu'elle semblait tenir grâce à des pouvoirs surnaturels, mais il n'y avait rien d'inoffensif ou d'apaisant dans sa personne. Il ressemblait à un homme qui avait passé une grande partie de son temps à comploter et à rêver de conquête et de domination.

Hoare traversa la pièce jusqu'à la cheminée et tira sur le cordon de la sonnette ; un tintement triste retentit à l'étage inférieur.

— Voyons voir combien de temps cela prend à Madame Cadogan.

Il sortit sa montre et en ouvrit le couvercle.

— Je n'étais pas d'accord avec Ponsonby quand il a suggéré que vous veniez ici la première fois. Cela me semblait trop tôt, mais je peux voir que votre temps passé dans l'hémisphère sud nous a fait un bien fou, à tous les deux.

Des coups retentirent à la porte et Hoare se précipita pour ouvrir d'un geste enthousiaste.

— Madame Cadogan !

10

Il recula quand la propriétaire, une petite femme d'âge moyen, entra dans la pièce en portant un plateau à thé chargé.

— Vous êtes un exemple de ponctualité !

Son expression était singulièrement douce, jusqu'à ce que son regard se pose sur Hoare.

— Monsieur Hoare.

Elle fit claquer le plateau en le déposant.

— Votre thé.

Elle sourit à Gallant, qui se leva sans un mot.

— C'est bon de vous revoir, Monsieur Gallant.

Elle inclina la tête.

— C'est Gallant, exact ?

L'homme hocha la tête.

— C'est exact. Et merci.

Hoare s'installa sur le canapé.

— Miriam Dewberry, dit-il.

— Quel tragédie, répondit Gallant en souriant. Savez-vous ce qui se passe ?

— Pas plus que vous, répondit Hoare

Si ses paroles dissimulaient un sens caché, il n'en montrait rien pour l'instant.

— Vous savez, vous envoyer en Argentine était de l'argent bien dépensé. J'aime avoir raison, et mes soupçons concernant la corruption de la Chambre des Lords ont été agréablement cimentés par votre petit séjour dans les latitudes sud. Il est toujours utile d'avoir un informateur parfaitement placé.

Il fit un geste vers la cheminée.

— Approchez votre siège et racontez-moi tout.

MIRIAM DEWBERRY se réveilla dans le noir, ses oreilles mises à rude épreuve, cherchant désespérément à savoir si la vieille femme était proche. Mais la vieille femme était sale et sentait mauvais, et si elle s'était trouvée dans la chambre, Miriam l'aurait su. Même l'obscurité ne pouvait pas cacher cela. Miriam bougea sur sa chaise, testant ses attaches. Le soir, on lui retirait les bracelets de métal pour les remplacer par des liens en tissu, le même que la bure noire qui lui servait de bâillon. Ceux-ci étaient conçus de telle sorte qu'elle puisse dormir, même si on ne l'autorisait jamais à s'allonger.

11

Elle se trouvait dans cette pièce et sur cette chaise depuis presque trois semaines désormais. Elle le savait car chaque soir, elle grattait une petite marque dans le bois tendre, de sa main droite, et jusqu'à présent, elle avait fait exactement vingt marques.

À part sa gardienne (qui parlait seulement quand c'était absolument nécessaire), elle ne voyait personne et ne recevait aucune nouvelle du monde extérieur. Ses repas lui étaient apportés sur un plateau par la vieille femme, qui détachait seulement l'une de ses mains et la surveillait pendant qu'elle mangeait et buvait. De même, on ne l'autorisait pas à utiliser les toilettes plus de deux fois par jour, toujours sous la surveillance de la vieille femme.

— Tu n'as rien que je n'ai pas déjà vu avant », avait dit la vieille femme avec un ricanement. Alors ne t'inquiète pas de ta modestie maintenant, Ton Altesse Royale.

C'était humiliant d'avoir à s'occuper de ses besoins corporels en présence d'un étranger, surtout quelqu'un d'aussi belligérant que la vieille femme, qui se plaisait à tourmenter Miriam chaque fois qu'elle le pouvait.

Tout était calme dans la chambre, et les bruits habituels de la rue s'étaient estompés jusqu'à ne devenir pratiquement plus rien. Très tard le soir, alors, ou très tôt le matin, pensa Miriam, sûrement avant le jour, non pas qu'elle l'aurait remarqué. Les fenêtres avaient été peintes en noir, à la fois pour empêcher de soleil d'entrer et l'empêcher de voir le monde extérieur. Elle prétendait être remplie d'espoir et de défi (surtout quand la vieille femme était dans le coin), mais en vérité, elle doutait que son père vienne pour elle, surtout maintenant, après tant de temps. Miriam était une fille intelligente et avait les avantages d'une excellente éducation, elle ne se faisait donc pas d'illusions quant à son sort. Si ses ravisseurs ne recevaient pas ce qu'il voulait de la part de Lord Dewberry, alors ils la tueraient. C'était aussi simple que ça.

QUAND RAFT arriva chez lui, on frappa presque aussitôt à la porte. Il se retourna pour découvrir Madame Stringer lui apportant un plateau à thé, agréablement recouvert de scones, de crème fraîche et de confiture.

— Madame Stringer, comme toujours, vous anticipez tous mes besoins.

Il avait à peine mangé depuis son petit-déjeuner à six heures du matin : un sandwich gras qu'il avait acheté à l'étalage d'un vendeur de saucisses. Il avait été composé, d'après ce qu'il avait distingué, de blanc et de peau de volaille, ou de quelque chose de similaire. Il en avait gardé le goût pendant des heures.

— Ce n'est pas pareil ici, sans lui, inspecteur Raft.

Madame Stringer lui versa son thé, dans un élan inhabituel de tendresse.

— C'est un charmant garçon. J'ai toujours pensé cela de lui.

Raft garda les yeux baissés sur sa tasse de thé, ses traits délibérément neutres.

— Je vous remercie pour votre travail acharné, Madame Stringer. C'est un merveilleux repas, tout à fait merveilleux.

— Un garçon tellement gentil, un jeune homme d'un naturel doux, vraiment.

Madame Stringer laissa échapper un énorme soupir et s'essuya les yeux.

— Jamais un mot méchant aux lèvres.

La mâchoire de Raft se serra.

— Oui, je vous remercie, Madame Stringer.

Le bruit de pas dans l'escalier le sauva de davantage de bons sentiments.

— Désolé de vous interrompre pendant votre repas, Monsieur, alors que vous êtes sur le point de manger quelque chose, Monsieur.

Cholmondely, les joues et les oreilles rougies par le froid, remplissait la porte, tel l'une des visions de Blake.

— Le patron voudrait que vous reveniez, donc nous ferions mieux d'y aller.

Raft cligna des yeux en le regardant.

— Je vous demande pardon ?

Cholmondely s'agita d'un air gêné.

— Désolé, Monsieur. Sir Georges vous prie respectueusement de revenir au Yard dès que vous le pourrez. Ils ont reçu un autre morceau de la cocotte, et si je puis dire, les gars ne vont pas s'en remettre.

Raft eut une bouffée de colère.

— De quoi diable parlez-vous, bon sang ?

— Nous avons reçu un autre colis par la poste, ce matin.

Sans détourner les yeux, le constable fouilla dans sa poche et sortit un caramel qu'il plaça dans sa bouche et se mit à mâcher vigoureusement. Pour Raft, il ressemblait à un cheval avec un nouveau harnais.

— L'affaire Dewberry ? demanda Raft.

Madame Stringer regarda Cholmondely de haut en bas, et son expression n'était pas du tout approbatrice.

— La quoi ? dit-elle en se tournant vers Raft. De quoi parle-t-il ?

— Oui, je vous remercie pour le thé, Madame Stringer.

Raft fit entrer Cholmondely dans la pièce, en fit sortir Madame Stringer, et versa du thé au jeune constable.

— Comment va votre femme, Cholmondely ?

Le constable mâchait en rythme.

— Elle est partie, Monsieur. Cette idiote a emmené le biquet et s'est faite la malle. Aux dernières nouvelles, elle était à Chelsea.

Raft patienta.

— Elle m'a quitté, Monsieur. Ça fait un moment, maintenant.

Il remua ses larges épaules sous sa tunique de constable.

— Je me suis juré de ne plus toucher aux femmes, Monsieur.

Raft poussa un scone vers lui.

— C'est très sage, murmura-t-il. Mais pourquoi parlez-vous comme ça, constable ?

— Oh, vous voulez parler de l'argot, Monsieur ?

Cholmondely fit mine de récupérer une autre viennoiserie, mais se ravisa.

— J'ai grandi dans l'East End, Monsieur. Jamais perdu l'habitude.

Génial, pensa Raft. *Non seulement il est jeune et surnaturellement stupide, mais il est aussi incompréhensible.* Sa matinée commençait vraiment bien.

— Eh bien, vous voyez, euh…

— Cholmondely, Monsieur.

— Vous voyez, Cholmondely. Je préférerais que nous soyons francs l'un envers l'autre.

Cholmondely étala de la crème sur son scone et le souleva vers sa bouche, le tout oscillant dangereusement.

— Je sais que vous pensez que je suis une tête de pipe [3], Monsieur.

Raft pressa une main contre son front.

— Vous voulez bien arrêter ça ?

Il poussa un soupir irrité.

— Je préfèrerais que nous parlions au sens propre, si cela ne vous dérange pas.

---

3 Un idiot.

Cholmondely se redressa.

— Je vous demande pardon, Monsieur, mais j'ai une baignoire chez moi et je l'utilise tous les soirs !

Pour l'amour de Dieu.

— Je n'ai pas demandé de constable à Sir George.

Raft ne voulait pas se montrer méchant, mais quelque chose chez Cholmondely l'y poussait.

— Je ne vous ai clairement pas demandé, vous. Je ne veux pas de vous. Dès que cette affaire sera terminée, je vous suggère de demander à être réaffecté.

Il repoussa son assiette et alluma une cigarette.

— Bien sûr, Monsieur. Vous pensez que je suis une bûche [4].

Son sourire apparut, illuminant ses traits. Ses yeux étaient très, très bleus.

— Ce n'est rien, Monsieur. Je ne suis pas au goût de tout le monde, je le comprends, vraiment.

— Eh bien, c'est très… gentil de votre part, Constable.

La cigarette de Raft avait goût de cendre sale, mais il savait que le tabac était assez frais. Il l'écrasa au bord de son assiette.

— J'apprécie que nous puissions avoir cette conversation.

Cholmondely croisa le regard de Raft par-dessus la table, et ses yeux portaient une drôle de petite accusation.

— J'espère que vous ne pensez pas que je suis en train d'essayer de remplacer le Constable Crook. Euh, quand il est absent, Monsieur.

Et voilà, pensa Raft, *absolument pas surprenant.*

— Je vous demande pardon ? siffla-t-il.

— Le Constable Crook est votre ami spécial. Je le comprends. Je ne cherche pas à être son remplaçant, Monsieur.

La peau du visage de Raft lui semblait trop serrée.

— Ne parlez pas de lui, dit-il dans un murmure brisé, torturé.

Cette montée soudaine d'émotion le choqua : où était passée son habituelle retenue ?

— Désolé, Monsieur, je ne voulais…

— Le sujet est clos.

Le silence retomba entre eux telle une lourde couverture.

— Je vous demande pardon, Monsieur.

---

4 Un imbécile.

Cholmondely pêcha un autre caramel dans sa poche et le déballa.

— Nous allons commencer, reprit Raft après un moment, par trouver et interroger toutes les personnes qui ont connu Miriam Dewberry.

Il traça le bord de sa fourchette d'un doigt tremblant. Qu'il aille au diable, ce Cholmondely.

— Trouvez où elle est allée à l'école, quand et avec qui. Je veux connaître ses habitudes, si elle faisait du bénévolat, pourquoi elle s'intéressait en particulier à la Société de Tempérance [5]. Je veux savoir où elle achetait ses vêtements, qui faisait ses robes et le nom de son tailleur. Elle se trouvait à un bal de la Société de Tempérance quand elle a disparu, vous pouvez commencer par là.

Il regarda brusquement Cholmondely.

— Est-ce que vous comprenez, ou dois-je répéter ?

Cholmondely essuya les restes de scone sur son menton avec un mouchoir et feuilleta son calepin avec un geste empreint de pratique.

— L'école, quand et avec qui, les habitudes, le travail bénévole, les vêtements, les robes, le tailleur, la Société de Tempérance.

Il leva les yeux vers Raft.

— Ai-je oublié quoi que ce soit, Monsieur ?

Ni la question ni le ton de Cholmondely ne comportaient le moindre soupçon de plaisanterie, mais Raft le détesta néanmoins.

— Je serai dans mon bureau, déclara Raft. Vous pouvez y aller, maintenant.

La marque étrange sur son poignet était apparue quelques mois plus tôt, un cercle rouge. Au début, Raft avait pensé qu'il avait été mordu par une sorte d'insecte ou qu'il avait attrapé la teigne dans l'un des taudis qu'il avait visité dans le cadre de son travail, mais la petite perle de chair rouge ne le démangeait pas, ne grandissait pas, et palpitait au rythme de son cœur. *Rien de grave,* avait dit Ponsonby. *Simplement une aberration physique, pas de quoi s'inquiéter.* Entre ça et l'apparition d'un certain John Gallant, cela suffisait pour que son esprit hyperactif se mette à ruminer constamment.

---

5 La Société de Tempérance est une association formée pour s'opposer à la consommation d'alcool.

II

La nuit était brumeuse, les gouttes de rosée s'accrochaient au bord du chapeau de John Gallant. Les lumières brillaient faiblement dans les magasins, jetant un éclairage incertain ici et là dans la rue et lui donnant un aspect sinistre et mystérieux. Gallant s'assura de ne pas avoir été suivi avant de frapper quatre fois à la porte. Celle-ci était assez ordinaire et permettait d'entrer le long de la boutique d'un boucher ; elle avait été peinte en rouge, avec une poignée et des charnières noires. Il n'y avait aucune marque distinctive, mais Gallant connaissait bien ce lieu. Il était venu rencontrer l'un des meilleurs trafiquants de bien volés de Londres, Henry « Le Receleur » Whitsun.

À cinquante-six ans, Whitsun avait fréquenté presque toutes les prisons d'Angleterre, mais il n'en avait rien appris. Dès qu'il finissait de purger sa peine, il était de retour, exerçant son ancien métier sans trop s'inquiéter. Il avait la réputation d'être un client méchant qui parlait principalement avec ses poings et savait se défendre. Quand il avait été incarcéré à Pentonville pour neuf mois, il avait été attaqué par trois voyous de Walthamstow, des camés écervelés qui pensaient que le vieil homme serait une proie facile. Deux d'entre eux ne remarcheraient plus jamais et le troisième reposait confortablement, six pieds sous terre.

Mais tous les petits voleurs de l'East End refourguaient leurs biens chez Whitsun, parce Le Receleur pouvait se débarrasser de tout, plus vite que quiconque. La dernière chose qu'aurait voulu un cambrioleur ou un chapardeur, c'était de se retrouver avec un poulet de Scotland Yard sur le dos. Si vous ameniez vos biens chez Whitsun, vous n'aviez pas de souci : il se débarrassait de tout rapidement, en toute discrétion. Le Receleur avait une mémoire étonnante : il semblait en mesure de suivre mentalement les progrès de chaque bien volé en circulation dans l'East End.

— Qui diable êtes-vous ?

Une femme au visage chevalin apparut à la porte, l'air d'avoir été dérangée.

— Nous ne voulons pas de satanés colporteurs, ici. Allez-vous-en.

Elle allait refermer la porte, mais Gallant y coinça son pied.

— Est-ce que Le Receleur est dans le coin ? demanda-t-il.

— Je ne sais pas qui c'est.

Elle lui tendit la main et attendit.

— Betty…

Gallant enfonça la main dans sa poche et en sortit un peu d'argent.

— Vous pourrez vous procurer une très jolie robe avec ça, vous savez.

Elle essaya d'attraper l'argent, mais Gallant recula sa main.

— J'ai vraiment besoin de le voir, dit-il. Je crains que ce soit une affaire assez urgente. Que pensez-vous que Le Receleur dirait, s'il découvrait que je suis toujours à la porte et que vous ne m'avez pas laissé entrer ?

Son visage se ferma.

— Très bien, dit-elle, mais seulement une minute ou deux, et si vous dites à quelqu'un que vous l'avez vu, je me ferais des jarretières de vos tripes. Il y a un type de Walthamstow qui n'arrête pas de fourrer son nez partout.

Elle lui tendit la main et Gallant y posa le billet de banque. L'argent disparut dans le corsage de sa robe sale.

— Par ici.

Elle conduisit Gallant à travers un petit passage sombre, vers l'arrière de la maison.

— Beaucoup de biens sont arrivés la nuit dernière. Une grosse prise à Shadwell Stair.

Elle poussa une porte et s'écarta pour le laisser passer.

— Allez-y donc, chef.

Gallant passa sous une corde à linge qui séchait à l'intérieur : des serviettes et un tablier, une sélection de sous-vêtements d'hommes, le tout d'un gris parfaitement uniforme. La pièce en face de lui était sombre, éclairée seulement des lueurs d'un feu. Un homme trapu, assis sur un tabouret, aiguisait une vieille scie édentée.

— J'avais entendu dire que t'étais hors service, dit l'homme.

Il ne prit pas la peine de le regarder.

Le bruit de la meule grinçant contre le métal mettait Gallant sur les nerfs.

— Je suis parti un certain temps, répondit Gallant.

Il ajusta son pardessus et regarda autour de lui ; comme il l'avait prévu, il n'y avait nulle part où s'asseoir.

— Vraiment ? T'en as eu assez de diriger l'hospice ?

Le visage de l'homme n'était qu'une masse de cicatrices livides entrecroisées. Il n'avait qu'un œil, et l'orbite vide de l'autre avait été maladroitement cousue.

— Voyez-vous ça.

Il déplaça la scie sur ses genoux et cracha sur la pierre à aiguiser.

— Tu vas me faire chier toute la nuit, ou tu as quelque chose à me montrer ?

Gallant essaya de ne pas montrer son irritation. Il avait besoin des informations que Whitsun pourrait lui donner.

— J'ai quelque chose. Je me demandais si vous aviez déjà vu quelque chose comme ça, avant.

Il présenta le collier à Whitsun.

— Il y a aussi des boucles d'oreilles, et un ensemble de bracelets.

Whitsun lui fit signe de lui donner le collier. Gallant s'exécuta et attendit que Le Receleur les inspecte. Gallant gardait les mains dans ses poches et essayait de ne pas respirer l'air fétide, tandis qu'autour de lui, de petites choses se déplaçaient dans l'obscurité, le regardant de leurs yeux curieux.

— Strass ? demanda Whitsun.

— Non, répondit Gallant. Non, ce sont des vrais. De la très bonne qualité.

Quelque chose trottina sur le bout de sa chaussure, et il se força à rester immobile. Il pouvait entendre des enfants, quelque part dans la maison, et des cris de femme, ainsi que la respiration laborieuse de Whitsun.

Après ce qui lui sembla être un très long moment, Le Receleur tourna le visage vers lui, son œil fixé sur Gallant.

— Tu dois vraiment me prendre pour un couillon !

Il lui jeta le collier, qui atterrit contre le torse de Gallant et rebondit dans ses mains.

— Tu crois que je ne sais pas lire ? Tu crois que je ne lis pas les journaux ? Tu crois que je suis stupide, c'est ça ?

Il se leva lentement, ses gros poings serrés, son torse et ses épaules imposants bloquant la lumière du feu.

— Je l'ai vue les porter, hein ! La petite salope de Dewberry. J'ai entendu parler de ce qui lui est arrivé. Et si tu crois que j'ai quelque chose à voir avec elle, tu as perdu la tête.

Il planta un doigt contre le torse de Gallant.

— Où est-ce que tu as eu ça ?

— Intéressant, répliqua Gallant.

Il restait curieusement imperturbable pour un homme en danger imminent de perdre la vie.

— Où pensez-vous que je l'ai eu ?

— Je n'en ai rien à foutre, répondit Whitsun.

Il se rassit, cracha une nouvelle fois sur la pierre à aiguiser, et reprit sa scie.

— Mais si jamais tu ramènes une nouvelle fois ta tête ici, je lâche mes chiens. Maintenant, déguerpis !

Gallant s'avança, et presque immédiatement, quelqu'un attrapa ses bras. On le traîna vers l'arrière dans le passage étroit, avant de le jeter sommairement dans la rue. La porte se referma en claquant.

— Intéressant.

Gallant rajusta son pardessus gris impeccable.

— Et maintenant, que diable suis-je censé faire ?

— Très bonne question, répondit l'homme dans la calèche.

Jeremy Hoare lui tenait la porte ouverte.

— Ne vous inquiétez pas, mon cher Monsieur Gallant.

Il posa une couverture sur les jambes de Gallant.

— Car sa simple réaction m'a fourni des informations précieuses. Bien joué.

Il tapota le genou de l'autre homme, un geste qui provoqua chez lui une grimace.

— Bien. Allons chercher Ponsonby et soupons à mon club.

La cabine s'ébranla, et quelque chose voleta vers eux dans l'obscurité. Hoare se pencha pour le récupérer avec un juron étouffé et amena l'objet vers la lumière. C'était gris foncé, à peu près de la taille d'un poing. Gallant avait peur de demander ce que c'était.

— Bon Dieu.

Hoare le releva en le pinçant délicatement entre ses doigts gantés.

Il s'agissait de sous-vêtements féminins.

LA SALLE d'attente était assez agréable, d'après Raft, avec ses fougères en pot et son papier peint doré, foncé et placide. Ce n'était pas le genre d'endroit qu'il fréquentait normalement, et il devait sans cesse s'empêcher de se lever de sa chaise pour s'enfuir. L'horloge était grande et ronde, comme le visage d'un gros homme que Raft avait vu une fois à une foire, quand il était enfant. Son père les avait emmenés, sa sœur Ada et lui, voir les ours, les lions, le gros homme et un nain. Le pendule de l'horloge était accroché sous le visage, égrenant les minutes tandis que l'estomac de Raft se tordait et se contractait comme un sac de furets.

Je pense que c'est la seule chose à faire, à ce stade. Jeremy Hoare lui avait remis la carte avec cette adresse, arborant heureusement un visage inexpressif. *John le recommande fortement.*

Un aliéniste ? Monsieur Hoare, je ne suis tout de même pas prêt pour la Commission de la Folie [6] *!*

Inspecteur Raft, vous voyez des fantômes. Et Hoare avait posé la carte dans sa paume avant de lui indiquer la porte.

Cela n'aurait pas gêné Freddie d'être ici. Il serait resté assis là, à feuilleter les magazines et à admirer les photos sur les murs, la vue de Harley Street, les voitures qui passaient. Freddie aurait été parfaitement à l'aise dans cet environnement, comme dans tous les autres, et cela ne l'aurait pas dérangé d'attendre dans une pièce remplie d'inconnus.

L'homme près de la fenêtre, par exemple, aurait attiré l'attention de Freddie. Il aurait dit qu'il avait l'air particulièrement concentré sur un problème qu'il ressassait depuis longtemps. *Tu peux le deviner à la façon dont il tire sans cesse sur sa barbe.* L'homme portait une barbe soignée, parfaitement lisse. Il n'arrêtait pas de tripoter ce petit amas de poils, entre le pouce, l'index et le majeur de sa main droite, le faisant tournoyer et le touchant, comme pour se rassurer d'une façon obscure et profondément personnelle.

— Monsieur Raft.

L'assistant du docteur était jeune et très grand, avec des traits très réguliers et des yeux d'une nuance de bleu pâle sans intérêt. Il avait l'air diligent de quelqu'un qui passait beaucoup de temps immergé dans un domaine d'étude complexe.

— Le docteur va vous recevoir, maintenant.

— Oh, bien sûr. Tout de suite.

La porte menait vers une petite antichambre, qui abritait une paire de guêtres pour les temps pluvieux et un seul parapluie à l'air abîmé. L'assistant ouvrit une seconde porte et fit entrer Raft dans la salle de consultation.

---

6 La « Lunacy Commission », littéralement « Commission de la Folie », était un organisme public en Angleterre, établit en 1845, pour gérer les asiles et le bien-être des personnes mentalement malades.

Le silence était assourdissant. Il pouvait entendre le rugissement et le bruissement du sang dans ses propres oreilles. Il fit tourner son chapeau encore et encore entre ses mains ; il toussota, les genoux tremblants.

— Monsieur Raft.

— Docteur Carr.

Raft tendit la main pour serrer celle de l'autre homme.

— Désolé.

— Ce n'est rien. Cela fait longtemps.

Carr avait fait partie intégrante de l'affaire sur laquelle Raft avait travaillé, et qui impliquait Thomas Charles Rennie, le dément qui était apparu, flottant sur la Tamise, sur le navire roumain maudit, le *Demeter*. Carr était assez jeune, à peu près l'âge de Raft, avec des cheveux roux foncés et bouclés, un visage rond, vermeil, surmonté d'un pince-nez cerclé d'or. Il portait une barbe et une moustache taillées, et tout en lui semblait propre et sain.

— Bien sûr, vous vous souvenez de moi à cause de… cette affaire à Bedlam, il y a un moment, un homme qui s'était échoué dans un bateau. C'est un plaisir de vous revoir.

— Je n'ai pas de vraies raisons d'être ici… Un de mes amis, vous voyez… Il pense que je suis un peu… dit-il en faisant tournoyer deux doigts près de son oreille. Vous voyez, et je…

— Commençons par vous.

Carr posa une main sur le poignet de Raft, son contact impersonnel et frais.

— Pourquoi êtes-vous ici ? J'aimerais beaucoup pouvoir vous aider, et je ne peux le faire que si vous me dites quel est le problème.

La bouche de Raft s'ouvrit et se ferma. Il faillit parler, et ça gorge se scella.

— Je rencontre des… difficultés personnelles.

Il écrasa le rebord de son chapeau entre ses mains.

— Je suis sûr que vous allez trouver cela étrange, mais parfois je vois des choses… des fantômes, des spectres, en général, des gens qui ont été assassinés. Je les vois. Ils viennent à moi.

Il sentit le sang lui monter au visage, lui brûlant les joues.

— Je ne suis pas… je ne suis pas dément, je vous l'assure.

Son torse lui semblait vide, creux, comme s'il avait pris un coup de poing à l'abdomen, un coup assez dur pour expulser l'air de ses poumons.

— J'ose penser que tous les gens que vous voyez vous disent la même chose.

Il n'arrivait pas à regarder vers Carr, et se trouvait incapable de croiser le regard compatissant du médecin.

— Mais je ne le suis pas, honnêtement. Je pense que je le saurais si je souffrais d'un spasme du cerveau.

Ses mains tremblaient si violemment qu'il devait les serrer l'une contre l'autre.

— Pourquoi ne me dites-vous pas ce que vous voulez ?

Carr tendit la main vers lui, mais ne le toucha pas, et c'était étrangement plus réconfortant qu'un véritable contact physique.

— Ce que je veux ? répondit Raft en le regardant fixement et détestant ça. Que voulez-vous dire ?

Carr haussa les épaules.

— Commençons là. Essayez de me dire, si vous le pouvez, ce que vous aimeriez plus que tout.

Bien sûr, ce qu'il voulait, c'était que Freddie rentre d'Argentine, guéri de sa dépendance, et de nouveau lui-même. Il voulait se tourner la nuit et sentir l'empreinte chaude du corps de son amant entre les draps et savoir qu'il n'était pas seul.

— Je voudrais…

Sa gorge se serra.

— Continuez.

Raft serra si fort les poings qu'il sentit la morsure individuelle de chaque ongle.

— Je veux rentrer chez moi.

Son regard se releva vers le visage rond et empreint de bonté de Carr, qui n'affichait rien d'autre qu'une préoccupation bienveillante. Il n'avait pas voulu dire ça, mais quelque chose chez Carr vous donnait envie de lui faire confiance, vous faisait croire que vous étiez en sécurité avec lui. Peut-être que le médecin était un disciple de Mesmer, doué pour manipuler l'esprit des autres.

— Je fais ces rêves…

Depuis le départ de Freddie, il y avait presque un an, les rêves avaient augmenté en force et en intensité et semblaient désormais occuper la majeure partie de ses nuits. Ils avaient également pris un aspect effroyablement factuel, et il ne s'agissait plus vraiment des détritus fragmentaires de son esprit, mais plutôt d'épisodes en série se déroulant dans une réalité alternative.

— Je suis ailleurs… dans un lieu étranger, très différent de l'Angleterre, mais je me sens chez moi. J'ai la sensation d'avoir toujours été chez moi là-bas.

La sensation de perte, violente et douloureuse, jaillit dans sa gorge, étouffant le flux de mots.

— Je me sens… quand je me réveille, je me sens comme si j'étais… un exilé.

Les larmes chaudes qui s'étaient accumulées dans ses yeux débordèrent sur ses joues. Il baissa la tête, frottant son visage de sa manche.

— Tenez.

Un mouchoir propre, sentant légèrement le vétiver, qu'il prit avec plaisir.

— Depuis combien de temps éprouvez-vous ce sentiment ?

— Depuis…

Il ne pouvait pas continuer et il méprisa cette faiblesse en lui.

— Allez-y.

— Toute ma vie… aussi loin que je me souvienne.

Quand il était petit garçon, il avait pris pour habitude de s'allonger dans son lit et de souhaiter disparaître : *quand je fermerai les yeux et que je compterai jusqu'à dix, je serai à la maison.*

— Vous semblez être affligé par ces sentiments.

Carr griffonna quelque chose sur un calepin.

— Y a-t-il quelqu'un à qui vous pourriez vous confier ? Un ami ?

— Un ami.

Raft s'inquiéta que Carr se fasse une fausse idée.

— Oui, bien sûr, j'ai des amis, d'autres hommes que je vois socialement.

Il se rendit compte trop tard de quoi cela avait l'air.

— Et des dames… euh, des dames mariées.

Il commença à transpirer ; il avait l'impression de ressembler à un Casanova ridicule.

— En compagnie de leur mari, bien sûr, et avec leur permission.

— Est-ce que cela vous a aidé ?

La voix de Carr était infiniment douce.

— Je ne suis pas de nature démonstrative, répondit Raft sans pouvoir croiser son regard. Les émotions ont leur place, docteur, mais je crains que la plupart des gens ne cèdent trop facilement au luxe des sentiments. La nature de mon travail…

Il soupira.

— Je m'exprime mal.

— Pas du tout, inspecteur.

Carr écrivit quelques notes.

— En tant que policier, il serait imprudent à l'extrême de vous permettre l'extravagance de l'émotion quand la situation exige tout à fait le contraire.

— Puis-je vous dire quelque chose ? demanda Raft en relevant la tête.

— Vous pouvez me dire tout ce que vous voulez. Tout ce que vous direz entre ces murs… répondit Carr en indiquant la pièce, restera ici. J'ai juré sur l'honneur de garder le silence sur toutes les confessions que vous pourriez faire, inspecteur.

— J'ai vu des choses horribles…

Des enfants tués par leurs propres parents… des enfants tués par d'autres enfants… des coups et des noyades et des brûlures et des tueries écœurantes, immondes, de sang-froid.

— Je ne suis pas un homme religieux, mais j'ai toujours pensé qu'il devait y avoir quelque chose qui nous séparait des animaux… Je ne le pense plus, désormais.

Raft fixa son regard sur le tapis, sur les tourbillons de couleur et les dessins ordonnés.

— Je suis désolé.

Le regard compatissant de Carr était plus que Raft ne pouvait en supporter.

— Je suis désolé que vous vous sentiez si malheureux.

— Je m'excuse de vous avoir fait perdre votre temps. Je devrais partir…

Carr tendit la main pour lui indiquer de rester.

— Pas du tout, inspecteur. Vous n'avez pas à craindre de récrimination de ma part. J'aimerais que vous sachiez que tout ce que vous direz ici restera de l'ordre de la confidence. Vous dites que vous n'êtes pas de nature religieuse, mais je vous invite à considérer ce lieu comme un confessionnal, où vous pourrez dire et faire ce que vous voulez.

Il inspira d'un air méditatif.

— Eh bien, j'aimerais vous revoir, mais seulement si vous sentez qu'une telle visite vous serait utile.

Carr retira le pince-nez et le posa sur le bureau.

— Monsieur Raft, je pense que j'aimerais vous aider, si vous êtes prêt à être aidé.

Il secoua la tête.

— Ce ne sera ni facile ni bon marché.

Raft acquiesça sans un mot.

— La semaine prochaine ?

— Oui. Merci, Docteur.

Il s'arrangea avec l'assistant et partit, avec la sensation d'avoir été renversé par un omnibus.

MIRIAM REVINT soudainement à elle, consciente d'être observée. Elle tourna les yeux lentement vers la lumière et découvrit la silhouette d'un homme grand, bien fait et très beau. Il était habillé de vêtements de soirée et portait un chapeau et une canne : il allait au théâtre, donc. Comme toujours, il était accompagné par une forte odeur de camphre, le résidu d'une chambre de malade. Les enfants chuchotaient des choses à son sujet, et même Miriam n'était pas tout à fait certaine du genre de docteur dont il s'agissait.

— Miriam, ma chérie.

Il s'accroupit devant elle et écarta le bâillon.

— Est-ce que tu as changé d'avis, ma mignonne ?

— Vous ne pouvez pas me garder ici, dit-elle. Mon père me cherche et il me trouvera.

Elle se força à rester immobile, cela ne lui servirait à rien de lutter et de se trahir ; son ravisseur avait des yeux très vifs.

— Ton père ne te cherche pas.

Il se rapprocha et caressa sa joue d'un geste familier. Miriam se força à réprimer un frisson.

— C'est à cause de ton père que tu es ici. Mais tu pourrais changer tout ça, tu sais.

— Ne soyez pas cruel, répondit-elle en relevant le menton. Je ne vous ai jamais connu cruel.

Il rit et se releva.

— Tu ne m'as jamais vraiment connu du tout, n'est-ce pas ? C'est pour cela que nous faisons un duo inestimable. Qu'en dis-tu ? Épouse-moi ?

Elle détourna le visage.

— Absolument pas. Je ne me marierais que par amour.

Le visage de l'homme s'assombrit, mais seulement un instant. Le masque cruel disparut et fut remplacé par quelque chose d'à la fois bienveillant et sinistre.

— Tu es aussi idiote que ton père.

Il inspira profondément et grimaça.

— Et tu pues. Dorothy ne prend-t-elle pas soin de toi ? Bon Dieu !

— Laissez-moi partir, rétorqua-t-elle en serrant les poings. Je ne dirai rien si vous me laissez partir. Personne ne le saura jamais, je le jure.

— Et sur quoi le jurerais-tu, hein ? La Bible ? Mais tu n'es pas chrétienne, n'est-ce pas ? Toi et ton vieux papa. Non, vous n'êtes pas chrétiens. Vous n'êtes rien d'autre que de sales juifs, tous les deux.

Son manteau frappa le visage de Miriam quand il se retourna et elle sentit de nouveau le camphre, plus fort que jamais. Est-ce qu'il se baignait dedans ?

—Attendez !

Il s'arrêta, dos à elle, mais quelque chose dans sa posture se raidit.

— Oui ?

— Quel jour sommes-nous ?

— Nous sommes vendredi. C'est presque le coucher du soleil, dit-il en se retournant. Bon sang, tu sais ce que cela veut dire, n'est-ce pas ?

Il posa une main gantée sur son propre cœur, se moquant d'elle.

— Oh mon Dieu… tout pourrait changer, tu sais, si tu acceptais. Non pas que ton accord soit strictement nécessaire, il y a toujours des façons de contourner cela, mais cela rendrait les choses beaucoup plus plaisantes pour la nuit de noces.

Il soupira et remit son chapeau en soie sombre et brillante, qui se mariait à ravir avec ses yeux et ses cheveux foncés. C'était un homme inhabituellement beau. Il y avait quelque chose de légèrement cruel dans la courbe de sa bouche.

— Penses-y, ma chérie. Je m'en vais voir *Rigoletto*. Cela ne te dérange pas, n'est-ce pas ? demanda-t-il en riant. Bien sûr que non.

— S'il vous plaît.

Il s'arrêta à la porte, une forme plus sombre parmi les ombres.

— Je lui ai envoyé des souvenirs, tu sais, à ton cher vieux papa. Dorothy reviendra plus tard pour en recueillir d'autres.

Il inclina son chapeau et disparut dans l'escalier.

— S'il vous plaît.

Miriam parla plus fort, très calmement.

— S'il vous plaît, aidez-moi.

Elle sursauta quand la petite main la toucha, et elle se réprimanda. Elle aurait dû y être habituée, désormais.

— Je suis désolée. S'il vous plaît, ne partez pas.

Les enfants coururent vers elle, la touchant et la tapotant, murmurant des choses réconfortantes dans l'obscurité, jusqu'à ce que la chambre disparaisse et qu'elle puisse se reposer.

— DONC LORD Dewberry est venu voir Endicott en disant que sa fille avait été enlevée. Il a affirmé que le collier avait été volé. À quelle fin ?

Raft dévisagea Cholmondely par-dessus la pile de papiers qui était apparue comme par magie sur son bureau.

Il s'était à peine assis depuis cinq minutes quand la majeure partie des preuves de l'affaire Dewberry avait été apportée du laboratoire et jetée sur une table, près de la porte. *Monsieur Doyle a dit de vous donner ça.* L'assistant du laboratoire avait à peu près l'âge de Raft et un tempérament froid. Il ne semblait pas vraiment heureux d'avoir été choisi pour lui livrer tout ça. *Je ne sais pas pourquoi vous voulez voir ça. Les gars et moi avons déjà tout parcouru. Il n'y a rien.*

Un peu plus tôt, Raft avait trié les morceaux de Miriam Dewberry que les ravisseurs avaient envoyés : une mèche de ses cheveux, des coupures d'ongles, un morceau de dentelle déchirée de son jupon, et le chiffon ensanglanté que l'assistant de la morgue, Doyle, avait déclaré être (sans beaucoup de délicatesse, pensait Raft) « probablement du sang menstruel ».

— Payer la rançon, Monsieur ? Échapper à la police, peut-être ?

Cholmondely reposa une tasse de café brûlant devant Raft.

— Je suis complètement nul pour le thé, Monsieur. J'espère que le café conviendra. Ma mère venait de Boston. Ils ne boivent que ça, là-bas.

— Je suis sûr que ça ira, Constable.

Il essaya de ne pas laisser transparaître la note d'irritation dans sa voix, et échoua.

— Et pourtant, le collier a été présenté à un receleur connu de l'East End, il y a moins de vingt-quatre heures.

Est-ce que Dewberry essayait de vendre le collier ? De payer une rançon ? Mais aucune demande de rançon n'avait été faite, à moins que Dewberry ait essayé de dissimuler ses traces en essayant d'engranger assez de liquidités au cas où les ravisseurs viendraient à l'appeler.

— Non, Monsieur, personne n'a demandé le beurre [7].

Raft l'ignora.

— Alors pourquoi est-ce que Dewberry...

Il leva les yeux vers le jeune homme.

— Est-ce que vous avez un prénom ?

— Prentiss.

— Prentiss Cholmondely.

— Les gars m'appelaient Princesse Cholmondely.

— Je vois.

Raft parcourut les papiers.

— Vous avez été nommé après votre père, n'est-ce pas ?

— Je ne l'ai jamais connu, Monsieur.

Cholmondely plongea dans la pile de papiers et en extirpa ce que Raft cherchait : une enveloppe de télégramme jaune.

— Le premier télégramme de Lord Dewberry, le matin après qu'elle a été enlevée.

— Ah ! s'exclama Raft en la lui arrachant. Euh, merci, Cholmondely.

Il parcourut le télégramme.

— Vous avez reçu une bonne éducation ?

Cholmondely haussa les épaules, mais ne dit rien.

— Pourquoi pensez-vous que Lord Dewberry ait attendu jusqu'au matin après qu'elle a été enlevée pour envoyer un télégramme, Cholmondely ?

Raft souleva la tasse de café jusqu'à ses lèvres et en prit une gorgée pour goûter. Cholmondely avait ajouté exactement la bonne quantité de lait et de sucre. C'était délicieux.

— Et pourquoi le collier de cette fille est-il apparu entre les mains grasses du Receleur Whitsun ?

— Cela m'a semblé un peu déplacé aussi, Monsieur. Comment trouvez-vous le café ?

— S'il avait découvert que sa fille avait disparu, pourquoi n'est-il pas venu ici directement ? Pourquoi attendre et envoyer un télégramme ? Pourquoi ne pas faire un rapport immédiat ? Le café est satisfaisant, Cholmondely. Très bon.

Il parcourut les photographies que Ned Figge, le photographe de Scotland Yard, avait prises sur les lieux : le bal de la Société de Tempérance

---

7 Argent.

de Knightsbridge, une salle déserte jonchée de décorations dépareillées, et une chaussure de danse de femme, rose dragée.

— Bon sang, Cholmondely, je déteste recevoir mes informations de seconde main comme ça.

— Désolé, Monsieur. La prochaine fois qu'il y aura un enlèvement, je ferai en sorte qu'ils n'arrêtent pas la femme jusqu'à ce que vous soyez là.

Raft cligna des yeux. Quel toupet !

— Je vous demande pardon ?

— Encore du café, Monsieur ? demanda Cholmondely en tendant la main vers la cafetière.

— Merci.

Cholmondely était-il en train de sourire ?

— Alors, où est notre colis ?

Cholmondely récupéra une petite boîte et la posa devant Raft.

— Ceci est arrivé un peu plus tôt, ce matin, dit-il.

Il tendit la main vers son calepin et l'ouvrit, feuilletant quelques pages.

— Si vous pouvez vous passer de moi, Monsieur, je pense que je devrais y aller. J'ai fait ce que vous avez dit et j'ai parlé aux gens qui connaissaient Miriam, et je suis désolé de vous le dire, Monsieur, mais il n'y en a pas beaucoup. J'ai trouvé une poupée, une jeune femme, qui était à l'école avec Miriam Dewberry. Je pourrais lui faire cracher ce qu'elle sait sur Miriam, si je suis chanceux. Dans tous les cas, je ne resterai pas assis sur mon cul.

Raft se retint de justesse de sortir sa montre.

— Déjà ?

Il réussit à peine à contenir une note de surprise dans sa voix.

— Je me suis dit que c'était important, Monsieur. J'ai une photographie de Miss Miriam avec moi. J'espère que cette pou... femme aura quelque chose pour moi. Avec un peu de chance, je reviendrai avant le dîner.

— Oui, d'accord, Constable, allez-y.

Il secoua la tête. Pour l'amour de Dieu, pourquoi ce garçon ne pouvait-il pas parler correctement ? Les choses étaient déjà assez difficiles sans avoir à décrypter le bagout tortueux de l'East End.

Il ouvrit la boîte, se demandant de quoi il s'agirait cette fois. La plupart des ravisseurs de ce genre était plus que prévisibles, et c'était assez fatiguant de recevoir encore des petits doigts ou des oreilles.

— Eh bien.

Raft regarda le contenu fixement un long moment, avant de repousser la boîte.

— C'est clairement inhabituel.

Même s'il ne savait pas ce que cela avait à voir avec Miriam. C'était dans ces instants que Raft aurait souhaité que Freddie soit là, plus que jamais. Le constable avait le genre d'esprit étrangement organisé qui trouvait du sens au chaos et à l'absurde. Il aurait été en mesure d'offrir une opinion unique sur cet objet. Ainsi que ses idioties habituelles.

Bon Dieu, qu'il manquait à Raft ! Dire que les choses n'étaient pas les mêmes sans lui était l'euphémisme du siècle. Le cœur de Raft s'était vidé de son sang le jour où Freddie était parti, et même savoir que Freddie était en sécurité et qu'il finirait par revenir, cela n'aidait pas. Qu'aurait pensé Freddie de l'affaire Miriam Dewberry ? Une jeune femme de la haute société, une juive, oui, et donc destinée à s'établir en dehors des cercles confortables de Londres, avec toute sa vie devant elle, un père membre de la Chambre des Lords... Tout était aussi propre et normal qu'on pouvait le souhaiter.

Oh, Lord Dewberry avait ses détracteurs, et certaines personnes dans Londres murmuraient qu'il était sorti de la crise de la Baring Bank étrangement indemne, tandis que certains de ses semblables, avec des investissements similaires dans les mines d'argent argentines, avaient tout perdu. Il s'était confortablement établi en tant que propriétaire en Amérique du Sud. Les Argentins l'aimaient, et tout semblait aller bien. Pourtant, la *Pall Mall Gazette* rapportait qu'il s'était enfui pour retourner en Angleterre, six mois plus tôt, et on racontait qu'une spéculation avait mal tourné.

Raft retourna une pile de coupures de journaux et les feuilleta avec une lassitude née d'une longue expérience. Le bal de la Société de Tempérance, une pantoufle de danse rose, des banderoles de fêtes, des biscuits pour le thé, et pourtant elle semblait avoir été enlevée devant tout le monde, sans que personne ne s'en rende compte.

Les coupures d'ongles étaient intéressantes : deux d'entre elles portaient les traces d'une substance marron foncé qui aurait pu être du sang, mais il s'agissait probablement de vernis pour les meubles. Si la fille était retenue contre son gré, elle devait être enfermée et peut-être attachée, et la friction continue de ses doigts contre le meuble où elle se trouvait avait certainement laissé des traces. Il demanderait malgré tout à Doyle de regarder cela au microscope. Les cheveux avaient été coupés à un angle étrange, par ce qui semblait être des ciseaux moyennement coupants. Ils semblaient avoir été traités avec une sorte de colorant brillant, un rouge terne uniforme remarqua-t-il en levant la mèche devant la lumière. Il n'y avait rien d'étrange à cela : toutes les divas d'opéra avaient accès à l'art des chimistes, et le henné était efficace et bon marché. Tout ce qu'il savait pour l'instant, c'était que Miriam Dewberry se trouvait dans une pièce avec des meubles, et qu'elle se teintait les cheveux. Ce n'était pas des informations révolutionnaires.

Raft soupira. Une fille disparue, un père muet comme une tombe, un collier de diamants traînant dans l'East End, et Raft assis sur ses... fesses. Dans l'ensemble, ce n'était pas un mauvais départ.

III

RAFT ÉTAIT en train de rêver. Il descendait une rue dans un quartier chic de Londres et tenait une feuille de papier à la main. Il était à la recherche d'une maison en particulier, parce qu'il devait livrer un message, le genre de message qu'il redoutait toujours : *J'ai le regret de vous informer que votre fils est mort dans le cadre de ses fonctions.* C'était un discours que Raft avait dû tenir de nombreuses fois au cours de sa carrière, et c'était une chose à laquelle il ne s'était jamais habitué.

La rue se rétrécissait progressivement, se transformant en une ruelle tranquille de campagne, bordée d'arbres. Le chant des oiseaux résonnait autour de lui et le soleil brillait doucement, le réchauffant. L'air sentait les roses et le lilas, et était rempli du bruit paresseux des abeilles. Il marcha jusqu'à atteindre un manoir imposant de Kensington qui se trouvait derrière une haie de troènes, avec une petite porte. À cet instant, Raft s'agita dans son sommeil, car un panneau se trouvait sur celle-ci : *Crook.* Il essaya de lutter contre ce rêve, s'agitant dans son lit, mais n'arriva pas à s'en défaire, et il se retrouva à marcher jusqu'à la porte pour y frapper.

J'ai le regret de vous informer que votre fils est mort dans le cadre de ses fonctions. Mais ce n'était pas la mère de Freddie qui se trouvait à la porte, mais Freddie lui-même, portant sa vieille robe de chambre et les pantoufles miteuses qu'il avait souvent portées dans la vie de tous les jours.

Il faut que tu arrêtes ça, Philemon. Freddie lui sourit mais ne le laissa pas entrer dans la maison. *Tu dois vraiment arrêter ça.* Raft essaya de lui donner le papier, mais Freddie le refusa, repoussant sa main, écartant son bras. *Ça ne sert à rien d'essayer de me donner des choses. Je ne suis pas mort. Tu dois comprendre ça : je ne suis pas mort.*

Raft se réveilla en sursaut, sa chemise de nuit et ses draps humides de sueur. L'horloge de chevet indiquait 02h15. Il était allongé sur le flanc gauche, son bras coincé sous son corps. La chambre était froide comme la mort.

Il se leva et se rendit au salon, retira une couverture du canapé et l'enroula autour de ses épaules. Il restait quelques braises dans la cheminée, et il ajouta un peu de bois sec pour raviver le feu.

Je ne suis pas mort.

Il y avait eu des lettres, bien sûr, et plus rarement, des télégrammes de Freddie, l'informant que tout allait bien et qu'il s'était installé dans sa maison argentine avec l'intention de poursuivre la mission que lui avait donnée Jeremy Hoare. Il avait appris un peu d'espagnol et il aimait laisser de petits mots doux dans ses lettres à Raft, à déchiffrer plus tard : *Mi corazón perdito en ti... te adoro... te quiero.* C'était un jeu amusant, et il avait été étrangement touché par ces petits souvenirs que Freddie évoquait à travers ses lettres, mais cela ne pouvait remplacer Freddie lui-même. Raft avait donc évité jusqu'à maintenant de demander comment évoluait l'addiction de Freddie au laudanum, et son abstinence. Il ne voulait pas lui imposer la moindre pression, mais il avait besoin que Freddie rentre.

Le son de la sonnette traversa le silence. Raft bondit, craignant que Madame Stringer puisse se réveiller, et il se précipita dans l'escalier. Une bouffée d'air froid entra quand il ouvrit la porte et il faillit s'exclamer. Une femme se tenait sur le seuil, entièrement vêtue de noir, son visage voilé. Le chapeau qu'elle portait était singulier : une concoction étrange de soie et de plumes, avec un voile de dentelle épaisse maintenue en place par une broche délicate en forme de colombe.

— Que voulez-vous ?

Il croisa les bras en frissonnant.

— À quoi pensez-vous, à réveiller les gens à cette heure de la nuit ?

Reprends-toi. Elle sait que tu es policier et elle est venue demander de l'aide.

Elle ne parla pas, indiquant seulement l'escalier vers l'étage, et Raft s'écarta pour la laisser entrer. Elle le précéda, se déplaçant rapidement et silencieusement dans la cage d'escalier étroite, ses jupes volumineuses bruissant autour de ses chevilles. L'odeur du froid l'entourait, et elle semblait apporter une part de la noirceur de la nuit avec elle, jusqu'aux appartements de Raft.

— Voulez-vous du thé ? Ou préférez-vous quelque chose de plus fort ?

Il indiqua la carafe de brandy sur le buffet, mais la femme secoua la tête.

— Je m'excuse, Madame, de me présenter à vous ainsi. Si vous me permettez de vous quitter un moment, j'aimerais m'habiller…

Elle releva la main et indiqua le canapé et les fauteuils. Raft s'occupa de raviver encore le feu, le petit bois sec avait bien pris, et il ajouta une bûche robuste pour faire bonne mesure. Dieu seul savait ce que voulait la femme ou combien de temps elle avait l'intention de rester. Il s'installa dans son fauteuil habituel près du feu et la regarda sortir un petit calepin et un crayon de son sac à main. Il se pencha assez pour voir ce qu'elle avait écrit : MIRIAM.

— Oui, si vous voulez parler de Miriam Dewberry.

Sa main se déplaça sur le papier. CESSEZ.

— Oh, je crains de ne pas pouvoir faire ça.

Raft scruta son visage voilé, mais ne vit rien. Peut-être qu'il ne s'agissait pas d'une femme, après tout. Peut-être que cette apparition était simplement un fantasme, une illusion de son esprit fatigué.

VOUS DEVEZ CESSER OU ELLE MOURRA.

Raft se leva brusquement ; la femme en fit de même.

— Qui êtes-vous ? Que diable voulez-vous, à venir ici à cette heure de la nuit ?

Il lui tourna le dos.

— Vous n'avez aucun droit. Je pourrais vous faire arrêter, car vous interférez avec une enquête de police officielle !

Il se retourna et attrapa le bord de son voile entre le bout de ses doigts, esquissant un geste pour le soulever.

La main de la femme se déplaça, un éclat d'argent étincelant, et Raft se recula juste à temps.

Le fin poignard tressaillit, sa pointe enfoncée profondément dans la table. La femme se retourna et s'enfuit en courant dans l'escalier, disparaissant dans la nuit.

— Peut-être qu'elle n'a pas du tout été enlevée. Peut-être qu'elle est partie d'elle-même.

— Peut-être.

Raft referma le dossier et récupéra la boîte, la glissant dans la poche de son manteau.

— Monsieur Hoare.

Il se leva et serra fermement la main de l'avocat, reconnaissant de voir un ami. C'était difficile de croire que Hoare puisse être autre chose qu'un désagrément, mais sa présence régulière au cours de l'affaire John Whitaker, sans mentionner le meurtre épineux de Cyrus Pigeon, avait été à la fois réconfortante et utile.

— Heureux de vous voir.

Raft lui indiqua une chaise et lui versa un peu de l'excellent café de Cholmondely. C'était une matinée très froide et le vent venait directement de l'est. Hoare releva les mains vers la petite cheminée dans le bureau de Raft et soupira de soulagement.

— Tenez, dit Raft en lui tendant sa boîte de cigares. Servez-vous.

L'avocat était toujours le même, avec quelques variations mineures. Peut-être qu'il y avait une touche d'argent sur ses tempes désormais et des rides sous ses yeux. Il ressemblait à un homme qui venait d'être malade.

— Et vous avez été placé en charge de l'affaire Dewberry.

Hoare renifla son cigare.

— Que pensez-vous de cela ? Par ailleurs, je crois que vous avez eu un visiteur très étrange ce matin, aux petites heures du jour.

Raft serra les dents. Y avait-il quoi que ce soit que Hoare ne sache pas ?

Hoare lui tendit une main fine et pâle.

— Puis-je voir la note ?

Raft la lui tendit.

— Dewberry a attendu jusqu'au matin après la disparition de la jeune fille pour envoyer ce télégramme. Un peu étrange, non ?

Raft se pencha vers l'avant, avec l'impression de retrouver un peu de son ancienne vigueur.

— Si c'était votre fille…

— Inspecteur, s'il vous plaît, répondit Hoare en frissonnant. Rien que cette simple idée ! Voici une écriture assez particulière : typiquement féminine, tout en boucles, en déliés et en voyelles arrondies… pourtant, il y a quelque chose de sinistre dans les traits vers le bas, les consonnes dures. C'est très conflictuel et assez colérique, je dois dire.

— Elle a planté un couteau dans la table de mon salon.

Les sourcils de Hoare se relevèrent.

— Dans la table de votre salon ? C'est très suggestif. Puis-je voir ?

Raft cligna des yeux.

— Eh bien, Monsieur Hoare… je n'ai pas vraiment ma table de salle à manger ici, au travail.

Il se rendit compte trop tard de ce que voulait dire Hoare, mais l'avocat était déjà en train de sourire d'un air narquois. Raft se sentit aussi lent et stupide qu'habituellement en présence de Hoare. L'avocat était brillant… et parfois méchant à cause de ça. Raft sortit la dague du tiroir de son bureau et la passa à Hoare.

— C'est un bichaq turc, dit Hoare en la soupesant d'une main. Magnifiquement conçu, datant peut-être de… 1843, si je devais deviner. Il a probablement été ramené à Londres par un vétéran de la Crimée.

— La Crimée.

— Oui. Elle est située sur la côte nord de la mer Noire.

Raft ignora le commentaire. Il tapota l'une des coupures devant lui, un bref article de la *Pall Mall Gazette*.

— Si c'était votre fille, attendriez-vous toute la nuit pour envoyer un télégramme ? Il y a beaucoup de bureaux télégraphiques dans Kensington. Bon Dieu, il aurait même pu facilement trouver un téléphone. Même la presse sait ça.

Il lut à voix haute :

« *D'après l'opinion de certaines personnes bien informées et d'influence, Miss Dewberry n'a pas été, en réalité, enlevée, mais a fui le Bal de la Société de Tempérance au bras d'une connaissance.* »

Hoare renifla.

— Balivernes. Il spécule.

— Elle, répliqua Raft. C'est une certaine Miss Pring, c'est marqué ici.

— Miss Pr…

— Pring, dit Raft fermement.

— C'est un nom terrible pour une femme. Je soupçonne que Lord Dewberry était probablement au courant, dit Hoare.

Il toussa et éteignit le cigare avec une expression déplaisante.

— Faire enlever sa propre fille ou organiser son enlèvement, cela requiert beaucoup de culot. Tout le monde sait que Dewberry ne manque pas de courage, après la crise de Baring, il est resté jusqu'au dernier moment, et même alors, il s'est échappé de justesse d'Amérique du Sud. Mais pour l'amour de Dieu, pourquoi faire une chose aussi folle ?

Hoare fixa Raft du regard.

— Ce serait une honte, dit-il, de faire venir Lord Dewberry pour être questionné, j'imagine ?

Raft acquiesça.

— Oui. Surtout alors qu'il est terrassé par le chagrin d'avoir perdu sa fille.

— Tout à fait.

Raft éleva la voix ; Cholmondely, qui se trouvait dans le couloir, apparut en portant, pour une raison quelconque, un gros oignon rouge, qu'il déposa sur le bureau de Raft.

— J'ai jeté un coup d'œil à cette fille qui connaissait Miss Miriam.
Cholmondely fronça les sourcils en cherchant son calepin.

— Sacrée chicarde [8], celle-là.

Il remarqua Hoare.

— Est-ce que… Il est réglo, lui ?

— Vous pouvez parler librement devant Monsieur Hoare, dit Raft. Il sera muet comme une tombe.

Hoare ricana.

— Eh bien, c'est une rombière [9] un peu bizarre, je peux vous le dire.

Cholmondely feuilleta son calepin.

— Je lui ai posé des questions sur Miss Miriam, mais elle ne savait rien. Elle a dit qu'elles étaient seulement allées à l'école ensemble une année, et qu'elle ne se rappelait pas beaucoup d'elle. Vous voyez, ce genre de boniments. J'ai jeté un coup d'œil au registre social [10], la fille et son père y sont répertoriés, la daronne [11] est décédée. Ils ne participent pas aux événements de charité, Monsieur. On dirait que la jeune fille reste près de chez elle. Mais elle a rejoint récemment la Société de Tempérance. Sans raison particulière, elle s'est inscrite tout à coup. Et elle n'a participé qu'à une réunion. Je ne comprends pas moi-même.

— Ah, les Récabites [12], entonna gravement Hoare. Tellement de peine pour si peu de récompenses.

Cholmondely fronça les sourcils.

— C'est un drôle d'oiseau. Elle s'appelle Pring. Cecily Pring.

Raft et Hoare échangèrent un regard.

— Ce n'est pas la même Cecily Pring qui écrit pour les journaux, si ? demanda Raft.

— C'est elle, en effet, Monsieur.

Cholmondely rangea son calepin dans sa tunique.

— Du genre à répondre au courrier du cœur.

Raft écarta une pile de papiers et l'oignon rouge de Cholmondely.

---

8 Femme riche, noble.

9 Femme.

10 Le registre social recense le nom et les adresses des familles faisant partie de l'élite sociale.

11 Mère.

12 Passage de la Bible.

— Constable, j'aimerais que vous emmeniez le Constable Sujet et que vous localisiez Lord Alfred Dewberry pour moi.

Sujet était français, un réfugié de la Sûreté avec un tact impeccable et des manières vraiment charmantes.

— Je pense que ce matin, vous le trouverez dans son bureau, chez lui à Kensington. Le sergent de l'accueil a l'adresse. Allez-y.

Cholmondely tendit la main et récupéra son oignon sur le bureau de Raft.

— Tout de suite, Monsieur.

Il inclina la tête et disparut, serrant l'oignon contre son torse.

— Vous vous rendez compte que vous venez probablement de causer un incident, déclara Hoare.

— Absolument, Monsieur Hoare. Le constable Cholmondely ne devrait jamais être autorisé à errer dans les locaux sans surveillance, surtout en présence de légumes.

Hoare se leva et sourit, à peine.

— Que dira Sir George Endicott quand il découvrira cela ? Après tout, un homme de la stature de Dewberry s'attendrait à ce que vous veniez le voir, pas l'inverse. Dewberry sera absolument furieux.

— Précisément, dit Raft. J'espère qu'il sera très en colère quand il arrivera. Les gens disent les choses les plus étonnantes lorsqu'ils sont en colère.

Hoare leva un sourcil.

— C'est parfaitement brutal de votre part, inspecteur.

Il enfila son chapeau.

— Bonne journée.

Raft escorta l'avocat jusqu'à la porte et s'attarda un moment près du bureau de l'accueil. Il discuta presque une demi-heure avec Welbourne, le sergent, s'exclamant comme il se devait en découvrant la photographie de sa nouvelle petite-fille. Il fit un détour par les cellules, l'ancien repaire de Cholmondely, et s'arrêta à la morgue pour chercher Doyle. Le grand préposé était parti récupérer un corps à l'hospice et ne reviendrait pas avant un moment, selon son assistant. Raft se rendit ensuite dans la salle des sergents et trouva Josiah Burley en train de jouer aux cartes avec le Sergent Bryce, une des antiquités de Scotland Yard, et un homme qui faisait apparemment partie des forces de l'ordre depuis des temps immémoriaux. Raft accepta une tasse de thé et un biscuit délicieux. Il resta là un moment, à regarder par-dessus l'épaule de Burley, mais la partie n'était pas intéressante et il reprit l'ascenseur jusqu'à l'étage. Raft s'assit et récupéra la boîte dans la poche de son manteau. Elle contenait une boîte plus petite en argent, finement travaillée et élégamment sculptée de rubans et de fleurs. La petite boîte contenait un anneau.

— Je n'ai jamais vu une telle pierre avant, dit Cholmondely. Qu'est-ce que c'est ? De l'ivoire ?

— Où est Lord Dewberry ?

Raft, surpris, bondit presque de sa chaise.

— Bon sang, je vous ai envoyé chercher Dewberry !

Cholmondely aurait-il pu être plus irresponsable ?

— Je n'ai pas pu le trouver, Monsieur.

Cholmondely ne rougit même pas. Et quand Raft lui lança un regard noir, il reprit la parole.

— Honnêtement, Monsieur. C'est la vérité. Il n'était pas chez lui. La gouvernante a dit qu'il était sorti. J'ai laissé Sujet devant son club.

Il récupéra un calepin recouvert de cuir dans la poche de sa veste.

— Le portier de son club a dit que Lord Dewberry venait chaque après-midi pour prendre le brandy, fumer le cigare et lire les journaux du soir. Il arrive précisément à seize heures, jamais une minute plus tôt ou plus tard, et prend son brandy devant le feu, dans le second salon après les tables de billard, dans la plus grande des deux salles de jeux. Son cocher l'attend dehors.

— Hmpf.

Raft était reconnaissant que Cholmondely ait laissé tomber l'argot de l'East End.

— Très détaillé, Constable. Bien joué. Qu'en pensez-vous ?

Il releva le bibelot devant ses yeux. La pierre avait l'apparence de la porcelaine fine, poncée jusqu'à briller. Elle était taillée en carré et avait clairement été posée sur l'anneau avec l'habileté et la précision d'un bijoutier.

— On dirait une bague de fiançailles, dit Cholmondely. Est-ce que vous allez vous marier, inspecteur ?

— Pas que je sache, répondit Raft. Doyle va adorer ça.

Ce fut le cas. Le grand préposé de la morgue retira la pierre de l'anneau pour la placer dans un petit bêcher rempli d'alcool, afin de la nettoyer. Il la posa sous son microscope, la regarda, et émit des bruits étranges de satisfaction qui troublèrent beaucoup Raft.

— Très inhabituel, Monsieur. Très inhabituel, en effet.

Doyle déplaça son grand poids et une étagère recouverte de petites bouteilles en verre trembla derrière lui.

— Très, très inhabituel, inspecteur…

— Oui, Doyle, même si j'admire votre vocabulaire inestimable…

— C'est une dent, Monsieur.

— Une dent.

La nuque de Raft le picota.

— Quel genre de dent ? Chat ? Chien ?

— Humaine, dit Doyle. Elle est humaine, inspecteur.

Il indiqua à Raft de regarder dans le microscope.

— Vous voyez toutes ces petites lignes ? C'est comme ça que grandit la dent. Oh, c'est une preuve, sans aucun doute. Je n'ai jamais vu ça sur une dent de chien, ni de chat. Donc elle est humaine.

— Et qu'en est-il des coupures d'ongles que nous avons reçus plus tôt ? Quoi que ce soit ?

— J'ai jeté un coup d'œil, Monsieur, et je peux vous dire avec certitude qu'il y avait du vernis dessous, comme si cette personne avait gratté quelque chose. Il y en avait pas mal d'accumulé.

— Cette personne aurait beaucoup gratté, alors, dit Raft en réfléchissant. Vraiment creusé.

— Tout à fait, Monsieur. C'est un vernis commun. Regardez.

Doyle indiqua à Raft un second microscope, qui dépassait d'une pile de débris au bord du plan de travail de l'assistant. Divers morceaux de papier, arborant tous l'écriture illisible de Doyle, avait été fixés au banc en bois avec des punaises. Une pile de rapports de laboratoire était maintenue en place avec la mandibule inférieure d'un crâne humain.

Raft jeta un regard dans le microscope et ne vit rien, hormis quelques taches rougeâtres flottant dans une mer gris pâle.

— Peut-être que vous pourriez m'éclairer, Monsieur Doyle ?

— Il s'agit d'un vernis tout à fait courant, Monsieur. De la cire d'abeille et de la térébenthine de Venise, principalement.

— Je vois.

Raft ne voyait pas du tout.

— Il est extrêmement commun dans toute l'Europe, Monsieur. Il pourrait venir de partout.

Mince.

— Merci, Doyle.

Il y avait eu peu de chance, de toute façon.

— Oui, merci beaucoup. Vous avez été extrêmement utile.

Raft retourna vers le premier microscope et retira rapidement la dent.

— Quel genre de personne créerait des bijoux avec des dents ?

Doyle réfléchit un moment.

— Cela dépend à qui vous demandez, Monsieur. J'ai croisé un type, une fois, qui avait de jolis boutons de manchettes. Ils étaient faits de molaires humaines, du moins, c'est ce qu'il disait.

L'inspecteur réprima un frisson.

— Dégoûtant.

Doyle haussa les épaules.

— Cela dépend de la façon dont on voit des choses, Monsieur. La soie, après tout…

Raft releva une main pour l'arrêter.

— Je sais ce que c'est, merci.

Il plaça la dent sculptée dans sa poche et se dirigea vers l'escalier.

— Où allez-vous, Monsieur ? demanda Doyle en haletant près de lui. Je n'ai pas fini de regarder.

— Je dois trouver une dame, répondit Raft par-dessus son épaule.

LA CALÈCHE de Raft le déposa devant une rangée de maisons géorgiennes dans une ruelle abritée, à côté du square Grosvenor. Le vent était froid et il resserra son pardessus en sortant de la calèche. Le journal de Miss Pring lui avait donné une adresse, mais il restait à voir si elle était correcte. Les journalistes avaient l'habitude d'écarter la police quand ils le pouvaient. Raft suspectait en partie qu'ils avaient peur de ce que Scotland Yard pourrait trouver, et qu'ils étaient terrifiés que la police puisse révéler leurs grandes histoires avant qu'ils ne la dénichent. Dans tous les cas, il allait au moins frapper à la porte et voir qui répondrait.

La maison était immense, une demeure solide sur trois étages, avec bien plus de cheminées que Raft n'en avait vues sur une seule structure. Les fenêtres donnant sur la rue étaient toutes élégamment recouvertes de rideaux en dentelle épaisse, complètement impénétrables, même pour les rayons de soleil les plus déterminés. Les marches semblaient avoir été récemment lavées, et le son d'une flûte résonnait, quelque part dans la maison. Raft saisit le heurtoir et donna deux coups secs.

La porte s'ouvrit immédiatement, presque comme s'il avait été attendu.

— En quoi puis-je vous aider ?

La femme était d'âge moyen, un peu rougeaude, et elle avait l'air assez en colère – il s'agissait visiblement de la gouvernante.

— Nous demandons à ce que les colporteurs passent par l'arrière de la maison, si cela ne vous dérange pas.

Raft sortit sa carte de mandat et l'agita devant son nez.

— Inspecteur Raft, Scotland Yard. Je cherche une certaine Miss Cecily Pring. S'agit-il de sa résidence ?

— Tout à fait, mais je crains que la jeune maîtresse ne puisse être une criminelle.

La femme regarda Raft de haut en bas, grimaçant un instant, et s'écarta pour le laisser passer.

— Entrez, il fait froid. Peut-être que la jeune maîtresse vous accordera une entrevue.

— Comme c'est généreux, murmura Raft.

Il s'assura d'être vu en train de s'essuyer les pieds. Il attendit dans le hall d'entrée, en examinant les boiseries. La flûte cessa et la maison plongea dans le silence, un silence exceptionnel à cette heure de la journée. Il n'entendait pas le bourdonnement du bavardage des domestiques, ni la musique d'un phonographe. Les lourdes draperies amortissaient les bruits de la rue, et les tapis épais absorbaient ceux de l'intérieur. Il jeta un coup d'œil vers le salon : deux canapés, un fauteuil avec un repose-pied, un cerceau de broderie abandonné, une paire de lunettes, une cruche d'eau. Les portes, remarqua-t-il, était inhabituellement larges, probablement des reliques d'un temps plus ancien, où les femmes portaient des jupes énormes et où les gens bien élevés passaient de biais à travers les portes.

Miss Pring était probablement vieille fille, décida-t-il, laissant passer les années, portant ces lunettes et jouant de la flûte. Le silence fut remplacé par un craquement bizarre qui augmenta en se rapprochant. Un engin étrange s'approcha de lui dans l'obscurité : une mince colonne de soie noire, maintenue debout par deux murs en osier. Il ne comprit ce que c'était, un fauteuil roulant, que lorsqu'il l'atteignit.

— Inspecteur Raft. Je suis Cecily Pring.

La femme dans le fauteuil était jeune, à peine plus de vingt ans, et sa peau était très pâle. Ses cheveux avaient été coupés très courts, à la garçonne, peut-être à cause d'une fièvre récente, mais ce style inhabituel lui allait bien et lui donnait un charme enfantin. Elle portait une tétine en corail pour nourrisson sur un ruban, autour de son cou, et ses yeux sombres brûlaient d'une intensité inhabituelle en observant Raft.

43

— Ma sœur m'a informée que vos recherches vous ont mené ici.

Raft avait soudain chaud au visage.

— Pardonnez-moi, madame. Je ne voulais pas jouer les intrus. Bonne journée à vous.

Il se détourna pour partir, tout à coup gêné.

— Inspecteur !

Sa voix claqua derrière lui.

— Ne laissez pas mon handicap physique vous rebuter. Je vous assure, je suis en pleine possession de mes moyens.

Elle porta la tétine en corail à ses lèvres et la plaça dans sa bouche un instant, puis la relâcha.

— Bien sûr. Pardonnez-moi.

Il écrasa le rebord de son chapeau entre ses mains et hésita bien plus longtemps que nécessaire.

— Je ne voulais pas vous offenser.

— Et pourtant, vous l'avez fait. Nous voilà donc là.

Elle hocha la tête vers sa sœur.

— Mary, ma chère, voudrais-tu apporter du thé pour l'inspecteur ? C'est presque l'heure et il a l'air d'avoir besoin d'une tasse. Nous le prendrons au salon.

Elle tourna le fauteuil roulant avec une grâce admirable et se propulsa elle-même jusqu'au salon.

— Souhaitez-vous attiser le feu, inspecteur ? Vous avez assez froid, n'est-ce pas ?

— Je suis gelé, admit-t-il.

Il jeta consciencieusement une bûche dans les braises et la mit en place avec le tisonnier.

— Vous avez une maison charmante, madame.

— Inspecteur, asseyez-vous.

Elle indiqua le fauteuil le plus près du feu.

— La maison appartenait à mon père. Il a eu la bonne grâce de mourir très jeune, et puisque j'avais été désignée comme bénéficiaire officielle, j'ai hérité de la fortune de la famille.

Elle récupéra un châle sur un fauteuil et l'enroula autour de ses épaules.

— Vous savez, il était membre du Parlement.

Les mouvements de la partie supérieure de son corps étaient assez habiles, mais au-dessous de la taille, elle ne bougeait pas. Raft se demanda ce qui lui était arrivé. Un accident de cheval ? Une mauvaise chute dans les escaliers ?

— Je ressens encore quelque chose, inspecteur, si c'était le cours de votre raisonnement. Je ne suis pas née ainsi, même si ces dernières années, je crains que ma maladie ne me gagne de plus en plus. Mais faire face à l'adversité nous rend plus fort, n'est-ce pas ?

Le discours aurait pu venir d'une brochure pour église ou d'un livre de développement personnel.

— Vous me trouvez trop directe, peut-être ?

— Non, madame. Vous avez l'avantage sur moi. Je crains que mon esprit ne soit pas de taille à faire face au vôtre.

Elle était visiblement bien éduquée et cultivée, même s'il n'y avait aucun livre dans la pièce. Ajoutez à cela sa carrière journalistique, et elle faisait un adversaire redoutable.

— Je vous surprends. Vous ne vous attendiez pas à trouver une invalide.

Ses lèvres se refermèrent sur la tétine, qu'elle suça comme une enfant.

— Et c'est à mon avantage, je suppose ?

Bon sang, elle semblait déterminée à le disséquer, et il n'avait pas d'autre choix que de rester assis là à le supporter.

— Comme vous dites, madame.

— Ne faites pas semblant.

Elle se fit rouler son fauteuil plus près de lui et regarda son visage.

— Ne prétendez pas être stupide, inspecteur. C'est une mascarade indigne.

Ses cils projetèrent des ombres contre ses joues pâles quand elle baissa les yeux.

— Vous êtes bel homme, murmura-t-elle.

— Miss Pring…

— Voudriez-vous que je prétende posséder des grâces féminines ? Être *l'Ange de la maison* [13] ?

Elle tendit la main vers son bras et effleura doucement sa paume des doigts.

---

13 « The Angel in the House » (L'Ange de la maison) est un poème narratif de Coventry Patmore. Il devint énormément populaire à la fin du XIXe siècle. Le poème est un compte-rendu idéalisé de la cour qu'il fit à sa première femme, Emily, en qui il voyait la femme parfaite. Il a été plus tard très critiqué, en particulier par Virginia Woolf, pour le carcan qu'il imposait aux femmes victoriennes : dociles et soumises à leur époux, d'un dévouement sans bornes pour leurs enfants, et malgré tout charmantes, en dépit de leurs souffrances.

— Laissons de tels mensonges derrière nous. Vous êtes venu ici pour m'interroger, et je souhaite que vous le fassiez.

Elle releva les yeux quand Mary apparut, portant un plateau de thé.

— Ah. Des rafraîchissements, enfin. Mary, ma chère, que ferais-je sans toi ?

— Tu devrais peut-être être un peu plus près du feu, Cecily.

Mary s'empara de la chaise roulante et tira Miss Pring vers l'arrière, l'éloignant de Raft.

— Tu sais que tu as tendance à avoir froid.

Elle sourit benoîtement à sa sœur. Avec ses yeux exorbités et ses cheveux ternes, c'était facilement la femme la plus laide que Raft ait jamais vue. Il n'y avait absolument aucune ressemblance entre les deux femmes, et Raft se demanda si elles étaient réellement sœurs, ou tout autre chose.

— As-tu besoin d'autre chose ?

— Rien d'autre, merci.

Miss Pring se pencha vers le plateau.

— Ma chérie ! Des scones et de la crème fraîche.

Elle en plaça un sur une assiette pour Raft et ajouta une cuillerée de crème.

— Vous devez manger quelque chose, inspecteur. Je déteste discuter en ayant l'estomac vide.

Elle sourit à l'autre femme.

— Mary, comme toujours, tu t'es surpassée. Merci beaucoup, ma chérie.

Elle attendit, feignant être intéressée par la théière, jusqu'à ce que l'autre femme quitte la pièce.

— Le problème, lorsque vous êtes invalide, dit-elle, c'est que les gens pensent que vous êtes aussi idiote.

Elle leur versa du thé à tous deux.

— Du sucre, inspecteur ?

— Non, je vous remercie.

Il réussit à découper le scone sans s'amputer un doigt.

— Depuis combien de temps écrivez-vous pour les journaux, Miss Pring ?

— Oh.

Elle lui offrit un sourire à fossettes, un peu de crème reposant au milieu de sa lèvre inférieure.

— Je vois. Strictement professionnel, n'est-ce pas ? Vous êtes dévoué à votre travail ?

Sa langue rose apparut pour essuyer la crème.

— Très bien, alors. J'ai vingt ans, et j'écris pour divers journaux depuis que j'ai quinze ans. Jusqu'à la mort de Papa, c'était toujours sous un *nom de plume* [14].

Elle remarqua le regard vide de Raft.

— Un faux nom, inspecteur.

— Ah.

— Papa a encouragé mon éducation, mais il a posé une limite quand il s'agissait d'utiliser mon identité pour la presse. Il devait aussi penser à sa propre réputation.

— Comment en savez-vous autant au sujet de Lord Albert Dewberry ?

— Mon cher Papa et Lord Dewberry étaient amis. Enfin, peut-être pas amis. Papa et Lord Albert appartenaient au même club de chasse. Ils chevauchaient souvent ensemble.

— Diriez-vous que Miriam Dewberry et vous étiez des amies proches ?

Son visage se ferma et quelque chose de sombre et de calculateur apparut dans son regard.

— Miriam ? Miriam et moi ? Oh, je ne crois pas que Miriam et moi puissions jamais être proches.

Sa voix était soudain tranchante.

— Miriam n'était pas comme les autres filles, inspecteur Raft. Elle avait…

Son regard se détourna, un geste feint pour donner l'impression d'une délicatesse virginale, mais Raft n'était pas aussi crédule.

— Une déformation, inspecteur. Elle n'était pas comme toutes les autres filles. Elle n'aurait pas pu s'intégrer à notre charmant petit groupe.

Espèce de petite salope critique. Raft garda un visage impassible et prétendit écrire dans son calepin.

— Je vois.

— Hmm.

Elle releva sa tasse de thé entre ses paumes ; ses mains étaient pâles et délicates, assez jolies, et sans aucune trace d'encre.

---

14 En français dans le texte.

— Lord Albert avait un projet de loi auquel il voulait que Papa participe. Cela concernait les mines d'argent en Amérique du Sud, ou quelque chose comme ça. Papa a décliné et leurs relations se sont refroidies après ça. Aux dernières nouvelles, il était parti en Amérique du Sud.

Le crayon de Raft s'agitait sur le papier.

— Votre père ?

— Lord Dewberry.

— Bien sûr. Et vous écrivez vos articles vous-même ? demanda-t-il en regardant derrière lui. Dans cette pièce ?

— Non, inspecteur. J'ai une petite bibliothèque à l'arrière de la maison. Comme vous pouvez l'imaginer, je suis incapable de monter les escaliers.

Elle reposa sa tasse et s'approcha de lui.

— Comment travaillez-vous, inspecteur ? Je veux dire, comment accomplissez-vous votre travail ?

Raft réfléchit un moment.

— Eh bien… Le rôle d'un inspecteur de police ne peut guère être sous-estimé. C'est notre travail de…

— Non, vous me comprenez mal, dit-elle en serrant sa main. Comment découvrez-vous les choses que vous devez savoir ?

— Eh bien… J'ai des constables que je peux dépêcher pour interroger les gens, et un certain nombre d'informateurs que je contacte habituellement. Chaque inspecteur a ses indics. À défaut, je garde également un réseau de coursiers qui…

Il sourit.

— Disons qu'ils sont très bien équipés pour extraire les informations à partir des sources les plus improbables.

— C'est exactement ce que je fais.

— Madame, si je puis me permettre, vos mains ne sont pas vraiment celles d'une journaliste. Je ne vois aucune trace d'encre.

— Encore une fois, inspecteur, vous tirez la mauvaise conclusion.

Elle avait l'air irrité.

— Certains d'entre nous préfèrent composer nos pensées au crayon à papier. Quand mes histoires sont prêtes à être envoyées à mon journal, notre majordome les recopie pour moi à l'encre. C'était lui que vous avez entendu jouer de la flûte, un peu plus tôt.

— Votre majordome joue de la flûte.

Il nota cela soigneusement.

48

— Effectivement. Pas le vôtre ?

— Miss Pring, je n'ai pas de majordome.

— À en juger par l'état de vos vêtements, vous devriez en avoir un.

Elle toucha un accroc conséquent dans son revers.

— Depuis combien de temps est-ce que cela doit être reprisé ?

— Votre article a explicitement fait référence à l'enlèvement de la fille de Lord Dewberry. Une nouvelle fois, je dois vous le demander, Madame, que savez-vous ?

Elle haussa les épaules.

— Je sais ce que tout le monde sait.

— Cela ne me dit rien, Madame. Que savez-vous au sujet de l'enlèvement Dewberry ?

— Miss Dewberry a été enlevée ?

Elle rit derrière le rebord de sa tasse.

— Miss Pring, s'il vous plaît, ne soyez pas condescendante.

— Inspecteur, j'ai cru comprendre que vous étiez un homme intelligent. Il n'y a eu aucune demande de rançon. N'est-ce pas vraiment inhabituel ?

Elle reposa la tasse sur sa soucoupe avec un cliquetis.

— Voilà. Vous en savez autant que moi.

— Donc votre article de journal était une simple spéculation. Des commérages.

— Je n'ai pas dit cela.

Elle soutint son regard, inébranlable.

— Comment connaissez-vous Lord Dewberry, Miss Pring ?

— Il était ami avec mon père. J'étais assise en face de lui à un dîner, une fois.

Raft pressa durement son poing contre son front.

— Miss Pring. Vous vous rendez compte qu'invalide ou non, je vous ferai arrêter si vous interférez dans une enquête de police officielle ?

— Je ne crois pas que vous le feriez.

Elle retira des miettes de ses mains.

— Non, inspecteur, je ne crois pas que vous m'arrêteriez. Vous prétendez être froid et sans cœur, mais je connais la vérité à votre sujet.

— Je vous demande pardon !

Et maintenant, elle va imprimer tout ce qu'elle sait sur moi et causer ma perte… Son pouls tambourinait contre ses oreilles et à ses poignets, et la nausée lui tordit l'estomac.

L'horloge tiquait dans le silence, assourdissante. Cecily Pring attendit en le regardant.

— Je pense que vous devriez m'embrasser, inspecteur.

— Miss Pring, vous allez trop loin.

Son cœur battait bruyamment dans sa poitrine. Les mains de Miss Pring glissèrent le long des cuisses de Raft et elle se pencha vers l'avant, pour déposer sa bouche sur la sienne. Il attrapa ses poignets et la repoussa, puis s'essuya la bouche de sa manche.

— Honte à vous.

— Vous jouez très bien les vierges effarouchées, inspecteur. Mais je ne suis pas dupe.

Elle pencha la tête.

— Voyons voir quel genre de vie je pourrais inventer pour vous. Vous avez failli être marié, mais la cérémonie a été annulée au dernier moment. Ses parents pensaient que vous ne conveniez pas. Vous avez défié son frère aîné en duel, mais au lieu de cela, il vous a pris violemment derrière les écuries.

— Je pense que notre entrevue est terminée.

Il se releva plus rapidement que nécessaire, manquant trébucher.

— Merci pour ces informations.

Il se détourna pour partir, mais elle le suivit jusqu'à la porte.

— Votre réaction est très instructive, inspecteur.

Elle glissa son index dans sa bouche et le suça.

— Vous ne m'avez pas embrassé en retour. Quel genre d'homme ne répond pas à une femme ?

Raft se força à respirer.

— Vos avances sont inappropriées, madame. Je ne pourrais pas, en toute bonne conscience, retourner votre affection.

— Parce que je suis invalide. Une infirme, inspecteur. Est-ce que c'est ça ?

— Bonne journée, Miss Pring.

Il écrasa son chapeau sur sa tête et ressortit dans le froid, claquant la porte fermement derrière lui.

IL FAISAIT presque nuit quand Raft retourna à Victoria Embankment [15]. Abernathy prenait la déposition d'une femme en détresse, habillée très à

---

15 Rue où se trouvent les locaux de Scotland Yard.

la mode, et tordant un mouchoir de dentelle entre ses mains tandis qu'elle parlait. Elle avait un an ou deux de plus que Raft, et il y avait quelque chose de familier dans la façon dont elle tenait ses épaules, son corps, quelque chose qu'il n'arrivait pas à placer. Cela le travaillait, et il s'attarda dans le coin dans l'espoir que sa présence puisse lui rafraîchir la mémoire. Elle haranguait Abernathy, frappant de temps à autre du poing sur le bureau en criant ; elle se fichait clairement d'être entendue.

— Je pense que c'est absolument scandaleux, inspecteur ! Vous prétendez être inquiet parce que c'est ce que l'on attend de vous, et pourtant je peux voir à votre expression que c'est plutôt l'inverse. Comment osez-vous, Monsieur ? Comment osez-vous m'attaquer de cette manière ?

— Vous dites que vous les avez vus, la fille et son père ?

Abernathy griffonna quelque chose paresseusement sur un bout de papier.

— Quand étaient-ils ensemble pour la dernière fois ?

— Il y a une semaine.

Elle tourna le mouchoir férocement entre ses poings serrés.

— Je l'ai faite sortir de la maison et je suis partie. Lui, je ne l'ai pas revu depuis.

Abernathy s'agita, sa carrure faisant grincer la chaise de façon alarmante.

— Vous êtes consciente que le père à certains droits inaliénables ? Vous ne pouvez pas l'empêcher de voir sa fille, madame.

Raft était impressionné ; il n'aurait pas pensé que le vocabulaire d'Abernathy incluait des mots tels que « inaliénable ».

La femme se tourna légèrement vers Raft. Son visage était marbré de rouge et de blanc, le résultat de sa rage.

— Il ne nous trouvera jamais.

— Vous ne pouvez pas l'empêcher de voir sa fille, à moins qu'il ait été formellement mis en examen !

— Alors mettez-le en examen maintenant, bon sang !

Elle bondit sur ses pieds et frappa des deux poings sur le bureau, si fort que l'encrier d'Abernathy sursauta.

— Vous êtes inutile ! Chacun d'entre vous, complètement inutile !

— Madame.

Raft l'intercepta et posa une main sur son bras.

— Je n'ai pas pu m'empêcher d'entendre. Je suis l'inspecteur…

— Raft, dit-elle à bout de souffle.

La couleur quitta ses joues comme si son cou avait été tranché.

— Philemon, dit-elle en agrippant ses poignets. Mon Dieu, Philemon !

— Ada.

Sa sœur, la seule famille qu'il lui restait, une femme qu'il n'avait pas vue depuis quinze ans. Il fut soudain frappé de mutisme.

— Philemon.

Elle toucha sa joue, effleura ses traits de la main.

— Tu as à peine changé. Je t'aurais reconnu n'importe où. J'aurais dû savoir que tu… Où étais-tu, toutes ces années ?

Elle agrippa ses mains et ne voulut plus le relâcher.

— Mon chéri. Oh, mon chéri. Où étais-tu ?

IV

LES ENFANTS racontaient toutes ces histoires à Miriam. Certaines d'entre elles étaient agréables, mais la plupart ne l'étaient pas, et elle était reconnaissante quand ils se taisaient. Les histoires lui remplissaient la tête d'images horribles et l'empêchaient de penser, et il était important qu'elle puisse penser. Elle avait besoin de comprendre les choses par elle-même ; elle avait toujours été ainsi, têtue aurait dit Mamma, si Mamma avait vécu, et Miriam avait besoin de décider ce qu'étaient ces enfants, en bien ou en mal. Elle avait ajouté quatre autres marques sur l'accoudoir du siège du bout de l'ongle : quatre autres jours. Son père viendrait sûrement la chercher très bientôt et elle pourrait rentrer à la maison, et Miriam ferait couler un long bain chaud et se plongerait sous les bulles, pour se réchauffer jusqu'à la moelle.

— C'est comme ça qu'il vient, déclara la jeune Mary. Quand il fait sombre. Il fait toujours sombre et William ne me raconte plus jamais d'histoires.

Les cheveux blonds de Mary bouclaient, et étaient attachés avec un ruban. Son tablier et sa robe étaient neuf, mais les grands yeux bleus de Mary étaient vieux, plus vieux que son âge.

— Comme tu es adorable quand tu dors, dit-il.

Elle ne l'avait pas entendu arriver, cette fois. Il devenait de plus en plus silencieux, sa présence aussi limpide que celle des enfants fantômes. Est-ce que Dorothy les avait tous tués elle-même ? Était-ce pour cela qu'il l'avait choisie, elle, pour prendre soin de Miriam ? Mais elle n'avait pas vu Dorothy depuis une éternité et peut-être que la vieille femme était morte, et si c'était vrai, alors, Miriam en serait reconnaissante.

— Tu ressembles à un ange.

La faible lumière de la pièce luisit sur le métal lisse quand il ouvrit la sacoche d'instruments médicaux. Elle avait vu cette sacoche auparavant, bien sûr ; il en était tellement fier et la transportait partout où il allait. Il avait quitté l'école à la tête de sa classe. Il avait de l'ambition. Il aurait pu être n'importe quoi, s'il ne s'était pas retrouvé face à ce vieux juif de

Dewberry, mais il le ferait payer, ce Jewberry [16]. Il le ferait souffrir, ce Jewberry. Il racontait cela à Miriam quand ils étaient seuls, ensemble, quand les enfants partaient et que Dorothy était silencieuse, à bouder quelque part dans la maison. Miriam se rappela des autres pièces qu'elle avait traversées, tard le soir, après le bal. Elle avait perdu l'une de ses chaussures, une pantoufle de danse en satin, rose dragée. Les pièces, se souvenait-t-elle, étaient sombres, étroites et inutilisées. La maison sentait le moisi et les enfants silencieux.

— Tu as encore été une vilaine fille, dit-il.

Sa voix n'était pas comme les autres voix. Il ne parlait pas vraiment comme un anglais. Il y avait quelque chose d'étranger dans ses paroles, quelque chose qui évoquait le soleil, les montagnes étrangères et un certain luxe.

Miriam frissonna quand il posa le métal froid contre sa joue.

— Je pense qu'il est temps d'envoyer à ton père un autre de nos petits cadeaux spéciaux, pas toi ?

Les enfants accoururent, s'échappant des ombres, leurs petites mains tendues vers elle. Le bruit de ses propres cris remplit ses oreilles.

— J'AI ÉCRIT des lettres.

Raft tendit la main pour remplir à nouveau la tasse de thé d'Ada.

— Je t'ai écrit. Les lettres m'ont toujours été retournées. Après notre querelle, j'ai cru…

« *Tu es une honte pour cette famille. Je ne veux plus jamais te revoir. Tu devrais avoir honte, tu m'entends ? Honte ! Un sale bougre dégoûtant, voilà ce que tu es.* »

Ada baissa la tête.

— Mon chéri. Je suis tellement désolée.

Elle sirota son thé.

— Mon mari ne me permettait pas de recevoir de correspondance.

Elle tripota la dentelle de son mouchoir. Cela lui sembla être un geste plutôt théâtral.

— Tu ne peux pas imaginer ce qui s'est passé, ces dernières années.

— Et tu as une fille.

---

16 Littéralement « Juifberry », contraction de « juif » (jew) et de « Dewberry ».

Sa nièce ; il arrivait à peine à réaliser.

— Oui, Julia.

Elle releva les yeux vers lui, les larmes tremblant entre ses cils. Il y eut un autre sentiment étrange, comme si elle jouait la comédie. Quelque chose dans son comportement le dérangeait, mais il n'était pas certain de savoir pourquoi.

— Philemon, j'ai bien peur que ce que je suis sur le point de dire te compromette. Tu es un policier, et je sais qu'il y a certaines règles à suivre, certaines… attentes.

Il déglutit.

— Qu'est-ce que tu as fait ?

C'était tout à fait le genre d'Ada, l'Ada dont il se souvenait, impulsive et souvent téméraire. Elle avait passé quelques temps à enseigner dans une école privée pour filles, et s'était mariée jeune, à un très bon parti, le Major Schlessinger, un vétéran de la guerre de Crimée avec un grand nombre de décorations à son actif, une maison de ville à la mode à Londres, et une maison de campagne dans le Kent.

— Rien. Et là est bien le problème, j'en ai peur. Je n'ai rien fait toutes ces années.

Elle rit, un bruit fragile qui semblait éclater dans sa gorge. Cela lui rappela les héroïnes des romans bon marché.

— Je n'ai rien fait tandis que mon mari se permettait certaines libertés dégoûtantes avec notre fille.

— Quel genre de libertés ?

Il se trouvait dans un endroit sombre, une salle pleine de soupirs, de murmures d'enfants, tiraillant ses manches, ses mains. Il y avait une odeur horrible dans la pièce, et un bruit de pas dans l'escalier, mais le pire de tout, c'était les enfants, murmurant et pleurant comme des âmes damnées. Il se demanda s'il avait été sage de parler de cette parade continuelle de victimes au docteur Carr, du passé et du présent, qui restaient perpétuellement réunies autour de lui, le suppliant de faire justice. Sa prescience ne pouvait clairement pas être considérée comme normale, si ?

— Philemon.

Ada releva les yeux vers lui, c'était le même regard qu'elle lui avait lancé quinze ans plus tôt. « *Tu es une honte pour cette famille. Tu n'es qu'un sale bougre dégoûtant. Tu me dégoûtes.* »

— Tu dois signaler cela, Ada.

Il ne se permit pas de lui toucher la main. La distance des années lui interdisait de telles libertés. Ils n'avaient jamais été proches. Il ne voulait pas prétendre qu'une telle relation ait jamais existé, et de toute façon, les enfants fantomatiques étaient toujours là, se lamentant et hurlant dans son esprit. Et qu'en était-il de Miriam Dewberry ?

— Je l'ai fait, dit-elle. Ils l'ont interrogé. Il est arrivé à son bureau, un matin, et a découvert deux constables en train de l'attendre. Il s'est montré cordial envers eux. Il a, évidemment, nié ces allégations. Quand il est rentré le soir, il m'a appelé dans le bureau pour discuter de ça.

Elle releva les manches de son manteau. Ses avant-bras étaient marqués de longues cicatrices livides.

— Il a fait ça avec son canif, un souvenir des hommes de son ancien régiment.

— Le goujat. Dis-moi où il est.

Ses yeux le brûlaient et le démangeaient.

— Donne-moi une adresse.

Il emmènerait Cholmondely et ce constable costaud, en bas, comment s'appelait-il ? Burley. Il emmènerait Burley, et à eux trois, ils terroriseraient Schlessinger.

— S'il te plaît.

Une montre en or délicate était pendue à une mince chaîne, attachée à son corsage.

— Il est presque seize heures. Je dois… je dois me dépêcher de rentrer chez moi.

Elle serra sa main dans la sienne.

— Merci, Philemon. Tu t'en es bien sorti. Maman aurait été très fière, vraiment très fière.

— Ada !

Mais elle avait déjà passé les portes, ne laissant rien d'autre dans son sillage qu'un soupçon de parfum.

— Monsieur ?

Les larges épaules de Cholmondely remplirent la porte de Raft.

— Vous avez entendu ?

Raft n'avait pas entendu.

— C'est cette poupée qui écrit pour les journaux. J'ai bien peur qu'elle ait avalé le goujon [17].

---

17 Avaler le goujon : mourir.

RAFT DÉTESTAIT les scènes de crimes, mais à sa connaissance, aucun policier de carrière n'aimait ça. Ce n'était pas le crime en lui-même qui le dérangeait, tant que les membres de la famille pleurant ou faisant semblant de pleurer, et l'uniformité banale des mensonges qu'ils racontaient. *Bien sûr, je l'aimais, c'était mon père,* ou *Je n'aurais jamais touché un cheveu de sa jolie tête,* ou *Elle est tombée dans l'escalier, je le jure devant Dieu.*

Cette fois n'était pas différente de toutes les autres : on avait fermé les volets de la maison et toutes les horloges avaient été arrêtées ; la porte d'entrée était drapée de drapeaux noirs traditionnels, et même le casier à chaussures dans le hall d'entrée semblait muet. Raft compta quatre paires, toutes des chaussures pour dames, dont l'une avait le genre de petits talons pointus actuellement à la mode parmi les classes moyennes supérieures.

La sœur de Cecily Pring, Mary, avait emporté le corps jusqu'à la chambre, fait qui provoqua une rage inhabituelle chez Raft.

— Oui, mais Madame, vous pourriez avoir détruit des preuves vitales liées à la mort de votre sœur ! Qu'est-ce qui vous a pris de la toucher ?

Raft s'accroupit à l'endroit où, lui avait-on dit, *notre chère Cecily s'est ôté la vie.* Il ne restait aucune marque, pas même un fil ou une peluche, encore moins les traces d'urine typiques qu'il s'attendait à découvrir sous un corps mort.

— Le tapis a été nettoyé, dit-il à Cholmondely.

Le grand constable restait dans les parages à la demande de Raft, pour tenir la famille éloignée, et deux autres policiers avaient été stationnés aux entrées avant et arrière pour écarter les curieux.

— Bordel de merde !

— Monsieur !

— Oh, la ferme, Cholmondely !

Il n'allait clairement pas se laisser réprimander par son constable à cause de son langage.

— Pas ça, Monsieur.

Cholmondely tenait quelque chose entre le pouce et l'index.

— Un morceau de papier.

Raft le lui prit et le leva vers la lumière.

— Ce n'est pas inhabituel. La dame écrivait pour les journaux, vous vous en rappelez ?

— Ce n'est pas du papier ordinaire, Monsieur. Il y a toutes ces lignes dessus, comme ça.

Cholmondely les lui montra.

— Merde.

Du papier à rouler pour cigarettes.

— Miss Pring !

La sœur émergea d'un pas vacillant de l'autre pièce, son nez rouge à force de pleurer. Cela n'améliorait pas son apparence.

— Est-ce que votre sœur fumait des cigarettes ?

Non, Cecily n'aurait jamais touché du tabac de ses lèvres saintes. L'inspecteur aurait dû avoir honte de suggérer une telle chose. Ni elle, ni Simon, le majordome, ne fumaient. C'était une habitude déplorable, un vice dégoûtant, aussi horrible que le tabac à priser.

— Des ouvriers ? demanda Raft. Est-ce que vous avez fait venir quelqu'un pour réparer votre propriété ? Des problèmes de plomberie ? De l'air dans les tuyaux ?

— Je vous demande pardon !

Elle rassembla ses jupes et s'éloigna en se dandinant. Raft posa une main contre son front et s'autorisa le luxe d'un soupir.

— Je suppose que ça veut dire non, dit Cholmondely en regardant autour de lui. Elle a dû faire venir un homme ici.

— Hm. Peut-être plus d'un, si on compte les pompes funèbres.

Raft passa sa main gantée sur le tapis, mais il ne restait rien d'autre.

— Bien. Allons dans la chambre à coucher.

Cholmondely faillit lui marcher sur les pieds.

— J'ai cru que vous ne le demanderiez jamais, murmura-t-il.

La pièce était une chambre typique de jeune fille, avec une commode contre un mur et une coiffeuse dans un coin, ses pieds élargis pour permettre le passage du fauteuil de Cecily Pring. La table comportait toutes les choses habituelles : une brosse à cheveux et un peigne, un miroir à main, des boîtes de poudre, et de petits coffrets de maquillage. Les accoutrements des femmes mettaient toujours Raft profondément mal à l'aise. Il estimait qu'en tant que policier, il aurait dû connaître la fonction de ces choses-là, mais ce n'était pas le cas, et d'ailleurs, il préférait ne pas le savoir. Il y avait beaucoup trop de vaporisateurs de parfum, de produits pour les cheveux, de choses avec des pompes et de petits rouleaux de soie tenus par des rubans ; c'était légèrement terrifiant.

Raft jeta un coup d'œil dans un pot et toucha l'intérieur du bassin de lavage d'une main gantée, découvrant la porcelaine sèche et froide. Il se mit à quatre pattes et se glissa le long du sol, une loupe à la main, et ne trouva rien, hormis de la poussière. Le pot de chambre vide se trouvait toujours sous le lit.

— *Qu'elle arrive lentement qu'elle hâte ses pas, il ne faut pas moins rencontrer enfin la mort.*

— Monsieur ?

— Walter Scott, Cholmondely. Ça ne fait rien.

La dépouille mortelle de Cecily Pring était allongée sur son lit. Elle était habillée tout en blanc et reposait sur un tapis de pétales de fleurs écrasés. Un ruban rose avait été enroulé autour de ses cheveux courts et sombres, et quelqu'un avait peint ses joues et ses lèvres mortes de rouge. Une mouche d'hiver solitaire bourdonnait autour de sa tête, se posant de temps à autre sur le corsage de sa robe. Les instincts de survie de la mouche domestique commune ne manquaient jamais de l'étonner.

— Joli, dit Cholmondely. C'est beau, n'est-ce pas ? Ces fleurs, je veux dire.

— C'est pour couvrir l'odeur. D'autres cultures remplissent les cavités corporelles avec des herbes ou de la cannelle.

Raft se pencha sur elle et souleva chacune de ses paupières. Les globes oculaires étaient opaques, les iris sombres d'un gris uniforme.

— Savez-vous qui l'a trouvée ?

— Le majordome.

Cholmondely feuilleta son calepin.

— Il a dit qu'il était descendu ce matin pour allumer le feu, comme tous les matins, et elle était là, sur le sol.

Un instant s'écoula.

— De la cannelle, Monsieur ?

— Juste comme ça.

— En paix, Monsieur. Comme si elle était en train de faire la sieste. Pas de souci avec ses guiboles, par contre.

— Pourquoi dites-vous ça ?

Cholmondely indiqua la femme morte d'un geste du menton.

— Elle aurait été prête à se chiquer [18], je peux vous le dire. Jeter un coup d'œil, allez-y.

_____

18 Se battre.

— Gardez un œil sur la porte, Cholmondely. Si la sœur entre, elle va hurler à la mort.

Raft souleva la jupe de la jeune femme et examina ses jambes : il n'y avait aucune atrophie musculaire suggérant une paralysie quelconque ; en effet, ses jambes étaient aussi fermes et bien formées que les jambes de quiconque. Raft reposa sa robe sur ses jambes et se plaça devant Cholmondely, assez près pour que le constable puisse l'entendre, mais sans danger d'être entendu par les autres personnes de la maisonnée.

— Vous avez une opinion, Constable ?

— Je ne croirais pas un mot qui lui sort du bec [19], Monsieur.

Raft hocha la tête.

— D'accord.

Cecily Pring avait détesté Miriam Dewberry, assez pour faire imprimer un laïus diffamatoire dans l'un des plus grands journaux de Londres. Mais qu'est-ce qui avait provoqué sa colère ? Si ce qu'elle disait était vrai et qu'elle n'avait pas vu Miriam Dewberry depuis qu'elles étaient allées ensemble à l'école…

Merde.

— Cholmondely.

Raft tira le jeune constable à travers la pièce par le bras.

— Si vous aviez récemment emménagé à Londres en arrivant d'un autre pays…

— Comme quelque part en Amérique du Sud, Monsieur ?

Les yeux aux longs cils de Cholmondely étaient très, très bleus.

Le cœur de Raft sursauta.

— Comme en Amérique du Sud, oui, et disons que vous n'ayez aucun ami intime, que feriez-vous ?

— J'essaierai de m'en faire, Monsieur.

— Vous proposeriez même d'enterrer la hache de guerre à un vieil ennemi, n'est-ce pas ? Si vous pensiez qu'il se prêterait à vos avances ?

— Monsieur, je serais prêt à poser mes fesses près du plus gros blousier [20].

— Bien.

Sans doute Miriam avait-elle cherché à se lier d'amitié avec Cecily Pring, mais Pring ne s'était pas laissée avoir.

---

19 De la bouche.

20 Voyou.

— Elle est venue ici pour trouver une amie avec qui picoler et elle... dit Cholmondely en hochant la tête vers le cadavre, elle s'est joué d'elle ?

— Précisément.

Raft se pencha sur le corps et écarta ses lèvres des doigts. L'odeur était faible, mais sans équivoque.

— Acide prussique.

Il se redressa et essuya sa main sur un mouchoir.

— Une odeur d'amande amère. Elle a pu l'obtenir chez n'importe quel pharmacien.

Il toucha l'une de ses jambes.

— Ou envoyer quelqu'un le chercher pour elle.

— Et le papier à clope ?

— La personne qui lui a apporté le poison a dû le laisser tomber. Cela devait être quelqu'un qu'elle voyait régulièrement. Je n'imagine pas sa sœur laisser entrer quiconque ici.

Raph jeta un regard autour de la chambre, puis un dernier coup d'œil à Cecily Pring.

— *Garçons et filles chamarrés doivent tous*, n'est-ce pas, Constable ?

— Doivent tous quoi, Monsieur ?

— Allons, Cholmondely. C'est du Shakespeare.

Le constable lissa sa tunique.

— Vous savez, inspecteur, si vous allez citer de la poésie, je préférerais que vous citiez du Keats ou du Coleridge. Je ne suis pas trop au point avec mon Shakespeare.

— Lequel d'entre vous est l'inspecteur Raft ?

C'était la voix d'un homme que Raft n'avait jamais vu auparavant. D'un âge indéterminé, entre quarante-cinq et soixante ans, il avait ce genre de traits vaporeux et décharnés qui ne laissaient aucun souvenir aux autres. Il était maigre au point d'être émacié, et la chair sous ses pommettes avait disparu, sa gorge maigre vacillant au-dessus de son col. Cela faisait penser à Raft au cou tendre d'un petit oiseau.

— C'est moi.

Raft indiqua à Cholmondely de rester où il se trouvait.

— Puis-je vous aider en quoi que ce soit ?

— Je suis Simon Dreadle, le majordome de Miss Pring.

Sa voix, comme sa personne, était faible et fantomatique, et ses consonnes dures claquaient légèrement.

Raft hocha la tête.

— Enchanté, euh, Monsieur Dreadle.

— Je pense qu'il vaudrait mieux, inspecteur, laisser Miss Cecily reposer en paix, maintenant. Je crains que votre présence ici soit trop bouleversante pour la famille.

Dreadle tendit un bras décharné comme s'il voulait étreindre Raft. Il les fit sortir et referma la porte derrière eux.

— Merci beaucoup d'être venus, dit-il. Il y a un livre de condoléances sur la table, dans l'entrée, si vous voulez le signer de vos noms. Au revoir.

— Eh bien, vous voyez, Monsieur Threadle …

— Dreadle, inspecteur.

— Je mène une enquête. J'apprécierais si vous ne vous en mêliez pas.

Dreadle abaissa rapidement ses bras, comme s'il avait secrètement peur que Raft les lui casse.

— Je pense qu'il est parfaitement ridicule que des gens bien doivent supporter cela. Je me demande bien à quoi servent nos impôts.

— Il se demande à quoi servent ses satanés impôts.

Cholmondely s'assit près de Raft dans la calèche, ses mains repliées sous ses bras.

— Il se demande. J'aimerais bien choper son petit cou décharné et lui donner une sacrée raclée.

— Hm.

Raft n'écoutait qu'à moitié.

— Vous pensez qu'il l'a fait, Monsieur ?

— Fait quoi, constable ?

— Ce majordome. Vous pensez qu'il a tué cette fille ?

Raft rit.

— Vous avez lu trop de romans de gare, Constable. Je ne pense pas que Simon Dreadle ait la force de se torcher le cul, encore moins d'assassiner quelqu'un.

La voiture passa devant quelques rangées de maisons puis tourna sur une rue commerçante, où se trouvaient des magasins de vêtements, un tailleur, et une boutique qui vendait de la vaisselle chic importée. Une femme sortit avec un balai et commença à nettoyer vigoureusement les marches devant l'entrée. Son visage était tourné, mais sa silhouette et son maintien lui rappelèrent son ancienne propriétaire, son ancienne maison.

Était-ce vrai ? Est-ce que les hommes comme Raft avaient jamais une vraie maison ? Ou étaient-ils seulement condamnés à marcher sur terre pour toujours, sans amis et seuls, jetés de porte en porte comme des vagabonds ?

— Pourquoi pensez-vous qu'il l'ait tuée, Constable ?

Raft se tourna vers lui.

— Pourquoi est-ce que vos mains sont sous vos aisselles ?

— Pas de gants, Monsieur. Désolé, Monsieur.

— Ils viennent avec l'uniforme, Constable. Pourquoi n'en avez-vous pas profité ?

— Je l'ai fait, Monsieur, mais mes gants m'ont été piqués par un sale petit arabe avec de fausses béquilles. J'étais en train d'interroger un type à face de bacon et j'ai glissé mes gants dans mes poches. Il était en train de me raconter que son magasin avait été cambriolé, et pendant ce temps, ce petit merdeux était en train de me barboter [21].

— Je serais heureux de vous écrire une autre réquisition.

— Merci, Monsieur.

Cholmondely regarda Raft un long moment. Ses yeux bleus étaient foncés, frangés de cils noirs et épais ; sa bouche était délicate et bien dessinée, avec une lèvre inférieure pleine que Raft eut soudain envie d'embrasser. Il était diablement beau.

— Je pense qu'il a quelque chose à voir avec ça.

— L'arabe avec, euh, des béquilles ?

— Le majordome, Monsieur.

Raft eut l'air intéressé.

— Qu'est-ce qui vous fait dire ça ?

— C'est un sentiment que j'éprouve parfois. C'est comme… ce que vous ressentez avant d'éternuer, Monsieur.

Oh, pour l'amour de Dieu.

— Je vois.

— Vous pensez que je suis taré.

Il était blessé et essayait de ne pas le montrer.

— Non, je pense simplement que vous avez tiré une mauvaise conclusion.

Cholmondely hocha la tête.

— Je vous parie que j'ai raison.

Raft plissa les yeux.

---

21 Voler.

— Vous vous rendez compte que c'est inapproprié pour les policiers de faire des paris ?

Cholmondely agita ses doigts.

— Allons-y, alors. Voyons ce que vous valez. Je pense que le majordome se l'est faite.

Raft lui serra la main.

— D'accord. Nous verrons bien, Constable.

— Vous verrez, Monsieur, dit Cholmondely en souriant. Vous verrez.

JOHN PONSONBY ne s'était pas encore habitué à être médecin. Cela le déconcertait de voir les gens s'attendre à ce qu'il s'occupe de leur maladie, qu'il regarde leur corps dévêtu, et jette un coup d'œil dans leur bouche. Il l'avait fait lors de sa formation, bien sûr, mais il était encore étudiant, alors, et cela n'avait pas semblé tout à fait réel. Désormais, il avait son propre cabinet et chaque matin, quand il entrait dans sa salle de consultation, les gens l'attendaient, lui ; pas le médecin en chef de l'hôpital, ni le responsable de la chirurgie, mais lui. De toute évidence, il lui faudrait du temps pour s'habituer à ce changement de statut.

— Je pense que c'est tout à fait dégoûtant, lui disait Hoare. Je préfère que ce soit toi que moi. J'aurais vraiment trop la flemme.

— Et pourtant, tu prends beaucoup de liberté avec autant de cadavres que cette grande ville te le permet.

Il aurait aimé que Hoare laisse tomber le sujet.

— Contrairement à toi, j'ai besoin de gagner ma vie.

— Tu vois, John, j'aimerais vraiment que tu me fasses une faveur.

C'était le milieu de la matinée et Hoare était encore en robe de chambre, ses cheveux retombant sur son front. Il avait l'air d'un esthète somnolent et débauché.

— Pourrais-tu inviter ce « De Cuellar » à déjeuner et lui parler ?

— L'interroger, tu veux dire.

Ponsonby vérifia le contenu de son sac de médecin et le referma avec un claquement.

— Eh bien, dit comme ça…

Ponsonby se pencha vers lui pour l'embrasser.

— Tu es l'homme le plus singulier que je connaisse.

— La flatterie ne me détournera pas de mon objectif. Découvre ce qu'il sait. Je suis surtout intéressé par son opinion de Miriam Dewberry. Gallant les a vus ensemble assez souvent, à Buenos Aires.

Hoare s'installa sur le canapé et étira ses bras au-dessus de sa tête.

— Je vais en profiter pour ruminer ce que je sais de l'affaire.

— Dormir, tu veux dire.

Ponsonby ne put s'empêcher de ricaner.

— Au revoir, John.

Ponsonby héla un fiacre et se fit conduire au Criterion, à Piccadilly. La matinée était froide, l'air vivifiant et vigoureux, et il fut heureux de porter son chaud manteau. Il s'agissait d'un cadeau de Noël de la part de Hoare, l'année précédente. Hoare l'avait vu dans une vitrine à Harrod's et avait insisté pour le lui acheter. Dommage que Ponsonby ne partagea pas le dernier enthousiasme de Hoare, ni son zèle pour sa dernière affaire, et qu'il ne crut honnêtement pas que Lord Dewberry soit autre chose qu'un lourdaud et un cancre, et que l'idée d'une quelconque activité illégale à la Chambre des Lords était risible. La plupart des Pairs que Ponsonby connaissait étaient trop paresseux pour se donner la peine, encore moins pour se livrer à des coups d'état pour leur simple plaisir.

— Nous y sommes, chef.

Le chauffeur du fiacre inclina son chapeau.

Ponsonby le paya un peu plus que ce qu'il lui devait, prenant en considération la fraîcheur pénétrante du matin.

— Oh, je vous remercie beaucoup, Monsieur !

Ponsonby avait réservé une table au fond de la salle ; De Cuellar était déjà là, penché sur un verre de cognac et fumant le cigare.

— Ah, mon ami, bonjour ! Je commençais à m'inquiéter que vous ne veniez pas.

Alberto Rodrigo Perez De Cuellar était ce que les femmes appelaient généralement un beau diable ; ses yeux pétillants et son regard facile aidaient clairement. Il n'était pas vraiment grand, mais il compensait cela par sa puissance physique et par sa beauté, et parlait anglais avec un accent chantant d'Amérique du Sud.

— Désolé, mon vieux, j'ai eu un peu de mal à partir. C'est une période chargée, vous le savez.

— Bien sûr ! Vous autres, Anglais, aimez vos épidémies.

Un garçon apparut et leur versa de l'eau, puis leur tendit le menu.

— Le roastbeef est très bon, ici, dit Ponsonby.

— C'est horrible, ce qu'on raconte au sujet de la jeune Jewberry, n'est-ce pas ?

Alberto regarda au-dessus de son menu avec un certain dédain, avant d'ajouter :

— Votre bœuf n'est pas aussi bon que le nôtre. Je pense qu'il n'y a rien de meilleur que le bœuf argentin.

— Je crois que son nom est Dewberry, répondit Ponsonby.

Il détestait se montrer pédant, mais Alberto pouvait parfois être bigot et exprimer un peu trop librement ses opinions. Bien sûr, chacun était libre de le faire, mais il le faisait un peu trop.

— C'est probablement une ruse élaborée, dit Alberto en haussant les épaules. Un stratagème ridicule pour gagner la sympathie du public.

Il enfonça la main dans son manteau et en sortit un paquet de papiers de cigarettes à rouler et un sachet de tabac.

— Certaines personnes sont plus aptes à cela.

Il roula habilement une cigarette et l'alluma, puis en prit une longue bouffée concentrée.

— Eh bien, il doit présenter son projet de loi à la Chambre des Lords, donc j'ose croire que la sympathie du public ne pourrait lui faire que du bien.

Le garçon apparut et prit leur commande ; Ponsonby demanda un deuxième verre de cognac pour De Cuellar et un pour lui, pour chasser le froid.

— Je pense que c'est ridicule, dit Alberto. À quoi peut-il bien penser ? Sa nouvelle loi ne causera que des ennuis pour toute personne ayant des intérêts extérieurs à l'Angleterre. C'est une autre version de vos Corn Laws [22], voilà ce que c'est.

L'Argentin se mit à bouder visiblement, jouant avec son verre, le faisant tourner en rond, le cristal taillé captant la lumière dans un spectacle éblouissant.

— Il propose de limiter l'importation de l'argent des Amériques, comme si l'Angleterre pouvait se fournir elle-même ne serait-ce qu'un dixième de ce dont votre pays a besoin. C'est réactionnaire, voilà tout. Il a

---

22 Les Corn Laws (littéralement : lois sur le maïs) sont un ensemble de textes de lois de 1773, qui visent à réglementer le commerce des céréales entre le Royaume-Uni et l'étranger. Ces lois protectionnistes bannissent l'importation de céréales dès lors que les cours sont inférieurs à un seuil donné.

perdu beaucoup pendant la crise de Baring, d'après ce que j'ai entendu dire. Peut-être qu'il blâme l'Argentine pour ses problèmes.

— Je suis certain que vous n'avez pas besoin de vous inquiéter, répondit Ponsonby. L'Angleterre soutiendra certainement ses alliés, où qu'ils se trouvent dans le monde.

Il tapota la table du manche de son couteau.

— Vous avez parlé de sa fille…

— Vraiment ? répondit l'Argentin en haussant les épaules. Qu'arriverait-il à l'exportation d'argent de mon pays, si le projet de loi Jewberry venait à passer ? Avez-vous pensé à cela ?

— Bien sûr que oui.

Il souhaita soudain plus que tout que Hoare soit là. L'avocat serait probablement intervenu avec une quelconque boutade, et la conversation aurait pris la direction que Hoare souhaitait. C'était une autre chose que Ponsonby admirait chez son amant : sa capacité à extraire des informations vitales des sources les plus intransigeantes.

— Pardonnez-moi, dit Alberto en regardant la circulation par la fenêtre.

Le Criterion se trouvait à l'intersection de plusieurs rues passantes. De l'autre côté, une vendeuse de fleurs réarrangeait des fleurs d'hiver blêmes en frissonnant sous un châle trop léger pour ce temps. Les lampes étaient allumées dans la boutique derrière elle, et de temps à autre, on pouvait apercevoir une assistante tirée à quatre épingles se déplacer sous les halos de lumière chaleureuse.

— La jeune Miriam est assez adorable.

— J'ai entendu dire ça.

Ponsonby remplit son verre de vin au décanteur.

— Très belle. Quelle honte que sa mère n'ait pas survécu pour la voir grandir.

— Et son père en est fou. Quel dommage, déclara Alberto.

— Je me demande parfois ce qui est arrivé à Miriam.

Ponsonby repoussa son assiette et alluma un cigare tandis que les yeux d'Alberto suivaient la vendeuse de fleurs. L'assistante avait disparu aux fenêtres.

— Tout le monde se le demande, dit Alberto.

Il prit son verre, le fit tournoyer, en but le contenu et le reposa. Il tambourina sur la table de ses doigts, et faillit se lever mais sembla changer d'avis.

— Cette fille n'a pas pu simplement disparaître. Même vos journaux anglais le disent. Chaque jour, on y trouve quelque chose sur Miriam, mais jamais rien au sujet de son gredin de père, seulement sa fille, encore et toujours sa fille.

— J'imagine que tout le monde pense à cet enlèvement.

Leur repas arriva, accompagné d'une odeur délicieuse de jus de viande et de légumes grillés. Ponsonby étala sa serviette sur ses genoux et découpa son bœuf, qui était si tendre qu'il céda au premier coup de couteau.

— Un enlèvement. Oui.

Son repas reposait devant De Cuellar, intact. Celui-ci tira sa montre de sa poche et la regarda.

— Oui, la jeune fille a été enlevée.

Il regarda son assiette et fit mine de se lever de table. Encore une fois, il se ravisa.

— Mon vieil ami, quel est le problème ?

Ponsonby reposa son couteau et sa fourchette, et agrippa le poignet de De Cuellar. Le pouls de l'Argentin battait violemment sous sa peau.

— Vous êtes dans un état de nerf incroyable ! Je vous en prie, calmez-vous ! Vous allez vous sentir mal !

L'Argentin saisit sa serviette à deux mains comme pour la déchirer.

— Je veux… il y a quelque chose que je veux affreusement… je n'arrive plus à dormir. Je n'arrive plus à manger. J'y pense depuis toujours. Son spectre est toujours devant mes yeux !

Il se leva à moitié de son siège, les poings serrés à tel point que ses phalanges étaient blanches sous la peau.

— Asseyez-vous et mangez votre déjeuner, lui conseilla Ponsonby, avant qu'il ne soit froid. Mon cher ami, ce genre de débordement est des plus nuisibles à la digestion !

En réalité, il pensait que De Cuellar ressemblait à un homme perdu en enfer, suspendu au bord d'une terrible décision et tourmenté par une absence totale de choix. Il réussit à calmer l'Argentin, mais une heure plus tard, Ponsonby quitta le restaurant en se sentant assez déconcerté. Quelque chose d'horrible allait se passer. Il n'arrivait simplement pas à savoir quoi, mais cela ne pouvait pas être bon.

GALLANT N'AVAIT aucune raison de se trouver là, et si quiconque le lui demandait, il se serait trouvé bien embêté, car il n'avait aucune explication.

Mais l'auvent de la boutique le cachait efficacement à la vue de tous, et de loin, il ressemblait sûrement à une ombre parmi les ombres. Comme les autres personnes de son genre, il avait toujours été très doué pour se camoufler, mais personne dans la rue ne trouvait rien d'étrange à un jeune homme bien habillé s'attardant devant l'étal d'un marchand de fruits, un soir froid de février. Pour le moment, observer était la meilleure chose à faire, la seule chose qu'il prévoyait de faire.

Les lampadaires de Victoria Embankment projetaient des halos de lumière couleur de beurre le long du trottoir sale. Il était facile de croire qu'il se trouvait ailleurs, que Miriam Dewberry n'avait pas été enlevée d'une salle de bal de Knightsbridge. Pourquoi est-ce que son collier était réapparu ? Où Hoare l'avait-il trouvé ? Gallant connaissait Hoare aussi bien que quiconque, et il comprenait que ce dernier était capable d'un millier de subterfuges, mais un enlèvement ? Que savait-il ? Comment avait-il trouvé le collier ? Il était tellement difficile de savoir à qui faire confiance. Gallant lui faisait confiance, pourtant, parce que c'était Hoare qui l'avait gardé en vie durant ces longs mois ; c'était Hoare qui lui avait fait intégrer le manoir argentin de Lord Dewberry, sans mal. Il était facile d'être un anglais en Argentine de nos jours, même avec autant de rancune que Dewberry : le Lord était toujours écœuré par les milliers de livres qu'il avait perdues durant la crise de la banque de Baring.

— Vous êtes un sacré idiot. On ne pourrait pas me payer assez pour rester debout, planté là, à me les geler.

Le giton plissa les yeux en le regardant derrière des lunettes teintées de bleu. Pourquoi Breedlove avait-il besoin qu'ils restent cachés dans l'obscurité ? Personne ne le savait.

— C'est pour ça que vous êtes là ? demanda Gallant.

Ses yeux marron clair, normalement chaleureux et aimables, brillaient dangereusement.

— Vous pensez que je vais vous payer ?

— Je pourrais vous faire passer un bon moment, minauda le giton.

— J'en doute sérieusement, répondit Gallant.

— D'accord.

Le giton tapota le côté de son nez d'un doigt.

— Je suis un peu trop jeune et tendre pour vous. Vous attendez depuis longtemps, alors ?

— Assez longtemps, répliqua Gallant. Vous l'avez apporté ?

69

— Bien sûr que je l'ai apporté, rétorqua le giton en luttant avec sa poche de manteau. Vous savez, il va finir par vous attraper si vous n'arrêtez pas de rôder, et qu'est-ce que vous ferez, alors ?

Il extirpa une petite boîte carrée, soigneusement emballée dans du papier brun et de la ficelle. Gallant tendit la main vers celle-ci, peut-être d'un geste un peu trop empressé.

— N'ouvrez pas ça ici, dit le giton. Vous connaissez les règles.

— Occupez-vous de vos oignons.

Inexorablement, son regard fut attiré une nouvelle fois vers la masse sombre du Norman Shaw Building [23]. La lumière était-elle toujours allumée à la fenêtre de l'étage, ou ses yeux le trahissaient-ils ? Peut-être que l'inspecteur Raft avait l'habitude de rester tard au travail.

— Joli bronzage que vous avez là, dit le giton, pour février. Ça ressemble à l'Amérique du Sud, selon moi, *hablo español* et tout le bazar.

— Comme si vous pouviez le savoir.

Gallant enfonça la boîte dans sa poche et tendit un billet de banque.

— Votre rémunération habituelle, dit-il. Je suppose que ce sera suffisant ?

Geoffrey Breedlove le lui arracha avec empressement et l'enfonça dans sa poche.

— Dire que je pensais que c'était vous, l'écervelé.

— C'était il y a longtemps.

Gallant ne ressentait pas la moindre envie de partager son histoire personnelle avec le giton. Il comprenait pourquoi Hoare le gardait, mais cela ne voulait pas dire qu'il devait l'apprécier.

— Et cela ne vous regarde pas.

— Je vois, répondit Breedlove en acquiesçant. Faites comme vous voulez.

Gallant frissonna. Le vent s'était levé sur la Tamise, apportant avec lui l'odeur des ordures et d'autres choses pires encore.

— Je dois y aller.

— Saluez Monsieur Hoare de ma part.

Le giton disparut dans l'obscurité.

Gallant s'attarda au bord de la Tamise un moment, les yeux fixés sur New Scotland Yard, avant de disparaître à son tour dans la nuit.

---

23 Bâtiment qui héberge New Scotland Yard, les nouveaux locaux de la police londonienne.

Lord Dewberry était un petit homme pimpant d'âge moyen, au teint olivâtre et à la moustache impeccablement cirée. En cet instant, cette même moustache tressautait d'irritation tandis qu'un certain Cholmondely au visage rougi, et un Sujet embarrassé, se tenaient silencieusement près de lui, honteux. Raft s'était attendu à ce que Dewberry soit enragé, à ce qu'il crie et tape du pied et se plaigne que sa position en société avait été souillée. Les classes supérieures aimaient utiliser des mots comme « souillé ». Mais Dewberry ne disait rien. Pire, il ressemblait à un homme battu et faisait penser à Raft à un vieux chien triste.

— Lord.

Raft chassa les deux constables dans le couloir et offrit une chaise à Dewberry.

Dewberry s'y enfonça.

— Puis-je vous offrir une tasse de thé ?

Et comme Dewberry secouait la tête, il ajouta :

— Café ?

— S'il vous plaît. Ce serait très agréable, inspecteur.

Raft claqua des doigts, et Cholmondely apparut à la porte.

— Café, Constable, et emmenez Sujet avec vous.

Mieux valait les éloigner tous les deux : les constables avaient une propension étonnante à écouter aux portes.

— Je ferais peut-être mieux de vous expliquer, Lord.

— Épargnons-nous les subtilités, inspecteur. Ma fille a disparu, et vous croyez que j'ai quelque chose à voir avec cela. Je ne serais pas ici, autrement.

— Je suis assez surpris, Lord, que vous ayez attendu aussi longtemps.

Raft ouvrit le dossier sur son bureau.

— Le collier de Miriam a été repéré par un… processeur de biens volés, Lord.

Les sourcils de Dewberry se relevèrent légèrement, puis retombèrent en place avec un soupir presque audible.

— Vous pouvez dire « receleur », inspecteur. Je suis un homme adulte.

Cholmondely réapparut et versa du café en silence ; Sujet n'était nulle part en vue.

— Parlez-moi de Miriam, dit Raft.

— Que voulez-vous savoir sur Miriam ?

Dewberry goûta son café, et son expression abattue s'atténua un peu.

— Le café est très bon, dit-il. Vraiment très bon.

— Le constable Cholmondely est à moitié américain, dit Raft. Très doué avec le café. Oui, ça ira, Cholmondely. Laissez la cafetière.

Il regarda Cholmondely d'un air consterné quand il tenta de poser la cafetière en équilibre au sommet d'une pile de papiers vacillante. Le constable trébucha, bascula vers l'arrière, retrouva son équilibre et tituba un peu plus loin, aux prises avec le portemanteau. Il s'empara enfin de la cafetière à deux mains et la planta fermement sur le bureau. Il esquissa une petite révérence excentrique et sortit rapidement, le visage en feu.

— Votre fille a disparu, dit Raft.

Il prit soin de ne faire aucune référence à l'étrange petite danse de Cholmondely.

— Elle doit être retrouvée, Lord ! Avez-vous la moindre idée d'où elle aurait pu aller ? Aurait-elle pu s'enfuir avec un amant ? Peut-être y a-t-il quelqu'un qui vous veut du mal. Réfléchissez bien.

Raft aperçut le visage graisseux d'Abernathy, du coin de l'œil, telle une lune congestionnée. Il se leva et referma la porte.

— Avez-vous des ennemis, Lord ?

— Je n'ai pas d'ennemis, dit Dewberry. Du moins, pas plus d'ennemis qu'un homme de ma race puisse en avoir.

Il baissa les yeux vers sa tasse de café.

— Bien que, si j'ose dire, tout cela changera une fois que mon projet de loi sera présenté.

Un léger sourire, à peine esquissé, joua sur ses lèvres.

— Mes critiques disent que c'est une Corn Law, pour le siècle à venir.

Il releva les yeux vers Raft.

— Pas très accrocheur, n'est-ce pas ?

Il soupira.

— J'ai passé beaucoup de temps en Amérique du Sud, inspecteur. J'ai vu des hommes se faire des choses, des choses terribles, les uns aux autres, et à eux-mêmes. C'est incroyable ce qu'un homme peut faire une fois que son travail, sa dignité, lui ont été retirés.

Raft serra les dents et se força à rester calme. Visiblement, Dewberry allait prendre son temps.

— J'apprécie que vous soyez venus ici aujourd'hui, Lord. Vraiment, mais si je dois trouver votre fille vivante…

— Ma femme avait toujours voulu une fille.

Dewberry semblait mélancolique.

— Elle a été vue la dernière fois à un bal de la Société de Tempérance. Au cours d'une valse...

Raft grimaça. Il ne dansait pas, et ressentait une révulsion envers ceux qui le faisaient.

— Au cours d'une valse, il y a eu une brève interruption de l'alimentation électrique. Quand la lumière a été rétablie, Miriam avait disparu, ne laissant aucune trace, hormis sa chaussure rose.

Raft fit glisser une photo de Miriam sur le bureau. Celle-ci montrait une jeune femme mince aux cheveux noirs, avec une expression sobre, aux épaules assez larges, mais peut-être était-elle athlétique, comme tant de jeunes femmes aujourd'hui.

— Ma femme était tellement heureuse, déclara Dewberry. Miriam était la fille parfaite.

Il ne regardait même pas la photographie.

— Elle s'est occupée de sa mère si tendrement, jusqu'à la fin.

Il releva les yeux vers Raft, les larmes tremblant au bord de ses yeux.

Bravo, pensa Raft. *Une performance virtuose, Lord.*

— Connaissez-vous quiconque qui aurait pu vous vouloir du mal, à vous ou à Miriam ?

Dewberry secoua la tête, ostensiblement submergé par l'émotion. Raft commençait à être fatigué par cette mise en scène.

— Vous n'avez pas la moindre idée d'où elle se trouve, et pourtant, il n'y a eu aucune demande de rançon. Aucune demande de rançon, et le collier de Miriam flottait dans l'East End, apparemment tout seul. Je ne peux pas m'empêcher de suspecter que vous êtes en quelque sorte complice de cela, Lord !

Juste au bon moment, quelqu'un frappa à la porte, et la tête de Cholmondely apparut.

— Sir Neville dit que Lord Dewberry doit être relâché, dit Cholmondely.

Il était terriblement désolé, et inclina la tête d'un geste de déférence à l'attention de Lord Dewberry avant de reculer vers la porte.

— Bien.

Dewberry se releva, époussetant des miettes imaginaires sur ses vêtements.

— Même si j'aurais aimé rester assis ici, à discuter avec vous, inspecteur, je crains de devoir y aller.

Il contourna le bureau, rajusta son manteau, et se dirigea d'une démarche digne vers l'ascenseur.

— Salaud prétentieux, murmura Cholmondely.

À cet instant, Raft l'aima vraiment beaucoup.

— Il a quelque chose à voir avec ça, dit l'inspecteur. Je serais prêt à le parier.

— Voulez-vous que je le suive, Monsieur ? demanda Cholmondely en jetant un regard empli d'espoir vers le lord en train de disparaître. Le persuader un peu, peut-être ?

— Non, répondit Raft en soupirant. Non, ça ira, Cholmondely. Laissez-le partir pour l'instant.

Il ramassa un crayon et gribouilla quelque chose sur un morceau de papier.

— Je veux que vous trouviez cet homme, le Major Schlessinger.

Cholmondely regarda le papier d'un air suspicieux.

— Où ?

— Knightsbridge, dit Raft. Ne l'approchez pas. Ne lui parlez pas, en fait. Localisez-le simplement. Je veux une adresse, Constable, et une idée générale de la maison. Ne frappez pas aux portes, et pour l'amour de Dieu, ne commencez pas à interroger les domestiques. Ramenez-moi juste des informations que je puisse utiliser... c'est tout.

Quelque chose brillait au sol, juste à côté de la chaise où Dewberry s'était assis, et Raft se pencha pour le ramasser. C'était une épingle à cheveux de femme en argent, incrustée d'un véritable blizzard de diamants.

Il la glissa dans sa poche sans rien dire.

RAFT PRIT un fiacre jusque chez lui, entra, et se servit une tasse du thé chaud de Madame Stringer, tout en consultant le courrier du jour. Il y avait une carte postale de son ami Hugh Lamphrey, en vacances à Terre-Neuve, qui avait ramené chez lui un de ces chiens célèbres comme animal de compagnie. *Je vais l'appeler Philemon*, écrivait Lamphrey, *parce qu'il a tes yeux*. Raft sourit en lisant, puis glissa la carte derrière le miroir, au-dessus de la cheminée. Il devrait écrire au moins quelques lignes à Lamphrey, même quelque chose de rédigé à la hâte conviendrait. Il se demanda si Lamphrey, un agent de Pinkerton, avait réussi à attraper l'architecte Geraint Trask, un homme que Raft et lui soupçonnaient fortement d'être Jack l'Éventreur.

Il remplit la baignoire d'eau chaude et se glissa dedans avec plaisir. La vapeur s'élevait autour de lui en de longues volutes, et pendant un moment, il dériva, laissant l'eau chaude défaire les nœuds de ses muscles. *Promets-moi de ne jamais laisser cela t'arriver de nouveau... Je ne pourrais pas continuer... Je n'en serais pas capable.*

Raft secoua la tête, essayant de faire disparaître le souvenir, mais il était têtu et se cramponna, comme lorsqu'il était en proie à un cauchemar dont il n'était pas en mesure de se réveiller. Il sourit en imaginant Hugh Lamphrey avec un chiot. Aimait-il même les chiens ? Il devait... Freddie lui avait toujours semblé être le genre d'homme à aimer les chiens, mais Freddie n'était pas là. Peut-être qu'ils pourraient prendre un chien lorsqu'il rentrerait – un vrai bulldog anglais qu'ils appelleraient d'un nom ridicule, pour le cajoler comme s'il s'agissait d'un enfant. Cette dernière pensée le fit sourire. Il pouvait imaginer Freddie en train d'essayer d'éduquer un chiot.

Bon Dieu, il était fatigué... et en dépit de ce morceau de dent, il n'avait toujours pas d'idées claires sur l'affaire Miriam Dewberry. La fille était peut-être déjà morte, c'était une possibilité, mais Raft espérait que ce n'était pas le cas. Et pourquoi diable Dewberry se promenait-t-il avec les épingles à cheveux de sa fille dans ses poches, hormis pour les vendre ? S'il avait autant perdu pendant la crise de Baring que le supposait tout le monde, il était probablement à cran et avait besoin d'argent... mais quiconque le verrait vendre les affaires personnelles de Miriam penserait qu'il rassemblait un capital pour payer la rançon. C'était l'une des choses qui impliquaient le plus Dewberry dans cet enlèvement supposé, et peut-être qu'organiser l'enlèvement de Miriam lui donnait précisément l'excuse dont il avait besoin pour fouiller ses affaires – peut-être qu'elle avait davantage que des épingles à cheveux et des colliers en diamants à piller.

Il capta un mouvement du coin de l'œil et se tourna rapidement. L'eau du bain ballotta autour de lui et se répandit au sol.

— Qui est là ?

Il écouta attentivement, tendant l'oreille pour entendre, mais il n'y avait rien. Il se réinstalla dans l'eau du bain, le cœur battant.

— Alors, vous êtes de retour.

Raft jaillit de la baignoire et recula, ses pieds cherchant leur appui sur le sol glissant. *Freddie, c'est Freddie, il est vraiment là.*

— Comment avez-vous...

Ce n'était pas Freddie, mais son frère Armitage. Raft se précipita vers la cordelette de la sonnette. Il tressaillit quand une cravache frappa l'air en sifflant.

— N'y touchez pas. Je vais parler, si ça ne vous dérange pas.

La cravache reposait contre son poignet, le clouant au mur. Dans l'obscurité, il peinait à distinguer le visage hargneux d'Armitage Crook. Le temps n'avait pas été clément envers le frère aîné de Freddie : Armitage s'était clairement mis à boire. Son visage était gonflé et ses yeux étaient cernés de poches, enfoncés profondément dans leur orbite. Ils brillaient d'une folie tout à fait alcoolique.

— Ma femme m'a quitté, dit-il. Elle me blâme pour ce qui est arrivé à Freddie. Elle a dit que c'était ma faute s'il était parti.

— Arrêtez, dit Raft. Vous me brisez le cœur.

Il agrippa la cravache de sa main libre et la tordit, la cassant en deux.

— Maintenant, sortez d'ici.

Le fait qu'il soit nu et trempé importait peu.

— Je ne sais pas ce qu'il voyait en vous, déclara Armitage, regardant dédaigneusement le corps nu de Raft. Bien sûr, tous les goûts sont dans la nature. Ma Lucy a toujours préféré Freddie. Et maintenant, elle m'a quitté.

— Une femme intelligente, rétorqua Raft.

Il profita de la distraction momentanée d'Armitage pour enfiler une robe de chambre. Dommage qu'il ait laissé sa lame préférée sur la table de nuit, près de son lit.

— Maintenant, foutez le camp. Je ne veux rien avoir à faire avec vous, et vous avez cessé d'avoir le droit d'être ici quand votre frère est parti en Argentine.

Il attrapa la manche du manteau d'Armitage, mais l'autre homme fut plus rapide. L'inspecteur chancela vers l'arrière, glissa sur l'eau renversée du bain, et tomba. Armitage se jeta sur lui, hurlant comme un chat enragé, ses mains griffues tendues vers le visage de Raft.

— Allez, dégage de là, toi.

Des mains fantomatiques se matérialisèrent de l'obscurité et s'emparèrent d'Armitage. Il y eut une lutte, puis le plus grand des frères Crook disparut dans les escaliers. La porte d'entrée se referma si doucement que la cloche de Madame Stringer ne tinta même pas.

Raft se releva et tenta d'essuyer ses fesses mouillées avec une serviette trempée, en vain. Il se précipita hors de la salle de bain et entra en collision avec Geoffrey Breedlove au milieu du salon.

76

— Vous m'écrasez, inspecteur, dit le giton en souriant. Mais je ne me plains pas de la vue.

— Oh, pour l'amour de Dieu !

Raft bondit pour s'éloigner de Breedlove, et referma sa robe de chambre.

— Que diable faites-vous là ?

Le giton rajusta ses vêtements, prétendant son honneur bafoué.

— Je vous sauvais, même si vous ne prendriez jamais la peine de me remercier. Heureusement pour vous, je me trouvais dans le quartier.

Il traversa la pièce jusqu'à la cheminée et alluma le gaz.

— Merci.

La colère de Raft le quitta.

— Merci. Je pensais… pendant un instant, j'ai cru que vous étiez…

Breedlove acquiesça.

— Lui.

Il s'enfonça dans une chaise et tendit ses mains pâles vers le feu.

— Je vois ce que vous voulez dire.

Il jeta un regard vers la robe de chambre humide de Raft.

— Vous devriez changer de vêtements, inspecteur, dit-il en souriant. Ou vous en débarrassez. Dois-je sonner pour demander du thé ?

— Euh, oui, s'il vous plaît. Allez-vous rester ?

Il avait prévu de passer une soirée tranquille, mais l'arrivée impromptue de Crook avait mis fin à cette idée.

Breedlove tapota son ventre maigre.

— C'est le moins que je puisse faire, dit-il.

— Merci.

Raft se rendit dans sa chambre et s'essuya, avant d'enfiler une chemise de nuit propre.

— Vous dites que vous étiez dans le quartier. Vous travailliez ?

Geoffrey Breedlove était un giton notoire, bien connu dans l'East End et au-delà. Lui et son frère adoptif, George, avaient été les détenus de la « ferme à bébés [24] » la plus infâme de l'East End. Plus chanceux que la plupart des enfants dans leur situation, ils avaient été pris en charge par un

---

24 À l'époque Victorienne, les « fermes à bébés » étaient des lieux où les enfants étaient soit recueillis pour être revendus, soit placés pour s'en débarrasser en l'échange d'une forte somme d'argent. Certains de ces « fermiers de bébés » allaient même jusqu'à assassiner les enfants pour pouvoir en recueillir d'autres, étant donné que ces paiements pouvaient rarement couvrir les frais engagés.

77

pasteur et sa femme, et avaient grandi dans un environnement sain, chose qui n'avait en rien empêché Breedlove d'exercer son métier dans la rue. George était mort de sa propre main, l'année précédente.

— En effet, seulement, pas de la façon dont vous pensiez.

Breedlove vint se placer à la porte, son regard appréciateur parcourant la silhouette de Raft.

— Je suis assez occupé avec Monsieur Hoare, depuis un an.

Raft passa un peigne dans ses cheveux mouillés.

— Ponsonby doit être ravi, ou peut-être qu'il n'est pas du genre jaloux.

Breedlove indiqua le lit d'un mouvement du menton.

— Pas beaucoup de place ici, mais si vous êtes partant, inspecteur, je vous offre une culbute.

— Pas intéressé.

Raft essaya de passer près de Breedlove pour qu'il se pousse, mais le giton attrapa son bras.

— Vous êtes sûr ?

Les deux hommes étaient de la même taille, et Breedlove pouvait regarder droit dans les yeux de Raft.

— Parce que je n'ai vraiment, vraiment aucune objection.

Sa langue apparut et humidifia sa lèvre inférieure, et Raft se rendit compte qu'il aurait été très facile, beaucoup trop facile en réalité, d'autoriser Breedlove à l'emmener jusqu'au lit. Breedlove était assez séduisant, et une telle liaison serait peut-être même amusante le temps qu'elle durerait, mais il finirait par le regretter, il le savait.

— Tout à fait.

Raft retira son bras et s'éloigna pour raviver le feu. Il offrit une cigarette à Breedlove, d'une boîte sur la table basse, et l'alluma pour lui.

— Monsieur Crook semblait assez hors de lui. Il était offensé, n'est-ce pas ?

Breedlove cherchait des informations, une chose qu'il faisait vraiment très bien.

— Ce que fait Monsieur Crook est son affaire. Y a-t-il une raison à votre venue ?

Raft tira sur sa propre cigarette.

— Oh, mais inspecteur…

Breedlove rajusta sournoisement son pantalon.

— Je ne suis pas encore venu.

— Vraiment enfantin.

L'arrivée de Madame Stringer épargna à Raft d'en supporter davantage. Elle portait une théière et un plateau.

— Votre thé et vos sandwiches, Monsieur Raft, et du gâteau.

La propriétaire posa le plateau sur la table et lança un regard foudroyant en direction de Breedlove.

— Essayez de garder les lieux en ordre.

La porte se referma derrière elle avec la finalité d'une malédiction.

— Bien ! Voilà ce que j'appelle un vrai repas ! dit Breedlove en se servant. Je meurs de faim, moi.

Il fallut trois sandwiches au jambon avant que Raft réussisse à le persuader de parler, et ce qu'il lui transmit était prévisible.

— Monsieur Hoare dit de faire attention à vous. Lord Dewberry, c'est une vraie crapule. Il a une femme à son service. Elle est encore pire que lui, Monsieur Hoare m'a demandé de les surveiller, et il m'a dit de garder aussi un œil sur vous, juste au cas où vous auriez besoin de notre aide.

Raft lui lança un regard noir qui aurait pu faire fondre le roc.

— Monsieur Hoare doit mener sa propre enquête.

Il tendit la main vers un sandwich et récupéra également une part de gâteau.

— Veuillez l'informer que je n'ai nul besoin de ses… aimables attentions.

— Il a dit que vous diriez ça. Il a dit que vous diriez probablement que vous maîtrisez la situation et de ne pas s'inquiéter.

Breedlove inséra une tranche entière de gâteau dans sa bouche d'un seul coup, comme quelqu'un postant une lettre.

— Y 'it euh -ou' 'ire 'il 'eut ai'er.

Breedlove récupéra sa tasse et engloutit son thé.

— Il dit de vous dire qu'il peut aider. Si vous voulez de son aide.

— Je n'en veux pas, répondit Raft. Ce que je veux, c'est que Monsieur Hoare freine des quatre fers et tienne les rênes.

Dès que les mots lui furent sortis de la bouche, il se rendit compte qu'il s'était trompé d'expression.

— Euh… bref.

— Êtes-vous un homme sportif, inspecteur ?

— Non.

— Je pense qu'avant que tout ça soit terminé, vous demanderez son aide à Monsieur Hoare.

Breedlove ramena quelques miettes dans sa bouche du bout des doigts.

— Que diriez-vous de nous serrer la main, comme des gentlemen ?

— Que diriez-vous de finir votre thé et de partir ? demanda Raft en se levant. Bien, j'en ai assez de ces absurdités.

Il enveloppa le reste du gâteau dans une serviette et le fourra dans la poche de Breedlove, leva le giton de son siège par le coude, le poussa sur le palier, avant de refermer la porte derrière lui.

— Ça fera cinq livres !

La voix de Breedlove, assourdie mais toujours reconnaissable en tant que telle, était excessivement gaie.

— On se reverra !

— IL SEMBLERAIT que vous ayez raison, dit Gallant.

Il était allongé de tout son long sur le canapé de Jeremy Hoare, et son visage avait pris une teinte jaunâtre.

— Je me trompe rarement.

Hoare renifla. Il fit un geste vers John Ponsonby.

— Ausculte Monsieur Gallant, s'il te plaît, John ! Il n'a pas l'air d'aller bien du tout, et j'ai peur qu'il soit revenu à ses anciennes habitudes.

— Vous n'êtes pas amusant, grogna Gallant, mais il laissa Ponsonby l'examiner.

Le médecin déboutonna le gilet de Gallant et lui retira sa chemise. Gallant supporta cette intrusion patiemment. Il grimaça lorsque les doigts prudents de Ponsonby s'aventurèrent trop près des bords de sa blessure.

— Une entaille terrible, le gronda Hoare. On croirait que vous avez été encorné par un taureau.

Ponsonby lança un regard mauvais en direction de l'avocat.

— Vraiment ? demanda-t-il d'un ton aigre. Quel détective vous faites.

Il tapota l'épaule de Gallant.

— La plaie guérit normalement. Vous avez été extrêmement chanceux, vous savez. Cette blessure a tué beaucoup d'hommes avant vous.

— Oui, eh bien, quand on se mêle au bétail...

Hoare agita une main et leva les yeux au ciel.

— Restez en dehors de l'étable, Monsieur Gallant.

Gallant baissa les yeux vers la plaie et haussa les épaules. Pendant un moment, il sembla à Hoare beaucoup plus vieux que son âge, ses yeux

80

bruns chaleureux hantés par de vieux souvenirs, des conflits d'un temps révolu. Puis il se rassit et l'illusion disparut, et il ne resta de nouveau plus qu'un jeune homme bien habillé, au sourire facile.

— Je suis affamé, dit-il. Va-t-il y avoir à manger ? Du thé ?

Puis, il rajouta l'air de rien :

— Vous feriez mieux de surveiller votre giton. Il a commencé à poser des questions. Trop de questions.

— Ah, vous l'avez vu, alors. Bien.

Hoare tendit la main avec impatience.

— Laissez-moi les voir.

Gallant lui remit un petit paquet.

— Vous me devez dix livres, dit-il.

Il supporta le regard surpris de Hoare pendant un moment.

— J'ai dû le payer. Vous savez comment il est. Et d'ailleurs, au cas où vous auriez oublié, j'ai accepté pour des raisons personnelles. Ces raisons n'impliquent pas d'être encorné par un taureau ou de me faire moquer par une ordure des rues.

— Alors vous auriez dû payer en pesos argentins, Monsieur Gallant.

Hoare examina ses ongles.

— Je me demande s'il était sage de vous envoyer là-bas.

C'était bien le genre de Hoare de dire ces choses-là, surtout quand il était énervé. Dépenser de l'argent l'énervait toujours, mais Gallant n'avait aucune pitié. Il avait voyagé en Amérique l'année passée, à cause de l'un des caprices de Hoare, parce qu'il avait déniché des ragots sur Lord Dewberry et voulait confirmation. Gallant avait appris l'espagnol à cause de lui, et avait effectué un long voyage périlleux en bateau jusqu'à Buenos Aires, où il était entré dans les bonnes grâces de la famille De Cuellar, et surtout de leur jeune fils, Alberto. Cela lui avait assuré une place admirable de laquelle espionner Lord Dewberry. Là encore, tout ce que Gallant avait fait était entièrement pour des raisons personnelles, donc son séjour argentin lui avait fourni un petit amusement, jusqu'à l'accident avec le taureau.

— Il est revenu au pays depuis moins d'un an, dit Gallant. Je l'ai suivi moi-même.

Il cligna des yeux quand la cascade étincelante de diamants dans la main de Hoare capta soudain la lumière.

— Je croyais qu'il pourrait être à la recherche de ça.

L'avocat ronronnait littéralement.

— Elles sont belles, n'est-ce pas ?

— Elles sont pas mal.

La vision des boucles d'oreilles laissait Gallant de marbre, tout autant que la raison pour laquelle elles étaient sur le marché. Il était stupéfait de voir jusqu'où les hommes pouvaient aller, surtout si cela impliquait de l'argent.

— Un peu clinquant à mon goût…

Il fut interrompu lorsqu'on frappa à la porte.

— John, peux-tu répondre ?

Hoare tendit une main pâle vers la porte, ses yeux ne quittant jamais les bijoux scintillants.

— Lord Dewberry n'a pas l'habitude d'attendre. Vite !

— Je suis docteur, siffla Ponsonby, pas serviteur.

Il traversa la pièce jusqu'à la porte et l'ouvrit, avec un peu plus de force que nécessaire.

— Lord.

Il salua avec raideur, s'inclinant à la taille. Gallant, qui avait été en train de se rallonger, se redressa et rajusta son gilet.

Mais Hoare ne fit pas de façons ; dès que Dewberry se fut assis, il commença.

— Lord, pourquoi avez-vous mis en vente les bijoux de votre fille ? Et sur le marché clandestin, en plus.

Hoare fit miroiter les boucles d'oreilles devant le nez de Dewberry.

— Il n'y a pas eu de demande de rançon. En effet, à part les souvenirs bizarres qui arrivent presque chaque jour chez Scotland Yard, il n'y a eu aucun mot de la part du ravisseur.

— *Ravisseur*, dites-vous, répondit Dewberry en regardant ses mains. Les jeunes femmes ne sont-elles pas en général enlevées par plus d'une personne ?

— Des gangs entiers, dit Gallant. Errant dans les rues comme des chiens galeux, surtout dans B…

— … surtout dans Brighton, dit Hoare doucement.

Il lança un regard noir vers Gallant.

— Des gangs de ravisseurs à Brighton ?

La tête de Dewberry se redressa comme s'il avait été électrocuté.

— Vraiment ?

— Monsieur Gallant a une connaissance intime de Brighton, dit Hoare, étant donné qu'il adore les bains de mer.

Gallant ricana simplement.

— Je ne peux vous aider, Lord, si vous continuez à rester évasif, dit Hoare.

Il lança un regard vers les deux autres.

— Je ne vois pas en quoi cela est pertinent, dit Dewberry. J'ai été harcelé par la police, qui suppose que je suis en quelque sorte impliqué dans toute cette affaire sordide.

Dewberry semblait amusé par tout cela.

— Un malotru de Scotland Yard, un homme redoutable.

Gallant se pencha en avant sur son siège.

— Oui, un inspecteur… je pense.

— Raft.

Gallant glissa les mains dans ses poches de pantalon.

— Raft, répéta Dewberry une fois ou deux. Dites-moi, Monsieur Hoare, pensez-vous que je sois à blâmer pour la disparition de ma fille ?

Hoare lança un regard à Dewberry.

— L'êtes-vous ?

IL CHUCHOTAIT parfois à Miriam en espagnol. Cela lui rappelait son temps passé à Buenos Aires avec Papa, et le soleil argentin, les vacances à Miramar en été. Elle aimait cela, lorsqu'il lui rappelait d'agréablement moments des temps passés, et même les enfants battaient en retraite quand il venait lui raconter ses histoires. Il lui tenait les mains et murmurait, *Temprano por la mañana, entraríamos la huerta, el papa y yo, y la fruta para el desayuno, toda la fruta del frunce que tú podría imaginarse, y Teresita, ella haría el desayuno…*

Sa voix la berçait jusqu'au sommeil, ou quelque chose de très semblable. Parfois les histoires étaient dures et douloureuses, et elle savait alors que les contes étaient vrais. *Cuando el mama murió, todo era muy triste. Recuerdo ir al cementerio y escoger las flores para llevar ella. Era muy joven. El papa permanecería lejos para que los días y solamente Teresita tomen el cuidado de mí. Me sentío muy solo.*

Il avait tant souffert et désormais sa famille était ruinée, et Miriam se sentait désolée pour lui. Il ne lui avait jamais dit son nom et elle ne le lui avait jamais demandé. Elle supposait qu'il venait du même endroit que les enfants, mais elle n'en était pas sûre. Les mains des enfants étaient froides comme la glace quand ils la touchaient, mais ses mains à lui étaient chaudes et son eau de Cologne lui rappelait les forêts près de Miramar. Son mot préféré était « argent ». Sa famille avait fait fortune et tout perdu à cause de ce métal précieux. Pendant un temps, son père avait été riche au-delà de tout, disait-il, mais toute cette fortune avait désormais disparu. Il pleurait en racontant cela, et quand il partit, elle se sentit plus seule que jamais dans cette pièce sombre – même les enfants ne venaient plus.

Et puis la vieille dame arriva, caquetant et hurlant.

— Tu dois avoir dormi, ma beauté. Des jours ont passé où tu n'as fait que ronfler.

Elle commença à défaire les liens des poignets de Miriam et de ses chevilles.

— Lève-toi, petite pute paresseuse !

— Où m'emmenez-vous ?

Toute la peur des semaines passées l'envahit de nouveau. Les enfants appelaient et murmuraient, mais elle les entendait à peine.

— Vous allez à votre couronnement, Votre Altesse, oh oui.

La vieille femme amena une casserole d'eau et un chiffon, comme la maison déserte ne possédait aucune installation pour se baigner.

— Il va falloir te faire belle pour quand il viendra.

— Je n'irai nulle part.

Miriam renversa le bassin et il se brisa, envoyant de l'eau partout. Elle recula en hurlant.

— Je n'irai nulle part avec lui. Mon père viendra me chercher. Vous m'entendez ? Il viendra me chercher !

— ALLEZ-Y, MONSIEUR Doyle.

Raft hocha la tête à l'attention du responsable de la morgue, qui acquiesça en retour et commença à découper les vêtements de Cecily Pring : la robe blanche, les jupons vaporeux, les bas et les culottes. Il jeta les restes dans une poubelle à ses pieds. La tenue fichue serait donnée à un magasin de seconde main ou à un chiffonnier, qui vendrait les morceaux pour quelques centimes. Ses chaussures seraient données également, et tout bijou trouvé sur le corps serait rendu à sa sœur.

— Bon sang !

Doyle se redressa et regarda Raft, bouche bée.

— Qu'est-ce que c'est que ça ?

Toute la surface du corps de Cecily Pring était recouverte de zébrures rouges, même la plante de ses pieds. Raft aida Doyle à la retourner, et le gros des dommages était confiné à l'intérieur des cuisses, aux fesses et à la vulve, mais il y avait des marques sur ses seins et son ventre, ainsi que sa nuque. Cette vision rappela désagréablement à Raft une enquête qu'il avait autrefois menée, impliquant un culte secret de vampires.

— Un lecteur, peut-être ? Quelqu'un qui détestait le sujet de son dernier article ?

Il était heureux que Cholmondely soit occupé ailleurs ; il n'avait pas envie d'essayer d'expliquer cela au constable.

— N'aurait-t-elle pas pu se faire cela elle-même ? demanda Doyle en retournant le corps sur le dos. Comment appelle-t-on cela ? Flagellation ?

— Elle ne semblait pas du genre religieux.

Raft toucha légèrement les marques du bout des doigts, mais la peau morte ne réagissait plus à la pression.

— Ce serait assez difficile pour elle d'atteindre sa nuque. Les fesses, je peux comprendre, et la vulve, mais pas ça.

Il recula quand Doyle vérifia ses orifices, avant et arrière, pour voir s'il y trouvait des matières étrangères. Il savait que c'était un exercice de routine, mais la vue des doigts du gros homme à l'entrée du vagin de cette jeune femme le dérangeait. Il s'attendait à entendre Doyle faire une blague sur le fait de se trouver dans une femme. Raft aurait fait la même blague, sauf qu'il ne trouvait rien à dire.

— Propre comme un sou neuf.

Doyle se rinça les doigts au robinet et prit son scalpel.

— Voulez-vous vérifier quelque chose avant de commencer, inspecteur ?

— Non, continuez, Monsieur Doyle.

La chair s'écarta sous le scalpel quand Doyle trancha un sillon propre le long de la ligne médiane du corps, continuant sa coupe en forme de Y jusqu'aux épaules. Raft regarda Doyle peser et noter chaque organe interne, soulagé que Cecily Pring soit aussi banale dans la mort qu'elle l'avait été dans la vie. L'esprit de Raft et son regard n'arrêtaient pas de revenir aux zébrures qui couvraient le corps de la jeune femme. Il était impossible qu'elle ait été adepte de ce genre de punition. Raft avait vu ce genre de choses, auparavant. Il était toutefois improbable, étant donné son goût pour le fauteuil roulant, qu'elle ait quitté sa demeure suffisamment longtemps pour se rendre dans un bordel où l'on pratiquait la flagellation, ou même à l'une des fêtes qui étaient récemment devenues populaires dans certaines des banlieues les plus cossues. Il n'y avait aucune preuve que

Cecily Pring ait été autre chose qu'une invalide coincée chez elle, et de son propre dessein.

— Ah.

Doyle souleva l'estomac : il était bleu vif.

— Voici votre acide prussique.

— Définitivement du poison, alors.

Raft hocha la tête vers Doyle et se dirigea vers les escaliers.

— Merci, Monsieur Doyle ! C'est toujours un plaisir.

ALBERTO DE Cuellar marqua une pause sur le pas de la porte du bordel le plus cher et le plus exclusif du West End. De l'extérieur, il n'était même pas apparent qu'il s'agissait d'un bordel, mais c'était un endroit que De Cuellar connaissait bien. Il avait une ardoise ici, à peu près égale au produit intérieur brut de certains petits pays d'Amérique du Sud, et même si sa fortune amoindrie le déprimait, il ne pouvait s'empêcher de revenir.

— Señor De Cuellar, c'est un plaisir de vous revoir.

La propriétaire l'accueillit chaleureusement et posa une main gantée sur son bras. Lottie avait subi de graves brûlures aux deux mains à la suite d'un accident avec une lanterne, lorsqu'elle était enfant. Son choix de porter des gants d'opéra pour couvrir ses cicatrices avait lancé une mode parmi les habituées de certains salons du West End. Certaines des filles de Lottie effectuaient même leurs fonctions tout en portant des gants, en hommage à leur maîtresse.

— Est-ce que vous prendrez encore Christina ce soir, ou voulez-vous choisir vous-même ?

Son expression indiquait que cela ne poserait pas de problème : De Cuellar était jeune, beau et étranger. Beaucoup des prostituées de Lottie auraient été heureuses de servir De Cuellar gratuitement.

— Est-ce que Christina est libre ?

De Cuellar avait l'air bien reposé, mais il se levait rarement avant seize heures, préférant mener l'essentiel de ses affaires au cours de la nuit. Tandis que les derniers rayons de la lumière dorée du jour disparaissaient dans les coins de sa chambre, il se levait, s'habillait et se rasait, se préparant avec un soin exquis. Il aimait s'occuper de ses clients sous le couvert de la nuit, étant donné que ses patients étaient des prostituées, presque sans exception.

— Elle l'est, docteur. Prendrez-vous votre chambre habituelle ?

— S'il vous plaît.

Il leva sa main gantée et l'embrassa. Quand elle l'abaissa de nouveau, elle contenait un billet de dix livres.

Elle sourit joliment et fit signe à quelqu'un à l'autre bout de la pièce. Une jolie rousse arriva pour escorter De Cuellar à l'étage. Les marches étaient recouvertes de moquette, ainsi que le couloir, pour isoler des bruits des diverses chambres discrètement fermées. Même le trajet de la rousse était mené dans un silence sacerdotal. Il devait reconnaître cela aux Anglais : ils tenaient vraiment à leurs rituels.

— Et voilà, Señor. Christina viendra directement.

— Gracias.

Il glissa un billet de banque dans son décolleté et entra dans la chambre. Elle était somptueusement meublée. Il aurait pu s'agir de n'importe quelle chambre de banlieue de l'ouest de Londres. Il traversa jusqu'à la cheminée et éteignit le gaz, préférant les chandelles. Lui aussi avait ses rituels.

Plusieurs années auparavant, quand la fortune de son père avait disparu, Alberto De Cuellar, âgé alors de dix-sept ans, avait erré dans les rues de Buenos Aires, pleurant régulièrement et souvent ivre, tandis que son père s'était lui-même enfermé dans la bibliothèque pour se faire exploser la cervelle, après que la mine d'argent dans laquelle il avait investi toutes ses possessions avait fait faillite. Finalement, usé par ses pérégrinations, le jeune De Cuellar avait fini par trouver une grande maison élégamment aménagée, emplie de belles femmes. Il avait été escorté à l'intérieur, où après lui avoir servi un verre de vin, on l'avait joyeusement soulagé de sa virginité.

Depuis lors, il s'était montré reconnaissant.

— Mon chéri.

Christina Vasquez se glissa dans la pièce. Elle était blonde, petite et belle, avec un visage en forme de cœur.

— Je suis désolé de vous avoir fait attendre.

— Ne sois jamais désolée, murmura De Cuellar.

Il l'embrassa, la dépouilla de sa robe de chambre, et l'embrassa à nouveau.

— Es-tu trop fatiguée, ce soir ? Peut-être que nous pourrions nous contenter de discuter.

Il se débarrassa de ses vêtements et s'allongea, sa silhouette parfaitement dissimulée par les luxueux rideaux du lit.

— Je sais quel genre de discussion vous aimez, répondit-elle.

Elle grimpa sur lui à califourchon et griffa son torse, ses ongles entaillant profondément sa peau.

— Je sais toujours ce que vous voulez, mon chéri.

De Cuellar arqua le dos et gémit quand ses ongles mordirent profondément sa peau. Il frissonna quand le sang commença à couler.

— Tu es belle comme ça, dit-il.

Beaucoup plus tard dans la soirée, le feu avait fini par mourir, ne laissant que des braises. De Cuellar déchiqueta une rose et en dispersa les pétales sur le corps nu de Christina.

— Tu es si belle.

— Alberto, mon chéri, répondit-elle, vous saignez.

Il la fit rouler sur le dos et écarta ses cuisses, les plia et les mordit légèrement, puis passa la langue sur sa vulve.

— Ouvre-toi pour moi, ma chérie.

Il grogna quand ses parois intimes s'emparèrent de lui et l'attirèrent à l'intérieur. Elle leva les bras au-dessus de sa tête et ondula des hanches, se soulevant pour répondre à ses à-coups.

— *Tú me está dando mucho placers, mi dulce.*

Elle enroula ses jambes autour de sa taille quand il entra en elle, et elle glapit quand il se pencha pour mordre ses seins. Il avait besoin de sa participation, il ne pouvait pas réussir sans celle-ci, aussi calqua-t-elle ses cris sur ses morsures rapides et lancinantes. Elle le chevaucha, glissant contre son torse sanglant jusqu'à ce qu'enfin il crie, se répandant en elle et se rallongeant pour poser son front contre le matelas.

V

La pièce était remplie de la présence de nombreux enfants morts. Ils encerclaient Raft comme une brume froide, leurs mains saisissant ses vêtements, leurs doigts perçant sa chair comme des éclats de glace. À certains moments, sa propension à voir des esprits l'agaçait et lui faisait peur.

Agissant sur une intuition et sur les informations de Cholmondely – un vendeur de marrons aurait vu une fille correspondant à la description de Miriam Dewberry, être emportée dans un ancien cabinet médical sur Harley Street – il était venu ici, mais il semblait avoir fait le trajet pour rien.

— L'oiseau s'est envolé.

— Désolé, Monsieur. On dirait que le nid est vide.

Cholmondely apparut derrière l'épaule gauche de Raft. Ses mains étaient pleines de bure noire, certains morceaux toujours noués. Les grands yeux bleus du constable étaient troublés, et Raft se demanda s'il avait bien fait d'emmener Cholmondely. Le constable avait à peine plus de vingt ans, et son expérience antérieure s'était limitée aux effractions occasionnelles et à surveiller les petits délinquants en cellule.

— Vous pensez qu'ils l'ont attachée avec ça ?

— Oui.

Il ne mentionna pas les enfants fantomatiques, certain à juste titre que le jeune homme ne pouvait pas les voir.

— Nous sommes arrivés trop tard.

— Il semblerait, inspecteur, dit Cholmondely en lui tendant le tissu. Est-ce que je ramène ça au Yard ?

— Oui.

Raft poussa une porte intérieure, en faisant attention à ne pas déranger la disposition des choses dans la pièce : une chaise en bois, une petite table ronde avec une lampe, le bec et la cheminée tous deux noircis de suie ; un ruban à cheveux.

— Nous placerons au moins cela avec les preuves.

La porte menait à une pièce assez grande, probablement un salon ou une chambre. Il y avait une fine couche de poussière sur tout, et les fenêtres avaient été peintes en noir.

— Il y a peu de temps, murmura Raft. Un jour ou deux.

Cholmondely, fermant la marche, suivit son aîné.

— Monsieur ?

— Elle est partie il y a peu de temps. Il y a seulement un peu de poussière, remarqua Raft.

Il se pencha pour examiner une chaise en bois : la même que celle dans l'autre pièce, dominant l'espace comme un trône.

— Elle était probablement assise ici.

Il toucha une série de petites marques, les comptant mentalement.

— Des marques d'ongles, dit-il. Elle comptait les jours. Doyle a trouvé du vernis à meubles sur les coupures d'ongles.

— Donc ce sont ses ongles. Donc elle est toujours vivante.

Raft l'ignora.

— Savez-vous ce qu'est la poussière, Constable ?

— Un agrégat de peau morte, de cheveux, et d'autres matières organiques et inorganiques provenant des alentours, Monsieur.

Cholmondely cligna des yeux, devant l'expression confuse de Raft.

— Ce n'est pas ça ?

Agrégat, pensa Raft. *Il utilise des mots comme « agrégat ».*

— C'est ça, Constable. Bien joué.

Il marcha lentement autour de la salle, effleurant du bout des doigts les fenêtres peintes.

— Est-ce que c'est vrai, Monsieur ?

Cholmondely avait un talent surnaturel pour apparaître près de l'épaule de Raft.

— Qu'est-ce qui est vrai, Constable ?

— Certains des sergents disent que vous les voyez, après qu'ils sont morts.

Les cheveux de Raft se dressèrent sur sa nuque. Il se tourna lentement, son visage le picotant.

— Je ne…

Cholmondely n'arrivait soudain plus à croiser son regard.

— Ce n'est rien d'autre qu'une rumeur ridicule.

Le visage de Cholmondely était franc, ouvert. Il ne faisait pas de sentiments.

— Désolé, Monsieur.

Raft hocha la tête et se détourna, luttant pour se reprendre. Donc, ses difficultés personnelles étaient de notoriété publique à Scotland Yard, c'est ça ?

— Miriam Dewberry n'est pas là, dit-il enfin. Nous sommes arrivés bien trop tard.

CETTE NUIT de février était froide, envahie par un brouillard jaune et glissant qui semblait appuyer sur leurs épaules, étouffer leur voix et leur souffle. Raft plongea avec joie dans un pub encore ouvert et entraîna Cholmondely vers une table vide, près du feu.

— J'espère… je veux dire, j'ai tendance à mettre les pieds dans le plat, parfois.

Cholmondely marqua une pause quand le serveur apparut, apportant deux chopes moussantes.

— J'espère que je ne vous ai pas offensé.

— Pas du tout, Constable, répondit Raft en vérifiant sa montre. Bon, en ce qui concerne Sir George, nous en avons fini pour aujourd'hui.

— Bien sûr, Monsieur.

Cholmondely s'attaqua à sa pinte avec entrain. Le silence s'étira un long moment.

— Où pensez-vous qu'il soit allé ?

— Quoi ? demanda Raft en sortant de sa rêverie momentanée. Qui ?

— Le ravisseur.

La voix du constable était calme.

— Où pensez-vous qu'il a emmené Miriam ?

Raft soupira, ne trouvant soudain plus quoi dire

— Constable, est-ce que vous avez faim ?

Le jeune homme sourit.

— Je suis toujours affamé, Monsieur. Je suis encore un garçon en pleine croissance, vous savez.

Raft héla le serveur et commanda deux potées, puis ils discutèrent de tout et de rien en attendant leur repas. Ce n'est qu'après avoir repoussé leurs assiettes et que Raft eut allumé une cigarette que Cholmondely redevint sérieux.

— Je n'essayais pas de faire le malin, Monsieur.

Le constable grimaça légèrement quand la fumée de la cigarette de Raft passa près de lui.

91

— Quand j'ai dit… je suis désolé que vous l'ayez mal pris. J'ai une mauvaise habitude. Maman me disait toujours que tout ce qui me passait par la tête avait tendance à s'échapper de ma bouche.

— Vraiment, rétorqua Raft en feignant la surprise. Une femme intelligente, votre mère.

Il se demanda si le constable avait hérité de sa beauté, ou de celle de son père.

— Je suis désolé d'apprendre que votre femme vous a laissé, dit-il.

— Pas moi.

C'était rapide, trop rapide vraiment, mais loin de Raft l'idée de se moquer du cœur brisé d'un autre homme.

— C'était une mauvaise idée depuis le début.

Il joua avec sa fourchette, la retournant encore et encore, le métal tintant contre le rebord de l'assiette.

— J'étais jeune, dix-sept ans, et elle en avait trente.

Il lança un regard rapide vers Raft.

— Je n'ai pas la moindre idée d'où elle est allée, et je m'en fiche. Est-ce que c'est une chose horrible à dire ?

— Non.

Le regard de Raft s'adoucit. Bon Dieu, ce n'était encore qu'un gamin. Savait-il seulement ce qu'il voulait dans la vie ?

— Non, ce n'est pas une chose horrible à dire, et ce que votre femme a perdu, Scotland Yard l'a gagné, si j'ose dire.

— Merci, Monsieur. Oh, au fait…

Cholmondely tira un bout de papier de sa poche.

— J'ai trouvé ce Schlessinger que vous cherchiez. J'ai écrit les adresses : sa maison, son club, la routine.

Les mains de Cholmondely étaient grandes, mais très fines ; les ongles avaient l'air manucurés.

Pendant un moment, une série d'images interdites firent surface dans l'esprit de Raft. Il n'avait eu personne depuis que Freddie était parti, à moins de compter la tentative de séduction de John Gallant, quelques mois auparavant, et Raft ne la comptait pas. Il ne comprenait toujours pas comment cet ancien dirigeant d'hospice avait réussi à l'attirer autant, en si peu de temps. Gallant insistait sur le fait que Raft et lui s'étaient connus avant. Raft avait aussi eu cette sensation, mais d'après Gallant, Raft était touché par une curieuse amnésie. La première fois qu'il avait posé les yeux sur Gallant, Raft avait dit : « Je pensais qu'il était mort. Je pensais qu'ils étaient tous morts », et à ce jour, il n'avait pas la moindre idée de la raison pour laquelle il avait dit ça, ou de ce que cela voulait dire.

Cholmondely était jeune et très beau. Il avait l'attrait du neuf. Sa bouche était joliment dessinée, la lèvre supérieure un arc parfait, l'inférieure délicieusement pleine. Ses mains étaient magnifiques, ses doigts effilés, et ses épaules étaient larges sous la tunique de constable. Il y avait très, très longtemps que Raft n'avait pas apprécié la compagnie intime de quiconque, hormis sa main droite. C'était facile pour lui d'imaginer Cholmondely dans son lit, d'allonger le jeune homme et de le dévêtir, en suçant et léchant chaque centimètre de sa peau... Ces images lui venaient bien trop facilement : Cholmondely sur le dos, les jambes écartées, son sexe dur magnifiquement dressé, brillant de l'humidité intime de son corps, le sang battant juste sous la surface du gland soyeux... Cholmondely au-dessus de lui, en sueur et extatique, s'enfonçant entre les cuisses de Raft... Leurs corps couverts de sueur glissant l'un contre l'autre, haletant, avançant peu à peu vers leur orgasme. Il se demanda quel genre de bruits faisait Cholmondely quand il était sur le point de jouir, s'il grognait ou criait, ou s'il était complètement silencieux, laissant son corps parler à sa place, son dos cambré et ses membres écartés. Il avait pris Freddie comme ça, une fois, sur le tapis devant la cheminée, un Noël où leur propriétaire était absente. Il avait glissé le sexe de Freddie dans sa bouche et l'avait sucé jusqu'à ce qu'il le supplie de le laisser jouir, et il l'avait fait, en de longs jets brûlants...

— Monsieur ?

Raft cligna des yeux pour revenir au moment présent.

— Quoi ?

— Vous aviez l'air un peu bizarre. Ça va ?

— Parfaitement, Constable.

Raft se força à regarder le papier, mémorisant les adresses.

— Pensez-vous que Sujet soit toujours au travail ?

— Il est un peu tard, Monsieur.

Raft lui rendit le bout de papier.

— Emmenez Sujet et Burley et allez chercher le major Schlessinger. Gardez-le en cellule, s'il vous plaît.

— Sous quelles accusations, Monsieur ?

— Rien, du moins pas pour le moment. Laissez-le là un moment.

Raft consulta sa montre, jeta quelques pièces de monnaie sur la table, et se leva.

— Vous ne vous opposez pas à travailler un peu après vos horaires habituels, n'est-ce pas ?

— Je n'en ai pas, Monsieur, répondit le jeune homme en souriant. Qu'est-ce qu'il a fait, ce Schlessinger ?

Raft lui raconta. Le sourire de Cholmondely disparut, et ses yeux devinrent tout à coup froids et très vigilants.

— Dans ce cas, Monsieur, je ne vais pas prendre la peine d'être doux.

Il rajusta sa tunique, hocha la tête à l'attention de Raft, et sortit dans le froid et l'humidité.

ON AVAIT donné un bain à Miriam, ainsi que des vêtements de rechange dès qu'elle était arrivée. Elle était désormais confortablement assise devant le feu avec un roman. Les discussions tourbillonnaient à son sujet, au rez-de-chaussée : Susan, la femme de chambre qui lui avait été assignée, n'avait pas été autorisée à entrer dans la chambre pendant que Miriam se baignait, on ne lui avait pas non plus permis d'aider Miss Miriam à se déshabiller, ou de se trouver dans sa présence, à moins que Miss Miriam soit complètement habillée.

— Elle se donne des airs, si vous me le demandez. Comme si je me fichais de la voir ! Elle n'a rien de plus ou de moins que moi.

— Certaines dames sont comme ça.

Bess, la bonne, était beaucoup plus âgé que Susan et avait assisté de nombreuses femmes durant sa longue carrière.

— Elles ne tolèrent pas d'être regardées.

Elle entendit un bruit de pas et regarda autour d'elle.

— C'est la maîtresse.

Les servantes se séparèrent immédiatement, Susan se rendant dans le salon pour voir si Miss Miriam voulait quoi que ce soit.

— Quel est cet endroit ? demanda Miriam en relevant les yeux quand la femme de chambre approcha. Pourquoi suis-je ici ?

— Eh bien, la maîtresse est votre amie.

Susan ajusta le plaid autour des jambes de Miriam et tapota son oreiller.

— Voulez-vous souper, Miss ?

— Non.

Miriam agrippa la manche de Susan quand elle se détourna pour partir.

— Quand mon père viendra-t-il ?

— Je ne sais pas, Miss.

Susan essaya de se détacher, mais Miss Miriam était forte, plus forte que la plupart des jeunes filles.

— Je vais aller vous chercher du bouillon.

Elle lui arracha son bras, et la manche se libéra seulement après un important effort.

— Du bon bouillon chaud. Vous irez tout de suite mieux.

Elle s'enfuit vers le couloir, heureuse de s'être éloignée.

Tu n'es pas comme les autres petites filles. Tu dois faire très attention, Miriam. Sa nourrice, qui avait remplacé la mère morte de Miriam, lui avait rappelé cela de nombreuses fois, plus qu'elle ne pouvait les compter. *Tu ne dois jamais leur donner l'occasion de douter de toi. Ce sera ta perte, s'ils se posent des questions.*

— Miriam, ma chérie !

Ada Schlessinger apparut et captura la jeune femme dans une étreinte sentant le lilas.

— As-tu besoin de quoique ce soit ?

— Où est mon père ?

Miriam se recula, grimaçant quand la main d'Ada toucha sa joue meurtrie.

— Il est en chemin, ma chère.

Ada s'installa sur un fauteuil non loin et récupéra son cadre de broderie, en ayant clairement l'intention de rester. Elle avait à peine tiré l'aiguille que la sonnette retentit.

Miriam se raidit comme un épagneul devant une volée de cailles.

— C'est ton père, dit Ada et quand Miriam se leva, elle continua : Reste ici, ma chère. Il viendra te voir.

Quelque chose d'étrange affleurait dans la voix d'Ada, et son sang-froid sembla vaciller un instant avant qu'elle ne reprenne son masque impeccable.

— Attends ici.

Elle sortit de la chambre, une femme couleur de porcelaine semblant monté sur roulettes. Le feu crépitait. Miriam somnola, dérivant entre conscience et inconscience. Un brouhaha de voix montait et descendait, juste de l'autre côté de la porte, et sa joue enflée palpitait au rythme de son cœur.

William dit toujours des mensonges, dit Mary. L'enfant toucha le bras de Miriam, le froid la brûlant.

— Miriam.

Il semblait avoir rétréci et perdu de sa stature ces dernières semaines. Son visage autrefois bon-vivant semblait s'être affaissé. Son corps flottait dans ses vêtements, incertain de sa position dans l'espace, difficile à manier.

— Ma chérie, comment vas-tu ?

Il n'esquissa aucun geste pour la toucher, mais quand elle se jeta dans ses bras, il retourna son étreinte.

— Laissez-moi juste prendre mon châle, Père, et nous pourrons y aller.

— Miriam, répondit-il, la bouche tremblante. S'il te plaît, assieds-toi. Parlons ensemble.

— Je veux partir.

— Je suis désolé, ma chérie. Tu ne peux pas. Miriam, cette comédie doit prendre fin, maintenant. Tu le sais. Nous avons tous joués notre rôle : toi, Madame Schlessinger, même Alberto, et certainement moi.

Une panoplie d'émotions traversa le visage de Miriam.

— Je ne comprends pas.

Elle essaya de toutes ses forces de se rappeler, mais n'y arrivait pas. Son père et elle avaient discuté de quelque chose, lorsqu'ils se trouvaient encore en Argentine, quelque chose qui avait à voir avec Alberto, mais elle n'arrivait plus à s'en souvenir… Quand elle essayait, il ne lui restait que de vagues souvenirs : l'odeur des fleurs, le son de l'océan au loin, la chaleur du soleil. Le visage d'Alberto était près du sien et il disait quelque chose, mais c'était comme écouter quelqu'un parler sous l'eau… puis elle se retrouvait de nouveau dans cet horrible endroit et Alberto se tenait devant elle, en habit de soirée, et lui disait des choses horribles, lui faisait du mal…

— Miriam, te souviens-tu du temps que nous avons passé en Argentine ? Te souviens-tu lorsque nous sommes allés en vacances à Miramar et que tu es allée te baigner dans la mer avec Nanny ?

Il lui prit la main.

— C'était une époque merveilleuse.

Miriam le regarda fixement, sans comprendre.

— Pourquoi est-ce que je ne peux pas rentrer ?

— Je suis profondément endetté. Ce n'est pas une jolie chose à confesser à une femme, et surtout pas sa fille, mais c'est la vérité.

Il se força à la regarder.

— J'ai pris des… décisions d'affaires malencontreuses, Miriam. Ces dettes ne peuvent plus attendre.

La silhouette d'Alberto Perez De Cuellar apparut à la porte, et Miriam recula. Il semblait aspirer tout l'air de la pièce.

— Dites-moi ! répondit-elle, mais ce fut De Cuellar qui parla, et pas son père.

— Votre père a fait fortune en trompant les autres, pour qu'il perde la leur, dit l'Argentin.

Il tenait une carte à jouer dans la main et la faisait tourner entre ses doigts en parlant.

— C'est quelque chose qui n'est pas facile à résoudre ou à réparer.

— Je n'ai rien fait à personne, murmura Miriam.

Elle serra les poings jusqu'à ce que ses phalanges deviennent blanches.

— Je voudrais rentrer chez moi.

Il y eut un bruit soudain à l'extérieur, dans le couloir, et une bagarre, puis une voix cria.

De Cuellar se jeta sur la fille et attrapa son poignet, l'attirant vers lui.

— Où ? cria-t-il à Dewberry qui restait planté là, figé.

— C'est Schlessinger, dit Dewberry. Ils sont venus chercher Schlessinger. Mon Dieu ! Ils sont venus pour lui. Tout va se savoir !

— Où ! rugit l'Argentin. Allez au diable, Dewberry, où ?

— L'armoire à linge, à l'arrière de la maison.

Ada Schlessinger apparut dans la chambre, échevelée, ses vêtements en désordre, comme si elle s'était trouvée au milieu de la bagarre.

— Partez !

— Inspecteur Raft.

Il était minuit passé, et les épaules larges de Cholmondely remplissaient la porte. Raft, penché sur un dossier, prit son temps avant de relever les yeux. L'attirance soudaine qu'il avait ressentie un peu plus tôt pour le jeune homme costaud le déconcertait. Il n'avait pas besoin de telles complications, surtout pas avec des juniors. Freddie allait revenir ; ce n'était qu'une question de temps.

— Oui ?

— Le major Schlessinger est en cellule, Monsieur, comme vous l'avez demandé.

Cholmondely avait l'air fatigué, et même s'il était jeune, il ne pouvait pas rester éveillé indéfiniment.

— Il y a eu un sacré remue-ménage chez lui, Monsieur. Il n'est pas venu tranquillement, je peux vous le dire.

— Merci, Cholmondely. Vous feriez mieux de rentrer chez vous maintenant. Il est très tard.

— Je serais heureux de vous assister pour l'interrogatoire.

Cholmondely traînait près du bureau de Raft, ne souhaitant pas partir.

— Rentrez chez vous, répéta Raft, le nez enfoui dans son dossier.

— Monsieur.

Ces deux simples syllabes étaient atones.

— A-t-il beaucoup lutté ? J'ai entendu dire que c'est un homme assez grand, et fort. Je me demande…

Mais Raft se parlait à lui-même.

— En fait, inspecteur…

Schlessinger n'était pas du tout ce à quoi Raft s'était attendu. Pour commencer, il était beaucoup plus vieux qu'Ada.

— Je n'ai pas de fille. Je n'ai pas d'enfant du tout.

— Pas d'enfant.

Raft fit signe au gardien d'ouvrir la porte de la cellule et de lui amener une chaise.

— Mais votre femme a dit…

— Il y a longtemps qu'Ada laisse libre cours à son imagination, dit Schlessinger, sans méchanceté. C'était une des choses, parmi tant d'autres, qui a attiré mon attention en premier lieu.

Raft était interloqué.

— Major Schlessinger, il s'agit d'un peu plus que de la fantaisie. Elle vous a accusé de lui faire du mal ainsi qu'à votre propre fille. Elle m'a montré ses cicatrices.

— Ah, dit Schlessinger en souriant. Sur ses bras, exact ? Des creux rouges qui semblent avoir été faits avec un instrument pointu ?

— Oui.

— C'est un problème récurrent dans notre mariage, déclara Schlessinger.

Ses épaules s'affaissèrent, témoignant qu'il s'agissait d'un vieil homme.

— Ada a besoin d'attention médicale.

Il examina ses mains, les fléchissant et les desserrant en rythme, comme un exercice.

— Elle souffre d'une maladie ?

Raft était clairement perdu. Il n'y connaissait rien en médecine, hormis quelques bricoles apprises par Ponsonby. C'était la première fois qu'il entendait dire qu'Ada se blessait elle-même. Dans ses souvenirs, elle n'avait jamais rien fait de la sorte, quand ils étaient enfants.

— En quelque sorte, dit Schlessinger. Elle éprouve un impérieux besoin d'attention, et donc elle se blesse afin de déclencher… une certaine réponse.

Cela semblait ridiculement improbable à Raft, et il le dit donc à Schlessinger.

— C'est vrai, inspecteur.

Raft cligna des yeux pour éloigner le sommeil. Quelle heure était-il ?

— Ada a perdu un enfant, au début de notre mariage. Il était mort-né. Un garçon. Elle refusait de rendre l'enfant mort, et refusait de nous laisser l'enterrer.

Mon Dieu, pensa Raft, à quel point Ada s'était-elle enfoncée depuis la dernière fois où il l'avait vue ? À entendre Schlessinger, elle était complètement folle.

— Puis je suis tombé malade. Les oreillons, inspecteur, et les complications qui en découlent, donc il n'y avait aucun espoir d'avoir des enfants.

Raft frotta ses yeux fatigués de ses paumes.

— Major Schlessinger, puisque je ne peux trouver aucune preuve contre vous, vous êtes libre de partir.

Il garderait Schlessinger sous surveillance, juste au cas où.

— Merci, inspecteur.

Le visage du vieil homme s'illumina et il écrasa la main de Raft en la lui serrant.

— Ada dépend de moi. Elle est orpheline, vous savez. Elle n'a pas de famille.

Cela blessa Raft, mais il n'en fut pas entièrement surpris. Ada ne songerait jamais à reconnaître son frère dégénéré. Cette simple idée dégoûtait Raft. Maintenant qu'Ada l'avait trouvé, utiliserait-t-elle sa connaissance familiale pour causer sa perte ? Il frissonna en repensant à ce qui lui était arrivé aux bras. Ada avait toujours eu une tendance troublante au macabre :

99

une fois, quand ils étaient tous les deux enfants, Raft l'avait poussée un peu trop fort sur une balançoire et elle était tombée, causant un léger saignement de nez. *Je vais dire à Père ce que tu as fait. Je vais le lui dire.* Elle était entrée dans la maison en hurlant que Philemon l'avait frappée et lui avait fait saigner le nez. Leur père avait emmené Raft à l'étage et l'avait fouetté avec une ceinture. Ada était revenue le voir, et s'était glissée dans le lit où il était allongé à sangloter. *Est-ce que tu es en colère contre moi, Philemon ? Est-ce que tu es en colère que je l'ai dit à Père ?*

Raft donna des ordres pour que Schlessinger soit libéré de sa garde à vue, et il prit l'ascenseur jusqu'à l'étage. Il était horriblement, brutalement fatigué, et tout ce qu'il voulait, c'était se coucher et dormir jusqu'à ce qu'il ne le puisse plus. Toute cette enquête n'était que paquet de nœud sur paquet de nœud, et chaque fois qu'il essayait de suivre l'un des fils jusqu'à sa source, il se retrouvait plus confus que jamais. Ada et Miriam ; Miriam et Ada... Le bébé mort...

Tu devrais rentrer. Pourquoi est-ce que tu t'infliges ça ? Freddie sembla apparaître devant lui, sa forme fantomatique luisant dans la pénombre, se déversant dans le bureau de Raft depuis le couloir. *Cela ne sert à rien de te conduire de cette façon. Je suis mort, Philemon. Tu dois t'en souvenir. Tu dois t'en souvenir.* Raft baissa la tête et sentit le sommeil l'entourer, insaisissable et séduisant. Il n'aurait pas dû voir Freddie. Freddie n'était pas mort. Freddie n'était pas mort.

— Monsieur...

Des mains fortes l'agrippèrent et le relevèrent sur sa chaise.

— Vous vous êtes endormi.

— Non, répondit Raft en clignant des yeux. Cholmondely.

Quand avait-il dormi ? Il n'arrivait pas à s'en souvenir. Il y avait une éternité.

— Si, inspecteur.

Le bras du constable en travers de son torse était semblable à une barre de fer, et il l'empêchait de tomber. Cholmondely... Cholmondely était un bon homme à avoir à ses côtés dans une situation difficile... Cholmondely était un homme bon.

— Rentrez chez vous, Monsieur.

Petit malin, songea Raft, *à me donner des ordres.* La pièce tournait autour de lui, et ses genoux frappèrent le sol dur. *Reprends-toi,* pensa-t-il, *tu es juste fatigué.* Et la voix de Cholmondely à son oreille et Cholmondely le guidant à travers le bâtiment comme un enfant, lui donnant son manteau et

100

son chapeau. Pas même un fiacre, mais l'un des fourgons noirs de Scotland Yard et un cocher. Madame Stringer allait croire qu'on l'avait emmené à Newgate ou Pentonville.

— Constable, ceci est un cas évident d'insub...

Le reste de sa phrase se perdit dans un bâillement. Raft rendit les armes devant sa fatigue et ne se réveilla pas avant que la calèche frémisse et s'arrête devant son logement. Le véhicule était apparemment rempli d'un froid surnaturel, comme si un vent glacé avait soufflé à travers et décidé de rester. Raft se tourna en sursautant, découvrant une petite fille assise près de lui, ses mains poliment jointes sur ses genoux. Elle n'était pas vraiment là, les fenêtres grillagées de la calèche apparaissaient clairement à travers son torse.

— Il t'attend, dit-elle.

— Il est mort, répondit Raft en se demandant pourquoi il parlait au fantôme. Ils sont tous morts, je le sais, je l'ai vu moi-même.

La calèche s'arrêta devant le logement de Raft et il en sortit, déposant quelques pièces de monnaie dans la boîte sur le dessus et hochant la tête à l'attention du cocher. Il chercha ses clés à tâtons, les trouva au fond de sa poche, et les laissa bien sûr tomber au sol. Gémissant de fatigue, il se pencha pour les ramasser et réussit à mettre la bonne clé dans la serrure. La porte s'ouvrit vers l'intérieur et il entra dans le hall comme un homme aveugle cherchant son chemin dans le noir. Il s'arrêta sur le premier palier, soudain à bout de souffle, son cœur battant à un rythme étrange à trois temps. Il pencha la tête et son chapeau tomba. Il le regarda dégringoler l'escalier, trop fatigué pour le suivre et ne se souciant pas vraiment de savoir où il atterrirait.

— Je ne peux pas continuer comme ça, murmura-t-il.

Il n'y avait personne pour l'entendre. Il posa une main sur la balustrade et reprit son ascension, trébuchant sur les marches, ayant du mal à trouver son souffle. La porte de son appartement était ouverte. Il devait avoir oublié de la fermer, ou il trouverait la propriétaire avec des draps propres. Il referma la porte derrière lui et déposa son manteau sur le fauteuil le plus proche.

— Il gèle, ici.

Il raviva les dernières braises du feu jusqu'à obtenir une flamme passable et fourra autant de bûches sèches dans la cheminée qu'il pouvait y mettre. Il se déshabilla dans ce froid glacial et laissa ses vêtements là où ils tombaient, cherchant à tâtons une chemise de nuit propre. Ses draps étaient glacés au toucher, et il frissonna un bon moment, se recroquevillant sur lui-même.

Le froid glacial se dissipa lentement, réduit à néant par la chaleur croissante du feu, et il soupira, dénouant ses membres. Le givre sur les fenêtres fondit et coula sur les vitres en de minuscules gouttelettes. La douleur lancinante qui avait sommeillé toute la journée dans l'entrejambe de Raft grandit, battant au rythme de son cœur. Il posa sa main à plat un moment contre son abdomen, savourant la chaleur de sa paume brûlant sa peau. Son sexe sursauta, prenant vie, et il arqua le dos, relevant ses hanches. Son ventre se serra quand il enroula sa main autour de son sexe, les doigts glissant doucement, travaillant sa chair, l'attirant doucement vers ses limites.

Cholmondely… Oh mon Dieu, Cholmondely… Raft imagina le constable à côté de lui, glorieusement nu et pressé contre lui, l'embrassant, effleurant de sa bouche le torse de Raft, ses mamelons, son membre. Son souffle se fit plus chaotique quand il s'imagina coucher avec Cholmondely, le toucher, embrasser sa bouche, faire courir le bout de sa langue sur la courbe douce de sa lèvre inférieure, ses mains glissant sur sa peau couverte de sueur, en écoutant les bruits du jeune homme quand il approcherait de l'orgasme. L'idée était trop insupportable, et Raft lâcha prise, haletant, se forçant au silence par crainte que Madame Stringer puisse l'entendre. Il jouit en de longs jets irréguliers qui le laissèrent pantelant, et plusieurs longues minutes passèrent avant qu'il se sente assez fort pour se lever et aller se laver au bassin.

Il aperçut son reflet dans le miroir : un homme d'âge moyen, ses cheveux bruns foncés tombant sur le front de son visage étroit ; ses yeux noirs énormes, ses pupilles dilatées, au-dessus de deux taches brûlantes sur ses joues. Il enleva sa chemise de nuit et se regarda gravement : encore mince, les hanches et la taille encore fines. Son visage n'avait pas commencé à s'affaisser. Que penserait un jeune homme comme Cholmondely s'il voyait Raft nu ? Sa vision serait-elle obscurcie par quelque chose d'autre, une attraction mutuelle, peut-être même par la suite, de l'affection ?

Pourquoi pensait-il à cela ? Freddie reviendrait. Il avait promis de revenir. Cette absence était seulement temporaire.

Il se lava et jeta sa chemise de nuit sale dans le panier, près de la porte. Un éclat blanc attira son regard et il se retourna, mais il n'y avait rien.

— Freddie ?

Sa propre voix lui sembla étrange dans la pièce vide, creuse et irréelle.

102

GALLANT ET la Tamise étaient en bons termes. Il traversait quotidiennement l'un de ses nombreux ponts, au-dessus des eaux troubles, mais quand il regarda vers le bas, un sentiment de malaise envahit son estomac, ou peut-être que cela était dû à Philemon Raft. Il y a de nombreuses années, très nombreuses, Gallant avait connu Raft sous un autre nom, mais il soupçonnait que Raft ne s'en souvenait pas. Une des dernières choses que les anciens avaient faites avait été de sélectionner plusieurs milliers de jeunes donneurs sains, des spécimens jugés suffisamment viables pour survivre. Comme Gallant, Raft avait été l'un d'eux, mais lorsqu'ils avaient été sélectionnés, le processus s'était érodé au point où la plupart des transplantations abritait des souvenirs incomplets. La théorie, d'après ce que Gallant en comprenait, était que les hommes viables choisis seraient transportés ailleurs, qu'ils recevraient une nouvelle identité, une vie entièrement neuve, et seraient ainsi protégés du destin réservé à leur peuple.

Mais il n'en avait pas été ainsi, pensa Gallant sinistrement. Si les anciens avaient survécu, ils auraient eu beaucoup de choses à justifier. Dans l'état actuel des choses, il en revenait naturellement à John Gallant de tout expliquer à Raft.

Les journaux ne parlaient que de Miriam Dewberry, de son père, et des spéculations au sujet de sa disparition. Quelqu'un avait désigné Raft comme enquêteur principal dans l'affaire, et les journaux étaient remplis de petites moqueries et de faibles jeux de mots [25]. Bien sûr, Raft était assez fort pour le supporter, mais tout de même... cela devait l'user, surtout en cet instant où ses contacts sociaux étaient presque réduits à néant. Gallant savait que Raft ne se permettait d'avoir aucun ami, aucun réconfort grâce à la compagnie d'un autre, à l'exception de ce jeune constable qui le suivait comme un gros chien avide et qui serait prêt, selon l'avis de Gallant, à sauter dans le lit de Raft pour une partie de jambes en l'air, s'il lui en donnait le signal. Il fut un temps où Raft s'était montré beaucoup plus exigeant.

Gallant jeta un regard vers la masse imposante du Norman Shaw Building, à ses nombreuses fenêtres couvertes de gels, brillant sous les premiers rayons du soleil levant. Il était trop dangereux d'approcher Raft sans y être invité, Hoare avait été catégorique sur ce point, parce qu'on ne savait jamais qui pouvait être en train de les observer. Même durant

25 « Raft » signifie « Radeau » en anglais.

les meilleurs jours, Londres était plein de mouchards et d'espions, et un enlèvement d'élite comme celui de l'affaire Dewberry était certain d'entraîner son propre lot de copieurs et de parasites. Le public londonien raffolait du bizarre et du grotesque.

Et Gallant était préoccupé par Hoare : l'ancien collectionneur de cadavres disparaissait à des heures étranges, selon Ponsonby. Il partait seul et rentrait en sentant l'éther, le phénol, et d'autres choses moins salutaires, ses traits de plus en plus pâles et tirés. Il ne recevait plus aucun client, mais s'attardait des heures au salon à fumer sans fin des cigarettes, en regardant par la fenêtre. Gallant n'avait rien confié à Hoare, hormis ce qui était absolument nécessaire : que Raft et lui étaient de vieux amis, mais les gens distraits le dérangeaient. On ne savait jamais quelles indiscrétions un homme mécontent était prêt à commettre.

— Vous allez attraper la mort, à traîner trop près de la vieille mère Tamise.

Gallant ne se retourna pas.

— C'est un peu tôt pour toi, non ?

Il glissa les mains dans les poches de son manteau, soudain frigorifié. La brise s'était levée, et comme ils étaient encore en février, elle restait froide. Parfois, il avait la sensation que le printemps ne reviendrait jamais. Il détestait le climat de cet endroit.

— Monsieur Hoare m'envoie.

Breedlove jeta sa cigarette dans l'eau d'une pichenette. Les yeux du giton étaient froids, ses traits sombres.

— Vous feriez mieux de venir.

RAFT DORMAIT comme les morts, son sommeil n'était troublé ni par les rêves ni par les cauchemars. Il fut réveillé à six heures du matin par un chat gris miaulant devant sa fenêtre. Cela ressemblait étrangement au chant de Madame Stringer. Peut-être que le chat lui appartenait ? Raft se leva et appela pour qu'on lui amène de l'eau chaude, qui arriva une ou deux minutes plus tard, apportée par la bonne silencieuse de Madame Stringer. Elle lui fit une petite révérence, lui tendit la cruche, et s'en alla de nouveau, ses pas claquant dans l'escalier en faisant bien plus de bruit que cela aurait dû être autorisé à une telle heure. Raft se lava et se rasa, et se sentit un peu plus humain. Son humeur s'était allégée si considérablement qu'il descendit et demanda lui-même à Madame Stringer son petit-déjeuner, plutôt que

104

de crier dans l'escalier. Elle revint dix minutes plus tard avec un plateau chargé, et le journal du matin.

— Ils devraient avoir honte, renifla-t-elle en laissant tomber le journal près de son assiette. J'aimerais les voir traquer l'Éventreur.

— Oui, mais je… *nous* n'avons jamais attrapé l'Éventreur, répondit Raft d'une voix cassante. Je vous remercie de me le rappeler, cependant.

Il ouvrit le journal à la première page, son regard passant automatiquement les publicités pour la *Poudre pour les Dents de Dexter*, et les *Baleines Flexibles de Mrs. Dudgeon.* « L'ENLÈVEMENT DEWBERRY TOUJOURS NON RÉSOLU », et en dessous, « le Radeau s'est échoué, du moins Scotland Yard aimerait nous le faire croire. Est-ce que l'élite de l'Embankment va laisser cet acte impuni ? ».

Raft jura à voix haute, et repoussa le journal.

— Dites-moi pourquoi ces bougres de Fleet Street croient pouvoir mieux résoudre les crimes que nous ?

— Attention à votre langage.

Madame Stringer claqua de la langue. Elle fit glisser un énorme monticule d'œufs verdâtres dans son assiette.

— Oui, eh bien…

Ils furent interrompus lorsqu'on frappa à la porte. Madame Stringer reposa la théière en la faisant claquer, et alla répondre. Cholmondely se tenait là, l'air penaud, son couvre-chef de constable écrasé sous son bras.

— Et où vous croyez-vous, je vous prie ?

Madame Stringer brandit le plateau du petit déjeuner devant le constable rougissant.

— Une maison pour les jeunes policiers égarés ?

— Je suis désolé.

Cholmondely se préparait clairement à exposer la liste de ses regrets personnels, mais Madame Stringer passa devant lui en le bousculant, et se précipita dans l'escalier.

— Madame Stringer a une petite place dans son cœur pour Scotland Yard, déclara Raft. Même si elle le cache bien. Voulez-vous partager mon petit déjeuner ?

Le regard de Cholmondely s'attarda sur les œufs verdâtres et le toast brûlé jusqu'à être aussi dur que de la brique. Il eut l'air visiblement écœuré.

— Serait-ce une violation de l'étiquette que de refuser, Monsieur ?

Raft observa l'expression tendue du constable et réprima un sourire.

— Ce serait une violation du bon sens que d'accepter, dit-il. Madame Stringer n'est pas Madame Beeton [26], mais son thé est assez bon. Prendrez-vous au moins du thé ?

Cholmondely accepta, et Raft leur en versa à tous deux.

— Vous avez vu les journaux du matin ?

Il lui glissa le journal sur la table.

— Ils parlent toujours de façon condescendante des forces de l'ordre, dit Cholmondely.

Il marqua une pause, sa bouche s'ouvrant et se fermant d'une façon presque comique. Il ajouta du lait à son thé et le sirota, avant de pousser une exclamation de plaisir.

— C'est muche [27] ! dit-il. Cela valait presque la peine de visiter votre bocal [28] à cette heure. N'importe qui d'autre m'aurait accueilli avec une beigne [29].

— Euh, tout à fait.

Raft n'avait pas la moindre idée de ce que Cholmondely venait de dire, et il doutait que cela change grand-chose.

— Mais vous n'êtes pas venu ici pour le thé et pour le plaisir de ma conversation.

Le jeune homme baissa les yeux sur sa tasse.

— Je suis venu tôt au travail, Monsieur, et le vieux Endicott m'a envoyé vous chercher. Sir George a bouclé la zone autour de Shadwell Stair, avec des ordres stricts de ne rien toucher jusqu'à ce que vous arriviez.

L'estomac de Raft se souleva.

— Pourquoi ?

Sa voix ressemblait à un croassement torturé. Il toussa et recommença.

— Pourquoi ?

— Je vous demande pardon, Monsieur, mais je préfère attendre que vous voyiez cela de première main.

Il reposa la tasse sur sa soucoupe avec un cliquetis sinistre.

— Shadwell Stair.

---

26 Isabella Mary Beeton est l'auteur principal de « Mrs Beeton's Book of Household Management » (Littéralement « Le livre de gestion des ménages ») et la plus célèbre écrivaine culinaire de l'histoire britannique.

27 Délicieux.

28 Appartement.

29 Coup de poing.

Les eaux sales et sombres de la Tamise, un homme mort emporté dans une ambulance, Thomas Rennie le dément.

— Je vois.

— Sir George a demandé que nous fassions aussi vite que possible, Monsieur, avant que la marée emporte tout.

Raft fut sur pied, beuglant dans l'escalier pour qu'on appelle un fiacre.

VI

LA BARGE, car c'était de quoi il s'agissait, rebondissait doucement contre les marches sales de Shadwell Stair. Elle était presque entièrement recouverte de fleurs, des roses vives dans des tons éclatants de rouge et de blanc, assez improbables pour un mois de février, ainsi que d'autres fleurs que Raft ne reconnaissait pas et qu'il n'avait jamais vu auparavant, artistiquement éparpillées autour du cadavre de la jeune femme. Il fit signe à Cholmondely, et ils pataugèrent tous deux dans l'eau sale pour soulever l'embarcation aussi loin qu'ils le pouvaient vers la berge. Deux gamins des rues, un garçon et une fille, sautèrent sur la barge avant que Raft rugisse pour les chasser. Il hurla sur un groupe de constables en train de se prélasser près d'un vendeur d'arachides, et leur ordonna de former un cordon de sécurité autour de la zone.

— Si quelqu'un traverse, je vous retire chacun une semaine de salaire.

Il grimpa sur la barge, sans se soucier du vent mordant ou de ses vêtements trempés. La jeune femme arborait une ressemblance superficielle avec Miriam Dewberry, aidée par son maquillage.

— Cholmondely.

Le constable grelottait dans l'eau jusqu'à la taille.

— Monsieur ?

— Sortez de l'eau.

— Merci, Monsieur.

Raft saisit les avant-bras de Cholmondely et le hissa à bord de la barge. Le constable tomba sur le cadavre, ses mains glissant sur la chair froide et caoutchouteuse. Il se recula, visiblement ébranlé, son visage peinant à masquer son horreur. Raft tendit une main gantée pour tenir le bras du jeune homme un moment.

— Tout va bien, Constable ?

— Tout va bien, Monsieur.

Cholmondely sourit ; il n'était pas très convaincant.

Il est trop beau, pensa Raft. *Trop jeune et définitivement trop beau.*

— Qu'en pensez-vous ?

Raft souleva une couronne de fleurs ramollies.

— Vous avez déjà vu de telles fleurs ?

Deux longs tubes rouge foncé se balançaient à l'extrémité d'une mince tige verte. Raft n'avait jamais rien vu de tel en Angleterre.

— Elle en a aussi autour du cou, et de la tête.

Cholmondely examina le visage de la jeune femme, ses traits figés, l'immobilité si peu naturelle de la mort.

— Elle a été déguisée pour ressembler à Miriam.

Il toucha ses cheveux et ils lui restèrent dans la main. Il se maîtrisa plus rapidement cette fois.

— Une perruque. Monsieur, c'est une perruque.

En dessous, la tête de la jeune femme était chauve.

— Doucement, Constable.

Raft soutint le jeune homme du regard.

— Votre premier cadavre ?

Cholmondely se hérissa.

— Bien sûr que non, Monsieur.

Il hésita puis reprit.

— Oui.

— Vous vous en sortez très bien. Vous m'entendez ?

La voix de Raft était délibérément douce.

— Elle ne peut pas vous faire de mal.

— Je sais.

Cholmondely redressa ses épaules. Un long frisson le parcourut, traversant les muscles de son corps, ou peut-être que cela était dû au froid.

— Merci, Monsieur.

— C'est bien, répondit Raft en hochant la tête, tout à coup très professionnel. Constable, descendez de là et courrez jusqu'à Scotland Yard. Je veux que Pontius Doyle vienne le plus vite possible. Le connaissez-vous ?

— Doyle. Le grand type qui travaille à la morgue.

Cholmondely sauta dans l'eau glacée, trébucha et faillit tomber. Raft tendit la main par réflexe, mais le jeune homme se redressa et pataugea jusqu'à un terrain un peu plus solide, sous les acclamations et les rires des spectateurs rassemblés.

Raft se laissa tomber sur le côté de la barge, aussi gracieusement que son pardessus humide le lui permettait, et pataugea le long de celle-ci pour examiner l'embarcation. C'était une petite barge standard, semblable à celles qui sillonnaient régulièrement la Tamise. Les côtés avaient récemment été peints à la créosote, pour empêcher l'eau d'entrer, et une main avait grossièrement écrit « La Dame de Shalott » sur deux des côtés de la barge. N'était-ce pas un poème ? Oui, Alfred, Lord Tennyson, la légende arthurienne, son beau poème élégiaque, *Idylles du Roi*, « La toile s'envola au loin vers l'eau ; Le miroir se brisa de part en part ». Raft grimpa de nouveau dessus et traversa la barge de la proue à la poupe supposée (l'embarcation était carrée), cherchant la moindre information oubliée qui leur fournirait peut-être une preuve. Il pensa immédiatement que cette affaire était liée à celle du suicide de Cecily Pring, même qu'il n'y avait rien de similaire entre les deux, du moins au premier abord. Pourtant, malgré tout, il n'arrivait à se sortir la jeune Pring de la tête. Quelque chose semblait manifestement faux, au sujet de sa mort, quelque chose de mauvais goût et d'horrible qui le travaillait. Les marques sur son corps étaient une chose, et il savait, pour avoir visité certains bordels, que certaines personnes appréciaient ce genre de pratiques, les jugeaient même nécessaires à leur épanouissement intime. Mais pour une raison inconnue, le subconscient de Raft insistait que Cecily Pring ne s'était pas faite ces marques elle-même. Il pensait qu'elle avait été battue, et que l'acide prussique n'était qu'une décision prise après coup, un moyen de rendre une situation improbable plus logique qu'elle ne l'était. Il n'avait aucune raison d'inculper la sœur, et quant au majordome au long cou qui jouait de la flûte, Dreadle, il n'arrivait même pas à y croire. Raft ne pouvait imaginer qu'il soit capable de tuer quiconque.

Il souleva chacune des mains de la jeune femme tour à tour, et les examina, mais les paumes étaient propres et le bout de ses doigts semblait avoir été trempé dans une solution caustique qui rendait les ongles opaques. Il n'y avait rien dans la bouche de la jeune fille, ni dans les narines, et Raft était sur le point d'abandonner quand il décida de retourner le corps. Coincée sous sa hanche gauche se trouvait une petite pantoufle de Perse minuscule, le genre de bibelots que les messieurs de l'élite portaient sur la chaîne de leurs montres.

— J'ai tort.

Il parla à voix haute, sans se soucier des constables et des gens sur le rivage.

— J'ai eu tort. J'ai tort.

Doyle arriva, Cholmondely sur ses talons, le jeune homme haletant lourdement et ayant du mal à suivre. Doyle se fraya un chemin à travers la foule rassemblée avec la même détermination qu'un bateau à vapeur.

— Inspecteur Raft.

— Monsieur Doyle.

Raft jeta un regard presque révérencieux vers la Tamise.

— Je suppose que vous avez apporté vos outils ?

— Tout à fait, Monsieur. Je ne sors jamais sans eux.

Il brandit un grand sac en cuir.

— Est-ce que je peux venir là-dessus ?

— J'aimerais bien.

Raft désigna Cholmondely.

— Vous aussi, Constable. Le plus vite possible.

La barge fut violemment secouée lorsque Doyle grimpa dessus, comme si elle était malmenée par une forte houle. Le responsable de la morgue se baissa et souleva Cholmondely à bord, comme s'il pesait à peine plus qu'un mouchoir.

— Doyle, je veux la cause du décès. Cholmondely, mon vieux, ramassez autant de fleurs que vous le pouvez et emmenez-les…

Raft griffonna l'adresse sur un bout de papier.

— … ici. Monsieur Jeremy Hoare sera sans doute prêt à les recevoir. Demandez-lui s'il serait assez aimable pour les identifier.

Cholmondely ramassa les fleurs qui flétrissaient déjà, les récupérant autour des poignets de la fille morte, de son cou et de sa tête, et les rangea rapidement dans un sac avec douceur. Il se laissa glisser au bord de la barge et atterrit gracieusement dans l'eau.

— Je reviendrai vite, vous ne vous rendrez même pas compte que je suis parti, Monsieur.

— Splendide, répondit Raft avant de jeter un œil à l'uniforme trempé et fichu de Cholmondely. Très bien, vraiment. Monsieur Doyle ?

— Assassinée.

Doyle s'assit sur ses talons, haletant sous cet effort inhabituel.

— Suffocation, si je ne me trompe pas.

Raft resta perplexe face à cette énonciation, puis décida de laisser tomber.

— Cela expliquerait les marques bleues autour de sa bouche et les hémorragies dans les globes oculaires.

Il souleva chacune des paupières et les laissa retomber. Les cornées avaient déjà commencé à s'obscurcir.

— Elle n'est pas morte depuis longtemps.

— Eh bien, grogna Doyle. C'est bien le genre de la Tamise de vous envoyer de la chair fraîche de temps à autre.

Une remarque horrible, mais vraie.

— Et sa tête a été rasée, observa Raft. Probablement pour permettre à la perruque de mieux tenir.

Elle était chère, faite de cheveux humains, et magnifiquement conçue. Le postiche avait été coiffé en bouclettes, peut-être pour imiter la façon dont Miriam Dewberry portait habituellement ses cheveux.

— Est-ce que c'est de la colle ?

Doyle fit courir un doigt ganté autour de l'intérieur de la perruque et le renifla.

— Oui, on dirait. Ce truc jaune.

— Hum ça ressemble à autre chose.

Cela rappelait à Raft un mauvais rhume qu'il avait eu, une fois. Il avait passé une semaine, les pieds dans un bassin d'eau chaude, la bonne de sa propriétaire le forçant à boire de l'eau au gingembre jusqu'à ce que le contenu de ses sinus congestionnés ressorte enfin.

— Ça ne l'est pas, répondit Doyle en caressant la perruque comme un chat. Ce n'est même pas sa couleur de cheveux naturels, du moins pas d'après ses sourcils, mais elle les a peut-être teintés. J'en saurai plus quand je ramènerai le corps à la morgue et que je pourrais vérifier en bas.

Raft cligna des yeux.

— Mais la morgue se trouve déjà au plus bas niveau possible dans le nouvel immeuble…

Il comprit soudain ce que voulait dire Doyle.

— Oh.

— Le meilleur indicateur de la nature, inspecteur.

Doyle regarda Raft, dans l'expectative.

— Est-ce que je peux l'emmener maintenant ?

— Oui, couvrez-la, pour l'amour de Dieu. Il y a suffisamment de badauds comme ça.

Raft recula pour permettre à trois constables de grimper avec un drap. Ils enroulèrent le corps dedans, avec une efficacité redoutable.

— Je vous verrai à Scotland Yard.

Il fouilla les berges pendant près d'une heure, en vain. Il aurait eu plus de chances si la marée avait été basse. Alors, la boue de la Tamise aurait été encore fraîche et lui aurait permis de trouver des empreintes, mais Raft n'eut pas ce luxe. Il découvrit plusieurs vêtements égarés, quelques pièces de monnaie et une demi-botte, ainsi qu'un conducteur de barge ivre en pleine étreinte extatique avec une fille, mais rien n'indiquant qu'une embarcation avait été lancée près de Shadwell Stair.

— C'est à moi.

Raft se retourna, le cœur battant, mais ce n'était qu'un petit garçon sortant d'un abri de fortune en bois. Il était absolument crasseux de la tête aux pieds, portait des vêtements si grands que c'en était comique, et une écharpe rouge vif autour du cou.

— Je te demande pardon ?

— Cette botte. Elle est à moi. Tu ferais mieux de me la donner où je te ferai passer un sale quart d'heure.

— Oh, je suis désolé, répondit Raft en lui rendant la chaussure. Est-ce que tu vis ici ?

— Oui.

Le gamin le regarda de haut en bas, puis frotta son nez sale d'une manche tout aussi dégoûtante.

— T'es un poulet ?

Raft acquiesça, et demanda au jeune garçon s'il avait vu une femme flotter sur une barge aujourd'hui.

— Couverte de fleurs, avec une couronne autour de la tête et de ses poignets. Pâle comme un ange ?

Raft se força à rester calme.

— Donc tu l'as vue ?

— Non, répondit le garçon en haussant les épaules. J'ai jamais rien vu de la vie, pas du tout.

Il allait donc en être ainsi.

— D'accord.

Raft enfonça la main dans sa poche et en sortit un shilling. Il le tendit au garçon, qui le lui arracha. La pièce disparut dans ses vêtements souillés.

— Très tôt ce matin. J'étais en train de faire ma petite affaire dans les roseaux.

Il les lui indiqua ; Raft pouvait très bien imaginer de quelle sorte d'affaire il s'agissait. Le garçon sentait horriblement mauvais.

— Et j'ai vu la vieille barge d'Hiram Grunt flotter le long de la berge, et une dame dessus. Enfin je pense que c'était une dame. Ça aurait pu être une pute, j'en sais rien.

— Surveille ton langage, grogna Raft.

Il donna un autre shilling à l'enfant.

— Autre chose ? Où est-ce que je peux trouver ce Hiram Grunt ?

113

— Oh, il vit là-bas.

Le garçon indiqua un endroit plus haut, le long de la rivière.

— Mais il n'est pas là pour l'instant. Il n'est jamais réveillé la journée, seulement le soir. Vous feriez mieux de revenir quand il fera nuit.

— Quand il fera nuit ?

— Bah c'est là qu'il fait ses affaires, hein !

Le garçon passa la main derrière lui et se gratta avec toute la vigueur d'un chien errant, puis soupira de soulagement.

— Revenez à la nuit tombée. Vous le trouverez à ce moment-là.

Raft fit un détour par ses appartements pour se débarrasser de ses vêtements mouillés, avant de prendre un fiacre pour rentrer à l'Embankment. La jeune fille morte le tracassait, et pas seulement parce qu'elle était morte. À quoi servait ce crâne rasé et cette perruque, sinon à n'être qu'une pantomime grotesque de Miriam Dewberry ? Est-ce que le ravisseur s'en servait comme message ? Auquel cas, cela voulait dire que Miriam était déjà morte. Si c'était le cas, que penser de son père, et de la vente des propres bijoux de la jeune fille ? Peut-être que certains des sans-abris de la Tamise avaient vu l'enlèvement dans les journaux et pensaient qu'ils pourraient faire une petite blague, aux dépens de Miriam, une blague de très mauvais goût, et cela ne faisait clairement pas rire Raft.

Il réfléchissait aux inscriptions sur la barge quand Cholmondely apparut dans un uniforme propre, ses cheveux lissés sur son crâne.

— Monsieur, Monsieur Hoare dit de vous dire que cela s'appelle El Ceibo, l'arbre à crêtes de coq.

Cholmondely récupéra un morceau de papier dans sa poche et le tendit à Raft.

Hoare avait écrit sa réponse au crayon bleu gras : « EL CEIBO : ARBRE À CRÊTES DE COQ. ORIGINAIRE D'ARGENTINE. »

Une réponse succincte mais précise.

— Il a dit autre chose ?

— Pas un mot, Monsieur.

Cholmondely tiraillait le col de sa tunique et hocha la tête vers le livre que tenait Raft.

— Vous vous rattrapez sur vos lectures ?

Raft regarda le livre, son dégoût évident.

— Ce genre de poésie n'est pas vraiment à mon goût, Constable. Mais cette inscription sur la barge me tracasse. Et jusqu'à maintenant, je n'ai pas

114

réussi à identifier la femme morte. Il y a un type au bord de la rivière qui les loue. Je vais lui en toucher un mot plus tard, quand il fera nuit.

— Il loue des femmes ?

Les sourcils de Cholmondely s'incurvaient joliment quand il était confus.

— Les barges, Constable. Il loue les barges.

Raft le regarda de haut en bas.

— Je suis heureux de voir que vous avez changé de vêtements. Cette rivière est aussi froide que…

L'allusion qu'il allait faire lui apparut soudain assez inappropriée.

— …que quelque chose de froid.

Idiot. Et maintenant, il essayait d'impressionner Cholmondely, sans même savoir pourquoi et se ridiculisait probablement.

— Je peux, Monsieur ?

Cholmondely tendit la main vers le livre.

— J'étais bon en poésie.

Ses longs doigts tournèrent les pages avec révérence.

— *Étant votre serf, ai-je autre chose à faire qu'à attendre les heures et les moments de votre caprice ? Je n'ai pas de temps précieux à dépenser, pas de service à faire, jusqu'à ce que vous les réclamiez.*

Son regard voguait lentement, ses yeux bleus masqués par ses cils sombres jusqu'au dernier moment. Regarder dans ses yeux, c'était comme être empalé sur un désir effronté, sans autre choix.

— C'est joli.

Raft se raidit, tout son corps tendu à craquer.

— Un verset intéressant.

Il se força à déglutir pour chasser la boule dans sa gorge. La présence de Cholmondely envahissait sa tête, ses yeux lui semblaient trop chauds. Freddie lui avait dit de ne pas rester seul quand il serait parti, il lui avait même fait promettre de ne pas se priver de compagnie. Jusqu'où Freddie avait-il voulu qu'il aille ?

— N'est-ce pas ?

Cholmondely jeta un regard dans le couloir avant de se rapprocher. Les pieds de Raft retombèrent du bureau en claquant.

— Je pense que c'est l'un de vos favoris aussi, inspecteur.

— Je ne vois pas ce que vous voulez dire.

Les paumes de Raft étaient moites, et il les glissa donc dans ses poches. Sa carrière ou sa liberté valaient plus qu'un badinage avec un junior, et il le savait. Il savait ce qui arrivait aux hommes comme lui, aux hommes qui refusaient de rester dans les limites acceptables de la société, et Cholmondely n'était pas Freddie Crook, il ne pouvait pas forcément lui faire confiance.

— Je ne lis jamais de poésie.

— Jamais ?

Cholmondely sourit. Il tendit la main vers Raft sans le toucher vraiment.

— Peut-être que vous aimeriez lire de la poésie avec moi, un jour.

Le ton était presque innocent, mais le regard du constable était empli de chaleur, ses yeux brûlant comme un feu de joie.

— Je pense que je pourrais vous apprendre à apprécier les arts.

Raft resta sans voix, complètement estomaqué. Cholmondely frissonnait ; cette constatation pénétra la brume choquée qui entourait Raft et lui donna quelque chose sur quoi se concentrer.

— Constable, dit-il en se raclant la gorge. Est-ce que vous avez froid ?

Cholmondely cligna des yeux.

— Je... je pense ce que j'ai pris froid dans la rivière, Monsieur.

Raft hocha la tête. Un sentiment curieux l'envahissait, une sensation à la fois compatissante et téméraire. L'odeur de la rivière sale était coincée dans ses narines, comme un mauvais souvenir.

— Dites-moi, Constable.

Raft se leva. Désormais, Cholmondely et lui étaient nez à nez, se regardant l'un l'autre comme des combattants dans un curieux match de boxe.

— Est-ce que vous avez déjà pris un bain turc ?

— Jamais, Monsieur.

La main de Cholmondely s'avança jusqu'à ce que son pouce effleure le dos de la main de Raft. Il prenait soin de cacher le geste à un éventuel observateur, et gardait son dos entre Raft et la porte.

— Nous avons eu une rude matinée, Constable, et je ne pense pas questionner ce loueur de barges avant ce soir. Je pense que nous méritons tous les deux un long bain chaud et un déjeuner copieux.

— Je ne pourrais pas être plus d'accord.

Cholmondely luttait pour contenir sa joie.

— Monsieur.

— Tennyson est tout à fait explicite, dit Raft. Elle est dans une tour, en train de tisser une toile, une scène de tapisserie, qui est essentiellement le miroir de ce qu'elle voit.

Le bain chaud, couplé à la chambre froide et aux généreuses frictions du masseur, l'avaient laissé dans un agréable état de lassitude.

— Eh bien, l'opinion est divisée sur ce que voulait réellement dire Tennyson.

Cholmondely n'était pas moins relaxé que Raft, et portait sa serviette peut-être un peu plus lâche que nécessaire. Il était beau, comme Raft l'avait suspecté, et il aurait fallu être surhumain pour ne pas remarquer cette évidence.

— Il est toujours vivant, n'est-ce pas ? demanda Raft en allumant une cigarette et en inhalant la fumée. Pourquoi est-ce que personne ne le lui demande simplement ?

Le silence s'étira, interrompu seulement par le bruit des tuyaux des bains publics. L'expression de Cholmondely était un mélange d'horreur et d'incrédulité.

— Bien. Donc ce n'est pas une toile, c'est une tapisserie. Peut-être... je ne sais pas, du crochet.

— Du crochet !

Les yeux de Raft faillirent de lui sortir de la tête.

— Écoutez, le poème dit « toile » et une toile, c'est une toile. Cela n'a pas d'importance, de toute façon, hormis pour le symbolisme évident du bateau et du cadavre dessus. La seule raison de poser une fille sur une barge et de l'envoyer le long de la Tamise, c'est d'exprimer clairement son irritation envers ce monde. Ce genre de choses, ce n'est qu'un spectacle. Quelqu'un qui pense qu'on lui a violemment fait du tort et qui souhaite le faire savoir.

Il indiqua le livre entre les mains de Cholmondely.

— « La toile s'envola au loin vers l'eau. » Cela ne parle pas de crochet.

— Un avertissement ?

Cholmondely grimaça quand la fumée de la cigarette de Raft flotta devant son nez.

— Il lance son filet plus loin ?

— Ou peut-être qu'il aime seulement le poème, dit Raft. Ne basez jamais l'ensemble de vos déductions sur un seul indice, Constable. Tout un monde peut dépendre d'une épingle à cheveux, ou ça ne peut être rien du tout, et vous aurez perdu votre temps. Le seul endroit où tout a un sens, c'est dans les romans à un shilling.

Il examina le bout de sa cigarette avec un dégoût évident, puis l'éteignit.

117

— À la vérité, Cholmondely, même en faisant de notre mieux, nous restons loin de l'omniscience. La plupart du temps, nous galopons dans le noir.

— Monsieur, dit Cholmondely en lui touchant le bras. Le miroir se brisa.

— Hum.

Raft reposa sa tête contre le banc rembourré et ferma les yeux.

— C'est sept ans de malheur, n'est-ce pas ?

L'image d'un miroir flotta dans son esprit, inconsistante. Il était couché sur un sol inconnu, sous un plafond étranger, en forme de dôme, peint d'un ciel étoilé. Il tendit la main vers le miroir, s'émerveillant devant le reflet qu'il lui renvoyait, d'une clarté éblouissante. Il se pencha vers l'avant, tâchant d'apercevoir son visage. S'il pouvait juste…

— Non. Monsieur, écoutez. Réfléchissez-y.

Les doigts du constable se refermèrent sur le poignet de Raft.

— Le poème dit : « La toile s'envola au loin vers l'eau ; Le miroir se brisa de part en part ». Que voit-on normalement dans un miroir ?

Raft se redressa soudainement, la lassitude de son bain complètement dissipée.

— Soi-même.

Il regarda Cholmondely fixement.

— Prentiss, je pense que vous êtes un génie. On se voit soi-même !

— Et si le miroir se brise ?

Les longs doigts s'enroulèrent autour du bras de Raft, le pouce caressant doucement la peau de l'inspecteur.

Il n'est pas beau, pensa Raft avec un serrement de cœur. *Il est magnifique.* L'image de Freddie traversa son esprit et se dispersa dans les kilomètres et les kilomètres d'océan qui les séparaient.

— Alors vous ne vous voyez plus comme vous vous voyiez avant.

Le regard de Cholmondely parcourut le torse nu de Raft. Ses yeux s'attardèrent sur une petite cicatrice près de l'épaule gauche de l'inspecteur.

— Comment vous êtes-vous fait ça ? demanda-t-il.

Il la traça du bout des doigts. Ils étaient seuls, ici, hormis l'écho des voix des autres qui résonnaient dans le sauna, à deux pas.

Raft attrapa le bras du jeune homme et le serra un moment.

— Pas ici, dit-il. Bon sang, vous connaissez la loi.

— Je pense que ça en vaut le risque, murmura Cholmondely.

Il se pencha plus près, ses yeux bleus envoûtants, son corps tendu.

— Pas moi, répondit Raft sèchement.

Il se redressa quand un gros homme portant une serviette à la mauvaise taille entra d'un pas lourd et s'installa de l'autre côté de Cholmondely. Il hocha la tête vers les deux policiers et déplia un exemplaire du Times que quelqu'un avait laissé sur le banc.

— C'est terrible, n'est-ce pas ? dit-il en tapotant les gros titres d'un doigt grassouillet : SCOTLAND YARD SALIT DEWBERRY. Je ne vois pas pourquoi les gens paient des impôts.

— Moi non plus, répliqua Raft.

Il se tourna vers Cholmondely.

— Allons-y, Constable ?

— Absolument, inspecteur.

Le jeune homme se leva avec autant de dignité qu'une serviette pouvait le permettre et lança un regard venimeux vers le nouveau venu.

— L'air commence à sentir mauvais.

Dès qu'ils arrivèrent à Scotland Yard, Raft envoya Cholmondely aux archives pour voir si le major Schlessinger avait été précédemment arrêté. Il pensait toujours beaucoup à Ada, ainsi qu'à l'étrange confession de Schlessinger. Il avait donné à Raft l'impression d'être le genre d'homme pour qui la défaite était une forme d'art, et Ada ne ressemblait guère à la sœur de son enfance. Pourquoi aurait-elle menti en disant que Schlessinger avait molesté une fille inexistante ?

Cela pourrait être utile d'envoyer quelqu'un surveiller la maisonnée Schlessinger pendant une semaine ou deux, pour voir s'ils remarquaient quelque chose d'inhabituel. Raft enverrait probablement Sujet et Cholmondely. Les Français étaient des experts en affaires domestiques, et une mission à l'extérieur empêcherait Cholmondely de rester dans les pattes de Raft, comme qui dirait. Il demanderait aux constables de porter des vêtements de civils et les enverrait devant chez Schlessinger. Ils pourraient prétendre être des rémouleurs ambulants ou des vendeurs de châtaignes, ou des marins débauchés sans nulle part où dormir.

Cholmondely aurait l'air très séduisant en vareuse et casquette, et Sujet pourrait avoir l'air assez convaincant avec un peu de charbon étalé sur les joues. Peut-être que Hoare serait prêt à les aider, il aimait les costumes.

— Inspecteur ?

Un très jeune constable (étaient-ils de plus en plus jeunes, ces temps-ci ?) apparut à la porte, comme par magie.

— Monsieur Doyle dit qu'il est prêt pour vous, maintenant.

— Doyle.

— Un gros gars, dit le garçon pour l'aider. Il travaille à la morgue.

— Oui, je sais qui c'est ! Bon sang, que veut-il ?

Le constable sursauta.

— Il demanda à vous voir, M-Monsieur.

— Bien. Ça ira, Constable. Allez-y.

Nom de Dieu, pourquoi est-ce que Scotland Yard persistait à embaucher des gamins ? Le lait leur sortirait sûrement encore du nez si on appuyait dessus. Cela dépassait l'entendement. Ce dont la Metropolitan Police avait besoin, c'était d'hommes comme Freddie Crook et Prentiss Cholmondely : des hommes bons, solides, avec le cœur sur la main même si le cerveau ne suivait pas toujours ; des hommes qui ne se fichaient pas de la qualité de leur travail. Davantage d'hommes de ce genre aurait été utile. Mais à la place, ils récupéraient des enfants en uniforme et des garçons qui avaient l'air d'être tout juste sortis de l'école.

Tu avais dix-sept ans.

— Ça n'a pas d'importance.

Il avait parlé à voix haute, et il aurait certainement eu l'air d'un fou si quelqu'un l'écoutait.

— J'aurais dû m'y attendre.

Il prit l'ascenseur jusqu'à la morgue, son esprit étrangement vide. Il n'avait pas la moindre idée de la raison pour laquelle cette fille était apparue, flottant sur la Tamise, mais cela l'énervait beaucoup. Il ouvrit la porte, et Doyle l'attendait.

— Je ne m'habituerai jamais vraiment, dit Raft.

De nombreux policiers détestaient la morgue, mais Raft la trouvait curieusement paisible. Ses goûts en matière de lecture l'avaient mené vers de nombreux livres sur le sujet de la mort, mais aucun d'entre eux n'arrivait vraiment à capturer le silence et l'immobilité absolue de la mortalité humaine.

— Ça semble toujours si calme.

— Aussi calme que ça peut l'être, inspecteur.

Doyle considérait le cadavre de la jeune femme avec une expression étonnamment douce.

— Quel côté de la table voulez-vous ?

120

— Oh, comme d'habitude, Monsieur Doyle. Je ne suis pas difficile.

— D'accord.

Doyle découpa le cadavre sans plus tarder, et son couteau glissa facilement à travers la chair détrempée de la jeune femme.

— Bien nourrie, murmura Doyle, ou presque. Il y a beaucoup d'eau dans les tissus.

Il pesa et examina le cœur, ses gros doigts glissant dans les artères et les valves avec une familiarité que Raft trouvait déconcertante. Doyle ouvrit les poumons, puis exposa la trachée sous le regard curieux de Raft.

— Doyle... l'avez-vous rasée... ? demanda Raft en désignant les parties en question. Est-ce que vous avez fait ça ?

— Non, Monsieur.

Doyle secoua la tête.

— C'était déjà comme ça. Cela m'a surpris. Même si j'ai entendu dire que les femmes françaises le faisaient.

Sa main planait au-dessus du pubis de la femme morte.

— Peut-être que cela avait à voir avec son travail ?

— Hum.

Raft se rapprocha, sa loupe à la main.

— Ses cheveux ont été coupés il y a moins d'un jour, je dirais. C'est difficile d'être précis et je ne sais pas si la peau ne s'est pas étirée.

Il y avait de vieilles cicatrices sur les seins de la fille et sur son ventre, qui pouvaient être des marques de morsures, ou tout autre chose.

— De l'eau ou de la mousse dans ses poumons ?

— Non, Monsieur. Propre comme un sou neuf.

— Pas de mousse dans les poumons, pas d'eau, répéta Raft. Elle ne s'est pas noyée.

Il toucha les marques de pression autour de sa bouche.

— Je penche toujours pour la suffocation, dit-il.

— Et vous avez peut-être raison, inspecteur. Vous pourriez bien avoir raison.

Doyle grogna en se glissant entre les tables. Sa carrure rendait la manœuvre difficile, mais il arrivait à faire son travail.

— J'ai entendu dire que vous cherchiez Hiram Grunt.

— Comment savez-vous ça ?

Doyle lança un regard en coin désabusé en direction de l'inspecteur.

— Les informations, ça a tendance à couler comme l'eau, inspecteur : vers le bas. Heureusement. Il y a peu de choses qui m'échappent, et j'entends tous les ragots ici. Ha !

Il enfonça sa main dans la trachée et en sortit quelque chose.

— Ce n'est même pas mouillé, dit-il.

Il posa le spécimen dans la main de Raft : une petite plume blanche. *Quelqu'un lui a enfoncé un poulet dans la gorge.* La voix dans sa tête, celle de Freddie, était plus forte que d'habitude, aujourd'hui. *Tu arrives à le croire ?* Raft sourit malgré lui.

— Étouffée avec…

Il attendit que Doyle termine.

— Un oreiller en plumes, inspecteur.

Il attendit un instant ; Doyle ne le déçut pas.

— Elle a été tuée au lit, je vous le garantis.

Au lit… quel genre de lit ? Un hôpital, un orphelinat, une école pour filles, un bordel ? *Nous y voilà. C'est exact, mon cher.*

— Ce Hiram Grunt, il loue des bateaux et des barges. Il a probablement loué celle-ci.

Raft indiqua du menton le corps éviscéré de la jeune femme.

— J'ai besoin de lui parler. Le truc, c'est qu'il est incroyablement difficile à trouver.

— Les gens de la rivière sont comme ça, inspecteur.

Doyle enfonça sa main dans la cavité pelvienne et en sortit l'utérus et les ovaires.

— Attendez une minute…

Il regarda fixement les organes découpés, la bouche ouverte dans une incrédulité presque comique.

— Qu'y a-t-il ?

Raft ne voyait aucune raison d'être alarmé, mais bon, il n'était pas médecin.

— Bon Dieu, parlez !

— Ce ne sont pas des ovaires.

Doyle secoua sa grosse tête lentement.

— J'en ai entendu parler auparavant. Mais je n'en avais encore jamais vu.

— Vu quoi ?

— Ce ne sont pas des ovaires, Monsieur, dit Doyle en regardant sur le plateau. Ce sont des testicules.

122

— Quoi ?

Le fait que Doyle était en train, en cet instant, de faire rouler les membres incriminés sur un plateau en métal n'aidait en rien à apaiser le malaise de Raft.

— C'est un homme ?

— Non, pas vraiment.

Le préposé de la morgue retrouva son sang-froid.

— Elle a un utérus et… tout le reste. Mais à la place des ovaires… dit-il en clignant des yeux. C'est un hermaphrodite.

VII

La rivière était calme et silencieuse sous la pleine lune, une lune qui projetait des ombres argentées sur la surface sombre de l'eau. Au-delà des Chambres du Parlement, de l'autre côté de la rivière, la ville était sereine, comme si un grand voile était tombé, un reste des plaies d'Égypte. Au loin, un son ressemblait au tic-tac d'une horloge, fort et régulier. Il devint de plus en plus fort quand il se rapprocha. Il ne pouvait s'empêcher d'écouter, tout comme il ne pouvait s'empêcher de regarder la rivière, jusqu'à ce qu'enfin il lui sembla que la rivière était faite de bruit, ou le bruit de la rivière.

— Vous n'êtes pas censé être là, dit une voix près de lui.

Raft se retourna lentement, tout son corps rendu élastique par la crainte. C'était Thomas Rennie, le dément, le seul survivant du navire maudit, le *Demeter*, et le leurre volontaire de John Gallant. Raft ne comprenait toujours pas quel pouvoir Gallant avait exercé sur Rennie, ni pourquoi le fou avait professé l'adorer comme il l'avait fait. Rennie était trempé, ses vêtements saturés d'eau, ses cheveux étaient humides, tout était humide. Sa peau avait une teinte grise et trouble, comme l'eau dégoûtante de la rivière.

— Va-t'en.

Les yeux de Rennie devinrent blancs et ses lèvres bleues. Il ouvrit la bouche en grand, plus grand qu'elle n'aurait dû l'être, ses lèvres s'étirant grotesquement jusqu'à ce que sa mâchoire engloutisse sa tête. *Vous n'êtes pas censé être ici !* C'était un bruit sorti tout droit des entrailles de l'enfer ; l'eau se précipita, remplissant les cavités de son corps, le noyant, et il n'arrivait pas à se libérer. Peu importe à quel point il se débattait, l'eau l'emportait vers le bas, l'eau le tuait…

Raft se redressa, à bout de souffle, luttant pour sortir de l'eau. Mais il n'y avait pas d'eau. Il s'assit au bord du lit, forçant son cœur à ralentir. Les rêves étaient de plus en plus fréquents désormais, lui venant presque chaque nuit, et parfois plus d'une fois. Les images horribles changeaient rarement, et leur souvenir persistait pendant des heures. Il fouilla la table de chevet à la recherche d'une cigarette et l'alluma de ses doigts tremblants. Pourquoi diable rêvait-t-il de Thomas Rennie ? Qu'est-ce que cela signifiait ?

La marque étrange sur son poignet palpitait, pulsant au rythme de son cœur. Il avait été soigneusement examiné par John Ponsonby, l'année précédente, lorsque ces curieux symptômes avaient commencé. Ponsonby, incapable de déterminer les origines de son rythme cardiaque ternaire, avait haussé les épaules et déclaré qu'il allait bien. *Quand j'écoute votre cœur, j'entends clairement trois battements au lieu des deux habituels.* C'était quelque chose d'étrange, en effet, que ces ennuis physiques aient commencé à la même période où Freddie et lui avaient rencontré John Gallant, à l'hospice Mile End.

Vous ne vous souvenez de rien, n'est-ce pas ? Ils ont mieux réussi avec vous qu'avec moi. Vous n'en avez aucun souvenir.

Ce n'était pas tout à fait vrai. Raft se souvenait de John Gallant. Il était certain qu'ils se connaissaient, avant. À l'époque, Raft s'était dit que l'hospice était le dernier endroit où on s'attendrait à trouver Gallant, mais Gallant s'était imposé là-bas en tant que maître et était devenu responsable du bâtiment et de ses habitants.

Tu ne dois pas avoir peur... Son esprit se fixa résolument sur les quelques lambeaux précieux de souvenirs : lui et un autre garçon, allongés ensemble dans l'herbe, regardant les nuages. *Ils vont nous faire partir. Ils disent que c'est le seul moyen. Il n'y a rien d'autre à faire.* « Partir ? » Sa voix tremblait, et il se détesta pour ça.

« *Que veux-tu dire ? Qu'est-ce que tu essaies de me dire ?* » Puis il sembla être plus vieux, et cette autre personne mystérieuse était plus vieille aussi, et ils étaient allongés ensemble, nus, baignés dans un bonheur sensuel : *personne ne t'aime comme moi.*

Le visage de la femme morte sur la barge flotta devant ses yeux, tel un spectre inquiétant. Il se rendit jusqu'à la fenêtre. La nuit était claire et froide, et très calme. Il releva le battant et sortit sa tête à l'extérieur, inspirant et expirant, son corps se calmant jusqu'à retrouver un rythme lent et familier. Un bref éclat retentit à quelques rues de là, et se tut presque aussi rapidement ; cela venait de l'asile privé de Bertha Rochester, il le savait. Peut-être que l'un des détenus s'en prenait à l'un de ses voisins. Il ne partageait pas l'opinion populaire sur la folie, ou les vieilles théories : peut-être que les fous savaient des choses que le reste de l'humanité avait oubliées, ou qu'elle n'avait jamais su.

Quelque part dans l'obscurité calme, il y avait une chambre, et dans cette chambre, il y avait un miroir... un grand miroir, fait d'une étrange substance alluviale, d'un verre qui n'était pas du verre, qui coulait, se reformait et fondait. Le plafond de la chambre était un ciel recouvert d'étoiles peintes, ou peut-être était-ce simplement le ciel de la nuit, non, pas le ciel : c'étaient des constellations que Raft n'avait jamais vues auparavant. À travers les hautes fenêtres, le ciel était chargé d'un crépuscule bleu et une neige légère retombait vers lui. Raft ferma les yeux et laissa la blancheur le recouvrir : *Je veux me souvenir. Je veux me souvenir.*

GALLANT ATTENDIT, tandis que Hoare faisait tournoyer les fleurs entre ses doigts effilés. Il était très tard. John Ponsonby était parti se coucher depuis longtemps, et on pouvait l'entendre ronfler doucement depuis la chambre. Les jets de gaz de la cheminée avaient été éteints, et toute la pièce semblait plongée dans une certaine lassitude, sauf si l'on regardait Jeremy Hoare. L'avocat semblait déborder d'énergie, ses yeux étranges étincelant, ses narines dilatées comme celles d'un étalon exotique.

— El Ceibo, dit Hoare. J'espère que le constable s'est souvenu de transmettre l'information à Raft.

Il jeta la fleur sur le canapé.

— Ah.

Gallant la récupéra, la pressant contre ses narines.

— Cela sent bon. Lord Dewberry ?

La bouche de Hoare se courba vers le bas.

— Il est bien moins odorant.

Il alluma une cigarette et fit les cent pas sur le tapis turc un moment.

— Cet homme. Cet homme.

Ses longs doigts frappaient l'air.

— Il présente son projet de loi demain.

— Vous n'approuvez pas.

Gallant avait ses propres théories sur la gouvernance civile.

— Cela semble être une vendetta personnelle et ne fait preuve d'aucun bon sens. C'est ridicule, et pourquoi continue-t-il à…

L'avocat semblait être sur le point de se lancer dans un discours de longue haleine, aussi les coups discrets frappés à la porte furent-ils un soulagement bienvenu.

— Oui, Madame Cadogan ?

Le visage de la propriétaire apparut dans l'ouverture minuscule que Hoare permit à la porte.

— Je m'excuse pour le bruit. Maintenant retournez dormir, vous voulez bien ?

— Monsieur Hoare, je suis terriblement, terriblement désolée.

Elle lui tendit une enveloppe de télégramme jaune, bordée de noir.

— Il est arrivé il y a quelques instants.

Elle la posa dans sa main comme pour s'en débarrasser et disparut dans l'escalier.

Gallant, sensible à une certaine tension soudaine, se redressa. Hoare ne semblait pas savoir quoi faire de l'enveloppe. Il la mit dans sa poche, l'en sortit de nouveau, la posa sur la cheminée et la regarda.

— Ce noir, dit Gallant tranquillement. C'est une lettre de deuil, n'est-ce pas ?

Une autre de leurs coutumes curieuses qu'il n'avait jamais vraiment comprises.

— Comme vous êtes perceptif, murmura Hoare. Malgré l'opinion populaire, vous ne manquez jamais d'esprit.

Sa voix se brisa, mais il se maîtrisa admirablement. Il retira le télégramme de son enveloppe et le lut rapidement, puis le replia.

— Ma mère est morte, dit-il.

Gallant pris une inspiration.

— Morte.

— Irez-vous…

Hoare essaya de nouveau.

— Est-ce que vous…

Il arpenta le tapis, puis s'arrêta devant Gallant.

— Je me demandais si vous pourriez aller au… là où elle vivait, pour vous occuper de son corps ?

— Bien sûr.

Gallant se leva, récupérant son manteau.

— Et l'inspecteur Raft ?

— Il finira par le découvrir, dit Hoare. Comme il le fait toujours.

LE MALAISE de la veille restait suspendu autour de Raft comme un vêtement invisible. Il avait l'impression de ne pas avoir fermé l'œil, et en effet, après son cauchemar, il était resté éveillé, parcourant ses notes sur l'affaire Dewberry tandis que son esprit digérait les détails de la mort de Cecily Pring.

Comment faites-vous, exactement ? Le crayon de Carr planait au-dessus de son calepin, sur son bureau. *Pensez-vous que vous pourriez me le décrire ? Disons que vous travaillez sur deux affaires en même temps, ou même trois. Avez-vous une méthode pour diviser votre attention, afin que chaque affaire reçoive sa part ?*

Il ne prit pas la peine de s'expliquer. Cela l'énervait que Carr semble s'intéresser à ses méthodes d'investigation, la façon dont il cloisonnait son esprit et mettait chaque partie au travail indépendamment des autres.

Comment faites-vous exactement ? Est-ce que c'est quelque chose de conscient ? Décidez-vous vraiment... de répartir l'espace dans votre esprit ?

L'image d'un carrousel lui vint, celle d'Ada et lui en train de tourner encore et encore, enfants, debout sur la plate-forme tandis que les chevaux de bois lumineux folâtraient et se cabraient au-dessus d'eux, et que la musique jouait.

Nous sommes trois petites filles à l'école,
Aussi hardies qu'une écolière peut l'être
Remplies d'une joie de petite fille,
Trois petites filles à l'école !

Non, ce n'était pas la musique ; ça ne pouvait pas être la musique. C'était de cet horrible opéra que Freddie aimait, cette chanson stupide et ces filles en costume japonais, agitant leurs éventails.

Raft pressa ses paumes contre ses yeux. Quand il retira ses mains, une femme se trouvait là, la sœur de Cecily Pring, Mary.

— J'aimerais réclamer le corps de ma sœur, dit-elle.

Raft fut de nouveau frappé de voir à quel point elle était laide, et pas seulement à cause de son aspect physique, constata-t-il. Il y avait quelque chose chez cette femme qui lui semblait anormal. Elle portait un ensemble noir et un chapeau noir, avec un voile, de sombres plumes projetées de chaque côté comme les cornes d'une Walkyrie. Autour de son poignet, là où une autre femme aurait porté sa bourse, elle arborait un minuscule martinet. C'était facilement l'ensemble le plus bizarre que Raft avait vu depuis très longtemps.

— Ma sœur, inspecteur Raft, s'il vous plaît. Il est temps qu'elle ait un enterrement digne de ce nom.

Les marques sur le corps de Cecily Pring... Raft passa près de Mary Pring, sortit la tête par la porte, et appela un constable. Burley apparut, suivi de Sujet.

— *L'inspecteur* [30] veut quelque chose ?

L'accent de Sujet donnait l'impression qu'il lui offrait un apéritif.

— Emmenez cette femme et enfermez-la en cellule.

Elle se débattit tout en criant, mais elle ne pouvait rivaliser avec la force brute de Burley et les menottes de Sujet. Ils l'emportèrent, coincée entre eux, le son de sa voix diminuant jusqu'à disparaître complètement.

Raft lut le courrier du matin et rangea ses dossiers, puis il se promena lentement dans l'immeuble, avant de descendre enfin jusqu'aux cellules pour voir Mary Pring. Il la trouva debout près du mur, en train d'examiner ses ongles, presque comme si elle s'attendait à le voir.

— Je demande à ce que vous me laissiez sortir immédiatement, souffla-t-elle.

Raft n'en fut pas affecté. Ils disaient tout ça.

— Quand nous avons examiné le corps de votre sœur après sa mort, nous avons trouvé des marques sur elle... comme si quelqu'un l'avait frappée avec un fouet ou un martinet.

Raft marcha autour d'elle et s'arrêta juste derrière elle.

— Y compris sur ses parties intimes. Peut-être voudriez-vous m'expliquer ça ?

Elle tourna la tête et ricana.

— Il y a beaucoup de choses que vous ne comprenez pas chez les femmes. Il y a beaucoup de choses que vous ne comprenez pas, tout court. Vous êtes un sacré malin, n'est-ce pas ?

Raft bâilla.

— Répondez juste à la question.

— Je ne suis obligée de répondre à rien. Je connais mes droits.

— Vous n'avez aucun droit. Vous êtes en état d'arrestation pour meurtre. Je pourrais vous faire passer devant le magistrat aujourd'hui, si je le voulais.

— Vous m'ferez jamais passer devant un bâton [31] !

— Vous n'êtes pas vraiment sa sœur, n'est-ce pas ?

Raft la regarda de haut en bas.

— C'est impossible. Elle ne pourrait jamais être liée à une sale vermine des rues comme vous...

---

30 En français dans le texte.

31 Juge.

Il attrapa sa main au vol, la tordit derrière son dos et la garda là. C'était une position horriblement douloureuse, mais elle la supporta comme un homme.

— Mauvaise idée de frapper un flic.

Elle lui lança un regard noir, comme si elle le haïssait, et en cet instant, c'était probablement le cas. Raft relâcha son bras.

— Je vous laisse ici aujourd'hui, pour réfléchir un peu. Je reviendrai plus tard pour voir si vous êtes prête à me parler.

Il referma la porte de la cellule derrière lui.

— JE VOUS le dis, Chef, je n'ai jamais loué de bateau à une fille chauve avec une perruque sur la tête.

Hiram Grunt ressemblait à son nom [32] : petit, rouge et trapu, avec des fesses énormes pour aller avec ses joues énormes. Dans l'ensemble, il évoquait à Raft une version miniature de Fred Abernathy.

— Oui, d'accord. Est-ce que vous en avez loué un, à quelqu'un d'autre ?

— Comme qui ?

Grunt se pencha en avant jusqu'à ce que sa chaise craque sous son poids ; ses petits yeux de cochons regardaient Raft avec suspicion.

— Vous savez, ce sont mes affaires de louer ce que je veux à qui je veux, qui veut bien le louer.

— Et vous avez plusieurs bateaux à louer, c'est ça ?

Les mauvais rêves de la nuit passée l'avaient rendu acariâtre et de mauvaise humeur. Il n'était pas d'humeur pour les tergiversations de Grunt. Il ouvrit un fichier et lut à voix haute :

— Hiram Grunt, récemment sans domicile permanent ou fixe, mais souvent trouvé aux environs de Shadwell Stair, jugé et condamné aux tribunaux de Sa Majesté pour escroquerie domestique ; la fabrication et la distribution de pièces contrefaites portant une ressemblance à Sa Majesté ; l'obtention et l'exposition d'illustrations indécentes, dont une pipe en écume ingénieusement sculptée…

À ce moment-là, Grunt eut la décence de rougir.

— Et ainsi de suite, et ainsi de suite.

Raft referma le dossier d'un geste sec.

---

32 En anglais, « grunt » signifie « pousser un grognement ».

— Vous êtes un homme très occupé, n'est-ce pas ? Et vous dites que vous gagnez votre vie honnêtement grâce à la location de bateaux. Pourtant, vous ne pouvez pas vous rappeler avoir vu l'une de vos barges transporter une jeune femme chauve portant une perruque et un arrangement de fleurs d'Amérique du Sud.

Grunt le regarda en clignant des yeux.

— Est-ce que c'est l'un de ces tests ? demanda-t-il.

Il regarda autour de lui, comme s'il s'attendait à ce que Raft révèle un confédéré à tout instant.

— Où vous posez des questions difficiles à un type, puis vous avez un certain temps pour y répondre, et si vous vous trompez...

— Pour qui diable me prenez-vous ? rugit Raft, jaillissant de derrière son bureau. Une femme a été assassinée, Monsieur Grunt ! Et vous restez assis là, à méditer bêtement sur des tests et autres balivernes !

Il frappa le bureau du poing.

— Elle a été étouffée, placée à bord d'une barge, et envoyée le long de la rivière à la marée du soir. Est-ce que cela ressemble à un test, pour vous ?

La tête de Grunt s'agitait dans tous les sens, ses joues flasques tremblotant.

— Qui vous a dit que je louais des bateaux ?

— Un jeune garçon près de Shadwell Stair, un gamin des rues. Et pourtant, je me demande où vous trouvez le temps de louer des bateaux, compte tenu de vos autres... tendances.

— Mes quoi ?

— La barge s'appelait « La Dame de Shalott ». À qui l'avez-vous prêtée ?

Raft le regarda fixement, avec l'intensité qu'il réservait habituellement aux faux évangélistes et aux meurtriers d'enfants.

— Je ne m'en souviens pas, Monsieur. Je loue un grand nombre de barges. Je suis un vrai homme d'affaires, moi.

— Pourquoi s'appelait-elle « La Dame de Shalott » ?

— Oh, ce n'est pas moi qui ai mis le nom dessus. Je n'ai pas de nom pour mes barges.

Grunt ferma les yeux et son visage se crispa. Raft supposa que cela voulait dire qu'il réfléchissait, mais il semblait être en train de faire tout autre chose.

— Sortez, dit Raft en retombant sur sa chaise. Avant que je change d'avis et que je jette votre carcasse puante en cellule.

131

Il fouilla les piles de papiers sur son bureau et trouva sa tasse. Elle était entourée d'une matière sombre et collante et sentait le vieux café.

— Cholmondely !

Il parcourut ses livres et sortit un volume au hasard, recherchant la consolation des mots.

— Monsieur ?

Le jeune constable apparut, ses joues un peu rougies, comme s'il venait de rentrer du froid. Il portait un uniforme tout neuf et ses cheveux avaient récemment été coupés. Il était époustouflant.

— Qu'y a-t-il, Monsieur ?

— Pouvez-vous me faire du café ? demanda Raft.

Il examina le roman d'horreur entre ses mains : *Sweeney Todd, le diabolique barbier de Fleet Street*. Bon Dieu, cela devait appartenir à Freddie...

— Café, dit Raft faiblement. S'il vous plaît.

— Bien sûr, Monsieur, répondit Cholmondely avant d'hésiter. Est-ce que tout va bien, Monsieur ?

— Bien, rétorqua Raft. Je vais... bien.

Cholmondely était déjà parti.

Il fouilla les tiroirs de son bureau et en sortit un exemplaire abîmé de « La lumière qui s'éteint ». Kipling, pensa-t-il. Que Dieu nous vienne en aide. Et cela devait appartenir aussi à Freddie. Il nota mentalement de rendre visite au libraire du coin, en rentrant chez lui ce soir, au moins pour se reconstituer un stock de lecture avec des choses plus adaptées à ses goûts et à sa position.

De quoi diable Grunt avait-il parlé ? S'il n'avait pas loué la barge à la fille, alors qui l'avait fait ? Elle était morte quand elle avait été placée dessus, et elle ne pouvait pas vraiment s'être étouffée elle-même avant d'aller chercher un moyen de transport adapté. Toute cette affaire obsédait Raft comme un incube infernal. Il fouilla dans le tiroir et trouva ce qu'il cherchait : « Montre, Chaînes, Goussets et Sceaux d'Angleterre », mais cela ne fit que renforcer son soupçon. La petite pantoufle de Perse qu'il avait trouvée sous la fille morte, sur la barge, n'avait rien de spécial, c'était simplement le genre de bibelots que les hommes riches avaient l'habitude de porter sur leurs chaînes de montre. Est-ce que rien n'allait trouver d'explication dans cette satanée enquête ? Raft flanqua le livre dans son tiroir du bas, et le referma d'un coup de pied.

— Votre café, Monsieur.

Cholmondely posa la cafetière et le journal sur le bureau.

— J'ai peur que ce ne soit pas de bonnes nouvelles.

— En effet.

LE PROJET DE LOI DEWBERRY EN PREMIÈRE LECTURE À LA CHAMBRE DES LORDS, juste à côté d'une série de publicités pour LES DENTS ! LES DENTS ! LES DENTS ! EXTRAITES GRÂCE À L'ÉLECTRICITÉ ! et LES PILULES INDIENNES QUI GUÉRISSENT LES FLATULENCES !

— Que diable Dewberry pense-t-il qu'il est en train de faire ?

Il n'avait pas entendu grand-chose au sujet du projet de loi de Lord Dewberry, seulement qu'il était censé réduire les importations d'argent, afin d'encourager la production d'argent domestique. Raft ne savait rien de l'argent britannique, et si quelqu'un l'avait informé qu'il était miné à Cheltenham avec des sabots de bois, il n'aurait pas su faire la différence.

— Pas seulement ça, Monsieur.

Cholmondely soupira, et pendant un moment, il eut l'air beaucoup plus âgé.

— Monsieur Doyle m'a dit de vous dire qu'elle a disparu.

— Qui ?

— La fille sur la barge.

Raft jura, se leva de son bureau et récupéra son manteau, avant de l'enfiler en entraînant Cholmondely vers l'ascenseur.

— Bien, dit-il. Elle s'est levée d'elle-même et s'est en allée, en emportant sa perruque.

Les portes de l'ascenseur se refermèrent en claquant derrière eux et ils descendirent. Raft trépigna tout du long. Il aperçut Doyle sortant de la salle des sergents, et l'interpella.

— Le constable Cholmondely m'a dit que…

— Il a raison, dit Doyle.

Le grand responsable de la morgue avait l'air aussi ravi qu'un nuage d'orage.

— Et je n'ai pas l'habitude de voir les corps disparaître de ma morgue sous ma supervision, n'est-ce pas ? Donc vous pouvez écrire tout ça dans votre petit calepin.

— Depuis combien de temps a-t-elle disparu ?

— Je l'ai enfermée vers vingt-deux heures, hier soir, je suis rentré chez moi. L'endroit est sans cesse sous surveillance, n'est-ce pas ? Alors je ne sais pas comment elle est sortie d'ici.

— Sergent.

Raft attrapa la manche de l'homme tandis qu'il passait.

— Portez un message à Sir George Endicott. Dites-lui qu'un corps a disparu de la morgue. Dites-lui que je suis parti le chercher.

Quelque chose lui vint à l'esprit.

— Vous n'auriez pas vu quelqu'un charger quelque chose de gros dans un fourgon, par hasard ? Ou même un fiacre ?

L'homme le regarda fixement, comme si Raft avait perdu la tête.

— Quel genre de chose, Monsieur ?

— Quelque chose de la taille d'un corps.

Ça n'avait pas l'air moins ridicule.

— Vous voulez dire, comme des voleurs de cadavres ? Des profanateurs ?

Les sourcils broussailleux du sergent remontèrent sur son front.

— Je ne pense pas, Monsieur. Je m'en rappellerai, moi. J'ai une mémoire sans faille, moi, inspecteur... euh... inspecteur.

— Merci, Sergent.

Il se détourna brusquement et se dirigea vers la morgue, Cholmondely sur les talons, comme une espèce de poisson pilote. Il dégringola les marches et ouvrit les lourdes portes doubles. La morgue était vide de toute personne vivante, hormis eux deux. Le corps de Cecily Pring occupait l'une des tables, et l'autre était vide, à l'exception du drap bleu pâle qui s'était trouvé sous le corps. Il bondit vers l'escalier et se mit à courir.

— Mais pourquoi...

Cholmondely peinait à suivre Raft, qui sprintait sans effort malgré son lourd manteau.

— Pourquoi volerait-on un corps à la morgue de la police ?

Ils passèrent le sergent à l'accueil et sortirent dans l'air frais du matin.

— Demandez à Monsieur Jeremy Hoare.

Raft resta planté sur le trottoir un moment, regardant l'Embankment de haut en bas, les yeux plissés sous les rayons du soleil de février.

— Je parie qu'il peut penser au moins à une douzaine de raisons. Allons-y.

Ils remontèrent rapidement la rue jusqu'à ce que Raft s'arrête à l'entrée d'une petite ruelle, un passage qui se terminait en cul-de-sac.

— Pas vraiment le meilleur endroit pour être surpris avec votre pantalon sur les chevilles.

Raft vit Cholmondely sourire.

— Métaphoriquement parlant, Constable.

— Bien sûr, Monsieur. Je parle couramment le « métaphore ». J'ai hérité ça de ma mère.

Il regarda Raft se pencher et laisser traîner une main gantée sur le sol.

— Qu'y a-t-il ?

Raft ramena sa main gantée jusqu'à son nez : rien.

— Je vérifiais quelque chose, même s'il y avait peu de chance, Constable. Les corps en décomposition laissent une odeur particulière. Une fois que vous y avez été exposé, vous ne l'oubliez jamais. Je pensais qu'il y aurait peut-être une trace…

Il jeta un regard rapide dans l'allée.

— Si vous fuyez la scène d'un crime, n'iriez-vous pas ici ?

— En effet, Monsieur.

L'expression de Cholmondely était celle d'un homme qui venait de voir quelque chose de merveilleux, et cela rendit Raft distinctement mal à l'aise.

— Je ne sais pas, Constable, mais si je m'enfuyais avec un cadavre, qui pèse par ailleurs bien plus que vous ne pourriez l'imaginer, je chercherais un moyen de fuir rapidement. Et sortez-vous de la tête qu'un policier sait toujours précisément où va son enquête. La plupart du temps, nous ne faisons que suivre des pressentiments.

Raft se redressa et ses genoux protestèrent.

— La seule fois où une affaire est parfaitement bouclée, c'est à la fin d'un roman. Venez.

Sa supposition était faible, il le savait. Si le corps avait été emporté par des voleurs de cadavres, il avait probablement déjà été démembré et distribué en morceaux.

— En morceaux ?

Cholmondely avait l'air un peu verdâtre. Apparemment, Raft avait pensé une nouvelle fois à haute voix.

— En morceaux. Les yeux, les dents, les cheveux, et même les ongles. Oh, les divers instituts de bienfaisance essaient de faire en sorte que chaque vagabond ou chaque fille des rues obtienne une sépulture chrétienne, mais j'ai entendu des histoires qui vous dresseraient les cheveux sur la tête. C'est un peu comme ce qu'ils font aux vieux chevaux de course.

Raft était occupé à balayer le sol et ne vit pas la réaction de Cholmondely.

— Que font-ils aux vieux chevaux de course, Monsieur ?

— Ils les font bouillir pour faire de la colle.

La ruelle descendait légèrement en pente avant de prendre fin devant un mur de briques, un cul-de-sac étroit entre quelques bâtiments. Les étages supérieurs avaient été construits au-dessus de cet espace, l'enfermant et bloquant presque complètement la lumière. Plus haut, ils pouvaient entendre le roucoulement répétitif des pigeons, nichés quelque part, à l'abri des regards ; c'était un bruit étrangement apaisant. De l'eau gouttait continuellement du toit, dégoulinant sur les pavés. L'air autour d'eux était d'un froid mordant.

Raft parcourut le mur de ses mains gantées, son visage près de la brique.

— Une porte.

Cholmondely eut assez de bon sens pour ne pas la toucher. Raft ramassa un petit fil bleu sur le chambranle.

— Mettez ça en lieu sûr.

Freddie aurait su immédiatement qu'il devait sécuriser la preuve, mais Cholmondely se contenta de pincer le fil entre le pouce et l'index, tout en le fixant.

— Mettez ça dans un bout de papier de votre calepin !

— Désolé, Monsieur.

Cholmondely s'exécuta.

— Aucun des autres inspecteurs ne s'embête à faire ça.

Il réalisa trop tard ce qu'il venait de dire.

— Ce que je veux dire, c'est...

— Ce que vous voulez dire, c'est que les autres inspecteurs pensent que je suis un pauvre idiot qui gaspille son temps à ramasser des déchets.

Raft posa une main contre la porte.

— Ils ont probablement appuyé le corps ici pendant qu'ils ouvraient la porte. Pendant qu'ils cherchaient la clé, peut-être. Il n'y a aucune indication que la porte ait été forcée.

Il sourit.

— Voyons si quelqu'un est là, Constable.

Il leva la main et frappa vivement à la porte. À sa grande surprise, elle s'ouvrit vers l'intérieur, et alla cogner doucement contre le mur.

— Monsieur...

Raft posa un doigt sur ses lèvres. La porte menait à un couloir étroit, qui se terminait devant une seconde porte ; un rai de lumière s'échappait de sous celle-ci, comme une faible promesse. Raft fit signe à Cholmondely de s'approcher et amena la tête du constable vers lui, jusqu'à ce que son oreille se trouve devant sa bouche.

— Restez derrière moi, murmura-t-il. Si quelque chose se passe, maîtrisez-en autant que possible. Est-ce que vous comprenez ?

Cholmondely acquiesça.

Raft se raidit, juste un instant. Il posa son épaule contre la porte et poussa. Elle s'ouvrit avec un léger craquement, et Raft se retrouva dans un petit salon minable, mal éclairé par un feu de charbon presque éteint. Assis près de l'âtre, enveloppé de plusieurs couvertures miteuses, se trouvait Armitage Crook... accompagné par la femme morte, maintenant vêtue d'une séduisante robe de bal rouge.

— Je suis désolé, dit Gallant.

Il ne semblait pas pouvoir cesser de le dire ; c'était tout à fait nouveau pour lui.

— Je ne... je veux dire, je ne m'étais pas rendu compte... je savais qu'elle était morte, mais...

Il se demandait comment la folle avait fait ça, mais il ne pensait pas qu'il soit convenable de le demander, même s'il en mourait d'envie à cause de sa curiosité innée.

— Je suis vraiment désolé, répéta-t-il.

Pour son œil inculte, elle ressemblait à n'importe quelle vieille femme : pâle, les cheveux blancs, assez ordinaire. Hoare avait fait habiller sa mère dans ses plus beaux atours et elle était allongée dans un cercueil d'érable fin bordé de satin cramoisi. Les accoutrements funéraires étaient bien au-delà des moyens de la plupart des gens, mais Hoare avait hérité de sa fortune, dérivée des vastes terres de sa famille à Exeter, et presque inépuisable, même si Hoare faisait de son mieux pour la dilapider.

— Quand aura lieu l'enterrement ? murmura Gallant.

Il ne savait pas trop pourquoi il murmurait... Madame Hoare reposait dans le salon de Ponsonby et Hoare, pas vraiment un endroit sacerdotal.

— Cet après-midi, répondit Hoare.

Il fumait sa cigarette avec un certain aplomb qui lui était à la fois naturel et très admirable. Gallant en était légèrement envieux. Il n'avait jamais développé de goût pour le tabac, même s'il supposait que comme pour tous les autres vices, cela pouvait s'apprendre.

— Pas besoin d'attendre, dit Hoare.

Il leva les yeux quand Ponsonby entra.

— Ah, John, te voilà. Tu as parlé à Madame Cadogan ?

— En effet. Bien sûr, elle nous accompagnera dans la voiture. Les fossoyeurs devraient arriver sous peu.

— La fille sur la barge, déclara Gallant.

Il regarda de Hoare à Ponsonby, puis de nouveau vers l'avocat.

— Avez-vous découvert qui elle était ?

— Oui, une certaine Christina Vasquez, dit Hoare. La fille d'un espagnol qui se faisait à l'origine passer pour un importateur de fruits à Cheapside, mais qui a ensuite eu des ennuis et a donc disparu de la circulation. La fille avait récemment été affiliée à la Maison d'Initiation de Miss Lillian, à Kensington.

Gallant cligna des yeux.

— Kensington, dit-il. Kensington.

Il réfléchit à cela un certain temps.

— Étranglée, n'est-ce pas ?

— Non, répondit Hoare en souriant. Comme d'habitude, la presse a mal compris. Elle a été étouffée avec un oreiller de plumes, puis emportée de chez Miss Lillian et placée à bord de la barge, pour flotter doucement le long de la Tamise, comme la grande et tragique dame de la légende.

Gallant ricana, incapable de résister.

— La Reine.

— La Dame de Shalott, dit Hoare, en serrant les dents. D'après le poème de Tennyson. Vous savez, vous êtes vraiment le plus obtus…

— C'est se donner beaucoup de mal, toutefois, observa Gallant en l'ignorant complètement, de faire tout ça et d'espérer qu'elle sera trouvée par quelqu'un qui lise beaucoup de poésie. Seules certaines personnes comprendraient la référence.

— Comme un certain inspecteur de police bien éduqué ? demanda Hoare.

— Si ça se trouve, il se fiche de Tennyson, dit Gallant. Ça pourrait être Geoffrey Breedlove. Il aime la poésie, n'est-ce pas ? Ça pourrait ne pas être l'inspecteur Raft. Cela aurait pu être destiné à quelqu'un d'autre.

— Vous l'avez vu ? demanda Ponsonby. Récemment, je veux dire.

Comme Hoare, il connaissait les incursions clandestines de Gallant dans le quartier de l'Embankment, sa curieuse obsession à garder un œil quasi-constant sur les allées et venues de Raft.

— Oui.

— De quoi avait-il l'air ?

Ponsonby offrit une cigarette à Gallant de son étui et l'alluma pour lui.

— Il avait l'air d'aller bien, Docteur.

Gallant fixa son regard sur l'épaule du manteau de Ponsonby.

— Il avait l'air d'aller très bien, et il est fréquemment vu en compagnie d'un beau et jeune constable aux yeux bleus.

Si Hoare pensait attiser la jalousie de Gallant, il n'était qu'un idiot.

— L'estimé Prentiss Cholmondely, intervint Hoare.

Il se pencha pour ajuster une dentelle autour du cou de sa mère morte.

— C'est un jeune homme aux talents singuliers, et d'après les rumeurs, il est très bien vu à Scotland Yard. Un coup plus que convenable, si on voulait se montrer vulgaire…

— Jeremy.

La voix de Ponsonby était dure comme l'acier.

— Tu vas trop loin.

Gallant fuma en silence. Une lueur jouait dans son regard.

— Dans tous les cas… reprit Hoare en souriant à peine. Ah, ça doit être Madame Catogan.

Comme s'il l'avait prévu, un coup retentit à la porte. La gouvernante de Hoare apparut, habillée entièrement en noir, un empilement tremblant de dentelles vacillant sur sa tête.

— Ah, Madame Cadogan. Notre petit groupe est au complet.

Hoare jeta sa cigarette dans la cheminée et fit signe à Ponsonby. Ils attrapèrent tous deux le couvercle brillant du cercueil, et le refermèrent avec une certaine détermination.

— Comme c'est curieux, observa Hoare, que nous le refermions ensemble, plutôt que de l'ouvrir.

Ponsonby posa une main sur l'épaule de l'avocat.

— Du calme, mon vieux. C'est bientôt terminé.

Gallant crut apercevoir des larmes briller dans les yeux pâles et étranges de Hoare. Pendant un certain instant, un instant à peine, il leur envia leurs rituels funéraires.

VIII

— MONSIEUR CROOK, nom de Dieu, qu'êtes-vous en train de faire ?

Crook sourit, l'air complètement ivre.

— Inspecteur, ma femme est chauve. Je crois qu'elle a été corrompue.

— Votre femme vous a quitté ! Vous êtes en train de boire avec un cadavre.

Raft essaya de masquer son dégoût mais échoua, et fit signe à Cholmondely d'approcher.

— Constable, passez les menottes à Monsieur Crook, voulez-vous ?

Tout ce scénario était complètement ridicule, cette pièce était une masure à peine assez digne pour les rats, un endroit dégoûtant qui hérissait Raft. Il était étonné de voir à quel point certains hommes tombaient en déchéance en perdant leur partenaire domestique.

— Cholmondely, allez chercher un magasin et appelez Scotland Yard pour qu'ils envoient un fourgon. Je vais rester ici avec Monsieur Crook et... ça.

Il indiqua le cadavre d'un geste impuissant. La peau avait commencé à se détacher des orteils, comme les doigts d'un gant.

— Ma femme est une danseuse merveilleuse, dit Crook.

— Vous ne pouvez pas être si saoul ! rétorqua Raft d'un ton cassant.

Il regarda attentivement Crook, secrètement soulagé de voir qu'il ne retrouvait rien de Freddie en lui. Voir son bien-aimé reflété dans la ruine et la débauche d'un tel visage aurait été plus qu'il ne pouvait en supporter.

— Alors épargnez-moi.

— Vous me dégoûtez, dit Crook. Vous avez fait de mon frère votre pute.

— Votre frère était le junior qui m'était assigné, rien de plus.

— Oh, arrêtez.

Crook se jeta sur lui, sa tête et son cou vers l'avant.

— N'essayez pas de m'entuber, inspecteur. Il vous a bien eu. À vous faire croire qu'il était assez idiot pour...

— Ça suffit, répondit Raft. Fermez-la.

Crook continua comme s'il ne l'avait pas entendu.

— Il n'a jamais été idiot, dit-il. Il prétendait seulement l'être. C'est un petit bâtard rusé, quand il veut, et il a plus de tours dans son sac que vous ne le saurez jamais.

Cholmondely réapparut.

— Le fourgon est en chemin, Monsieur. Dois-je attendre dehors ?

— S'il vous plaît, Constable, mais restez à portée de voix, parce que j'aurais besoin que vous retourniez à Scotland Yard avec le corps.

— Vous allez me tuer, Raft ? C'est ça ?

Crook lutta contre ses menottes, son visage rougissant comme une rose.

— Pas vous, dit Raft dédaigneusement. Le cadavre.

Il regarda Crook un long moment. Ce n'était vraiment qu'un misérable.

— Comment avez-vous fait ? Comment avez-vous réussi à vous faufiler dans la morgue ? Avez-vous fait ça de nuit ?

— Je ne vois pas de quoi vous voulez parler.

Crook ne riait pas tout à fait, mais presque.

— Elle m'attendait sur le pas de la porte quand je suis rentré, ma douce chérie.

Raft ne pouvait pas croire ce que Crook lui disait sur parole, mais d'après son expérience, les cadavres avaient tendance à apparaître aux endroits les plus inattendus, et des voleurs de cadavres en fuite avaient souvent caché des corps avant de les récupérer plus tard. Il allait ramener Crook à l'Embankment et le coller en cellule, attendre que l'alcool se dissipe, puis obtenir des informations.

— Je sais qui vous êtes vraiment.

La peau de Raft le picota.

— Je vous demande pardon ?

Crook rit sans bruit.

— Vous ne savez rien du tout. Vous êtes comme le dindon de la farce, à vous pavaner sur la scène, paniqué, et à vous demander pourquoi le bébé ressemble au palefrenier.

— Je ne vous suis pas.

Raft essaya de se dire qu'il s'agissait des divagations d'un ivrogne et d'un toxicomane, mais quelque chose dans le ton de Crook le dérangeait. Il lui vint à l'esprit, encore une fois, que Crook n'était peut-être pas aussi ivre qu'il en avait l'air.

— Et pour rappel, vous n'êtes pas vraiment en position de supériorité.

— Parti en Amérique du Sud, n'est-ce pas ? C'est ce qu'il vous a dit ?

— Il *est* parti en Amérique du Sud, déclara Raft. Je l'ai vu partir. Il travaille sur une affaire très sensible en Argentine.

Le cœur de Raft s'emballa dans sa poitrine, s'agitant comme un oiseau capturé.

Une année entière, Phil ? Qu'est-ce que je vais bien pouvoir faire ? Apprendre à parler espagnol ?

Tu es horriblement drôle. Je te l'ai déjà dit ?

— Est-ce que vous êtes sûr qu'il est encore là-bas ? Peut-être que ça fait un moment, depuis que vous avez eu de ses nouvelles.

Crook essaya en vain d'étouffer un rot d'ivrogne.

— Il pourrait être n'importe où, pour ce que vous en savez.

Raft se leva et marcha jusqu'à la porte, en prenant soin de garder Crook à l'œil. L'odeur du cadavre était très forte, recouverte de la puanteur du corps sale de Crook et de celle du rhum. Il souhaita soudain que le fourgon se dépêche.

— Vous devriez demander à Monsieur Hoare, ricana Crook.

— Et vous devriez aller au diable, répondit Raft.

Crook se jeta sur lui, faisant claquer ses dents comme un chien en colère.

— Espèce de sale bardache[33] ! Vous me rendez malade ! Qu'est-ce que vous étiez, vous deux ? Est-ce que vous l'enculiez dans cet appartement ?

Raft passa du chaud au froid et serra les poings. Il s'avança et se plaça au-dessus de Crook, et les mots lui échappèrent, tel un torrent.

— Vous n'êtes qu'un gaspillage de chair et de peau. Vous n'arrivez pas à la cheville de votre frère.

Son front palpitait, ses yeux lui donnaient l'impression d'être injectés de sang.

— Je serais prêt à vous tuer pour quelques centimes. J'aimerais vous frapper jusqu'à ce que vous ne soyez plus qu'une bouillie sanglante. Oui, je pourrais, je pourrais vous tuer...

La main de Cholmondely tomba sur son épaule.

— Ils sont là, Monsieur.

— Constable.

Raft pleurait presque de rage.

— Occupez-vous de... Monsieur Crook, ici présent, et... de la dame.

— Pensez-vous qu'il l'a tuée, inspecteur ?

---

33 Homosexuel, en argot.

Cholmondely resta planté sur le trottoir un moment, les mains dans ses poches. Le vent s'était levé, inhabituellement froid.

— J'en doute.

Raft était encore ébranlé par son éclat et soudain à court de mots.

— Il n'est pas assez intelligent pour ça. Vous… vous pouvez retourner à Scotland Yard avec lui. Je reviendrai dans un moment.

— Vous allez vous promener, Monsieur ?

Ce n'était pas vraiment le genre de journée à se balader.

— Quelque chose comme ça.

Raft n'arrivait pas à le regarder, certain que Cholmondely connaissait tous ses secrets.

— J'ai besoin de changer d'air.

Il hocha la tête vers Crook.

— Vous pensez que vous pouvez vous occuper de lui ?

Cholmondely fléchit ses larges épaules sous sa tunique de constable.

— Oh, je pense que je peux, Monsieur, si on en vient là.

— C'est bien.

Raft toucha la manche du jeune homme.

— Je vous vois plus tard.

Raft marcha pendant une grande partie de la matinée, ruminant ses pensées au sujet de la fille, de la barge, des fleurs. Il doutait que Crook l'ait tuée. Comme il l'avait dit à Cholmondely, il ne pensait pas que Crook soit assez intelligent… ou ait le courage de le faire. Il était plus probable qu'il ait trouvé le corps dans son état d'ébriété, et qu'il l'ait ramené chez lui. C'était une façon un peu rustre de ramener une femme chez soi.

Raft s'arrêta au pub Flying Horse, à Piccadilly, pour un déjeuner rapide (aux frais de Scotland Yard) et fut frappé par une idée en plein milieu de sa potée Lancashire. Il héla un fiacre et se rendit à l'est, jusqu'au bâtiment imposant du British Museum, où il prit place sur un siège de la salle de lecture. C'était l'un de ses endroits préférés à Londres, un secret coupable et un plaisir qu'il n'avait jamais partagé avec quiconque, pas même Freddie. Raft adorait les livres, et même s'il ne se considérerait jamais comme un homme de lettres, il était secrètement fier d'avoir lu beaucoup des ouvrages de cette bibliothèque, et de nombreux autres. On trouvait autant de choses grâce au bon sens qu'au cerveau humain, et Raft adorait lire, bien plus que les autres policiers.

143

Il présenta sa fiche remplie au crayon à papier au préposé, et reçut en retour plusieurs ouvrages obscurs de botanique, dans lesquels il se plongea pendant le reste de la matinée.

— Erythrina crista-galli, murmura-t-il. L'arbre à crêtes de coq.

Le bibliothécaire accourut vers lui, les bras croisés.

— Inspecteur !

Il indiqua un panneau d'un long doigt légèrement jauni : SILENCE, S'IL VOUS PLAÎT.

Raft repensa soudain à la tétine en corail pour enfant, accrochée autour du cou de Cecily Pring, et aux marques sur son corps. Il examina une illustration des fleurs : des pétales rouge sombre enroulés autour d'une saillie centrale. Cela ressemblait à s'y méprendre aux organes génitaux masculins et féminins.

Je n'arrive pas trouver la réponse... Ce n'est pas clair pour moi. Il rendit ses livres et sortit. Le vent venait du Nord et lui mordit le visage, mais il s'en fichait. Il avait quelque chose, un petit quelque chose, mais c'était ce genre de petit fil qui se transformait rapidement en espoir. Si Freddie avait été là, ils auraient sûrement célébré ça. Était-ce inapproprié d'offrir une pinte à Cholmondely après son travail ? Le jeune homme penserait-il que Raft lui offrait davantage ? Si Freddie avait été là, ils se seraient enthousiasmés de la résolution rapide de l'affaire et auraient peut-être passé le week-end à la campagne, dans un endroit calme, ensemble. Si Freddie avait été là...

Les mots horribles d'Armitage Crook lui revinrent, et il se hâta de les repousser. Crook était un idiot, un idiot ivre ; tout ce qu'il disait n'était que mensonges et conneries. Il avait sûrement traîné près de Scotland Yard et était entré dans le Norman Shaw Building sur un coup de tête, même si les raisons pour lesquelles il avait volé un cadavre étaient plutôt difficiles à expliquer.

LES EAUX sombres de la Tamise tourbillonnaient sous lui, hypnotiques et séduisantes, coulant vers la mer. Il serait facile de se laisser aller, facile de trouver un endroit tranquille où la berge descendait jusqu'au bord de l'eau, et de se laisser simplement tomber. Il pourrait remplir son pardessus de cailloux ; il entrerait dans l'eau et ne regarderait plus jamais en arrière.

144

C'était difficile, se dit Raft, mais le plus dur de tout, c'était cette satanée solitude, et il l'avait supportée plus longtemps que quiconque n'aurait pu le faire, et il était désormais fatigué. Il était juste fatigué.

— Vous allez sauter ?

Une tunique sombre apparut, lui faisant de l'ombre, et si Cholmondely avait délibérément placé son corps entre Raft et l'eau, aucun d'entre eux ne le mentionna.

— Vous m'avez trouvé, dit Raft.

Cholmondely tendit une main et toucha la joue froide de Raft. Son gant était humide.

— Je vous trouverai toujours, dit-il doucement.

— Constable.

Raft inspira.

— Je ne voudrais pas vous induire en erreur.

La main de Cholmondely se trouvait contre le dos de Raft, mais Cholmondely le protégeait et personne ne pouvait les voir. Il n'y avait rien à craindre.

— Oh, mais je sais que vous ne feriez jamais une telle chose, Monsieur.

— Oui.

Le vent lui fouettait le visage, faisant pleurer ses yeux.

— Monsieur ?

La voix du jeune homme était infiniment douce, d'une patience inestimable.

— Je me demandais…

— Prentiss, si vous voulez…

— Monsieur, vous vous souvenez, quand je vous ai demandé si vous lisiez de la poésie ?

Raft acquiesça.

— Bien sûr. Bien sûr que je m'en souviens, ce jour-là, dans les bains turcs.

— Voulez-vous… demanda Cholmondely en le regardant. Voudriez-vous venir lire de la poésie avec moi, maintenant ?

— Je devrais y retourner.

Il hésitait. Il était si près, tellement, tellement près, de lui offrir son consentement complet et total, et alors, que feraient-ils ?

— De la poésie ?

Peut-être qu'il était déjà dans l'eau ; peut-être que l'eau se refermait sur lui pour le noyer, pour l'emmener jusqu'au fond.

145

— Venez, Monsieur, dit Cholmondely en prenant son bras. Il fait un froid incroyable, ici.

RAFT SONNA pour qu'on amène du thé et attendit que Madame Stringer monte l'escalier avec son plateau. Il le lui prit des mains et la remercia avec effusion, avant de refermer et de verrouiller la porte derrière elle.

— Je sais que ce n'est pas du tout habituel, dit-il.

Il leur versa tous deux du thé et tendit une part de gâteau à Cholmondely.

— Je n'ai pas l'habitude de...

Sa main tremblait quand il reposa la théière sur le plateau, et il se maudit à voix basse.

— Il n'y a eu personne ici depuis que le Constable Crook est parti.

Il gardait délibérément son dos tourné vers Cholmondely, terrifié que le jeune constable puisse voir son expression, découvre son secret.

— Je m'excuse si...

Les mains de Cholmondely se glissèrent sur ses épaules, et il le retourna pour lui faire face. Raft le regarda, perdu dans ses yeux bleus étonnants. Le jeune constable s'approcha de lui et murmura :

— On s'en tape du thé.

Et il l'embrassa.

Raft s'allongea sur le lit tandis que Prentiss Cholmondely couvrait sa peau de baisers, le touchait partout où il voulait être touché, mais ne s'attardait nulle part. Il traîna contre la bouche de Raft, y retourna encore et encore pour l'embrasser, écartant les lèvres du bout de la langue, reculant en souriant quand Raft gémissait.

— Vous allez faire venir Madame Stringer, chuchota Raft. Elle s'inquiète si la porte est fermée à clé.

— Je vais descendre la droguer, dit Cholmondely. Je glisserai du laudanum dans son thé. Elle dormira comme un bébé...

— Oui, mais Prentiss...

Cholmondely le fit taire, penché sur le sexe gonflé de Raft, et aspira le gland dans sa bouche. Un grand tremblement parcourut le corps de Raft et il sentit son orgasme très proche, frissonnant derrière ses genoux et sous la plante de ses pieds. Cela faisait longtemps et il n'était pas sûr de pouvoir durer, et il avait raison : son plaisir grimpa et le prit à la gorge, et il s'y abandonna avec un autre cri étouffé, se cambrant en manquant tomber du lit tandis que la vague bouillante de son orgasme refluait et s'éteignait.

146

— Je suis désolé, chuchota-t-il, embarrassé que son plaisir soit arrivé si vite. Je suis tellement désolé, cela fait longtemps pour moi.

— Arrête de parler, murmura Cholmondely en se penchant sur Raft.

Il prit la main de Raft et la plaça sur son sexe, et guida le membre tendu dans la bouche de Raft.

La lueur des chandelles jouait sur son corps nu quand il plongea entre ses lèvres. Il grogna quand Raft commença à le sucer fortement, ses lèvres avides et sa langue le caressant. Le visage de Cholmondely rougit profondément et le coin de ses lèvres s'étira dans un rictus de plaisir extatique, son orgasme enflant en lui. Il se retira de la bouche de Raft et éjacula, de longs jets chauds de semence se répandant sur les draps, ses hanches s'arquant pendant qu'il jouissait. C'était la plus belle chose que Raft avait vue depuis très longtemps.

Raft éteignit les lampes à gaz et ils restèrent allongés ensemble dans le noir, s'explorant l'un l'autre tendrement, leur langue s'égarant et leurs doigts glissant sur leur peau et les membranes humides de leur corps. Cholmondely enroula sa jambe autour de la taille de Raft, et ils se frottèrent l'un contre l'autre lentement, se forçant à être patient tandis que le plaisir montait et les submergeait, puis s'atténuait, pour revenir à nouveau. Quand Cholmondely voyait que Raft était proche de l'orgasme, il s'arrêtait, s'écartait et attendait, avant de se coller de nouveau contre lui, ondulant ensemble jusqu'à ce que leurs limites surgissent encore. Alors, il s'arrêtait à nouveau. Raft se rallongea sur les draps et les oreillers, s'abandonnant au contact de Cholmondely, s'offrant aux milliers de minuscules caresses. Parfois, Cholmondely prenait le gland de Raft entre ses doigts et le caressait, le léchait, dessinant de petits cercles du bout des doigts tandis que son autre main glissait lentement, doucement, le long de son membre, jusqu'à ce que les nerfs et les muscles de Raft vibrent sous cette sensation et que des frissons remontent le long de sa colonne vertébrale. Cholmondely se pencha sur lui, les yeux relevés vers Raft, et avec un petit sourire, le suça une dernière fois bruyamment.

Raft jouit aussi fort que le Great Western débarquant dans Charing Cross Station. Cholmondely l'embrassa juste à temps pour étouffer ses cris extatiques, et il cria son orgasme dans la bouche ouverte du constable, avant de haleter et de frissonner jusqu'à retrouver ses esprits. Cholmondely tremblait, et les cuisses et le ventre de Raft étaient mouillés. Il attira le constable vers lui et l'embrassa.

— Toi aussi ?

Cholmondely parut violemment ému, et des larmes apparurent dans ses yeux. Il posa la tête contre l'épaule de Raft, et celui-ci attira le jeune homme entre ses bras.

— PARDONNE-MOI.

La voix de Raft était douce, une déférence inconsciente envers la pièce calme. Le vent s'était levé brusquement, hurlant contre la fenêtre et faisant cliqueter le châssis. Le feu s'était éteint.

— Je suis désolé.

— Tu n'as pas à être désolé.

Cholmondely alluma deux cigarettes et en donna une à Raft, qui se mit à rire.

— Je t'amuse, dit le jeune homme. C'est bien. J'aime te voir rire.

— Tu ne fumes pas, répondit Raft. Ou ai-je réussi à te corrompre même là ?

Il observa Cholmondely, soudain plus sombre.

— Tu te rends compte de ce que cela signifie.

Le constable hocha la tête.

— Je devrais faire ça plus souvent. Toi aussi, en fait.

— Si tu le dis à quiconque… quiconque…

— J'avais pensé louer un panneau d'affichage.

Il était soudain espiègle.

— Ou l'une de ses grandes publicités que l'on voit sur les côtés des omnibus. « J'ai couché avec… »

— Prentiss.

— Je suis désolé.

Il caressa la mâchoire de Raft, puis tint son menton tandis qu'il se penchait pour l'embrasser.

— J'espère que tu te rends compte que j'ai un minimum de bon sens ?

Raft soupira. Il était si adorable, et si jeune.

— La vie d'un policier est sans cesse soumise à des indiscrétions.

— Je le sais, dit Cholmondely en tirant sur sa cigarette. Philemon, je le sais, vraiment.

— Tu dois comprendre : un maître-chanteur n'aimerait rien de mieux que d'apprendre que toi et moi sommes liés l'un à l'autre de… manière intime.

148

Cela hantait Raft, tout comme cela hantait les autres hommes comme lui.

— Nous ne pouvons pas nous permettre... Je ne peux pas me permettre de m'impliquer avec quelqu'un s'il y a le moindre risque.

Cholmondely le dévisagea avec un scepticisme amusé, bien au-delà de ses années.

— Est-ce que ça t'aide ?

— Qu'est-ce qui m'aide ?

La main de Raft se fraya un chemin jusqu'au torse nu de Cholmondely. Il caressa sa peau nue du jeune homme et eut le plaisir de voir un frisson courir le long du corps du constable.

— Est-ce que ça t'aide de te dire ça ? Quand tu es seul ?

Cholmondely se pencha à la rencontre de la caresse.

— Est-ce que c'est ta façon de me dire de ne pas avoir d'attentes ?

— Tu sais aussi bien que moi que c'est impossible.

Raft effleura le cou de Cholmondely de son nez.

— Nous devrons voir au jour le jour.

— Au jour le jour, répéta Cholmondely en écrasant sa cigarette, avant de se rallonger contre les oreillers. Ou est-ce que tu essaies de te débarrasser de moi ?

— Je n'essaie pas de me débarrasser de toi, répondit Raft, sa cigarette suivant le même chemin. Je serais un imbécile de le faire.

La main de Cholmondely s'enroula sur la nuque de Raft.

— Ce qui se passe entre toi et moi doit absolument rester entre toi et moi.

Il embrassa le bord des lèvres de Raft.

— Je le sais. Et je préfère que ce soit comme ça, vraiment.

Il soupira quand la jambe de Raft effleura la sienne.

— Cela ne regarde pas les autres gens. Cela ne regarde personne.

Mon Dieu, faites que cela reste ainsi, pensa Raft, *ou nous aurons tous les deux des problèmes.*

LA VIEILLE dame avait fait des efforts pour embellir sa personne, surtout en ajoutant beaucoup de parfum et quelques violettes flétries accrochées ici et là sur sa robe minable, mais cela n'aidait en rien l'odeur. Hoare s'installa à sa place habituelle près de la cheminée, un mouchoir parfumé serré dans une main. De temps à autre, il le portait à son nez.

— Racontez-moi encore une fois.

La femme frémit tout entière, comme un tas de chiffons.

— Elle m'a payée. La patronne m'a payée pour garder la fille propre, la nourrir et la laver. Ce n'était pas une partie de plaisir, je peux vous le dire. C'était épuisant de s'occuper d'elle.

Elle sortit un chiffon de son corsage et s'essuya les yeux.

— Et elle était crasseuse, aussi, une vraie bohémienne. Ça me rendait malade de la voir.

La voix de Hoare était aussi dure que son regard.

— Et combien vous a-t-on payé ?

— Pas mal, Monsieur. J'aimerais garder le silence sur ça. Elle n'arrêtait pas de me répéter que le Lord serait hors de lui si je pipais un mot à ce sujet. Comme si j'allais le faire. Je suis pas folle, moi !

Les sourcils de Hoare se relevèrent.

— Bien sûr que non.

Il fouilla dans la poche de sa robe de chambre et en sortit un billet de banque.

— Voilà pour vous.

Elle le saisit des deux mains et le porta à sa bouche édentée, pour l'embrasser.

— Oh, que Dieu vous bénisse, vous êtes un gentleman, Monsieur !

— Bonne journée, madame.

Hoare indiqua la porte et, épuisé par cette dernière épreuve, s'effondra dans son fauteuil préféré, en portant son mouchoir à son nez.

— Vous savez, je devrais ouvrir toutes les fenêtres. Mon Dieu, la puanteur !

Il se souvint de Gallant et lui lança un regard en coin.

— Monsieur Gallant, pourquoi êtes-vous là ?

— Philemon Raft pense que j'ai disparu de l'hospice Mile End, il y a plus d'un an.

Gallant haussa les épaules.

— Nous finirons bien par nous rencontrer de nouveau, lui et moi.

Il examina ses ongles parfaitement manucurés.

— Il pourrait penser que je suis une sorte de fantasme.

— Je ne pense pas que l'inspecteur Raft ait autant d'imagination, renifla Hoare. Il est peut-être un peu trop littéral parfois, mais jamais crédule.

— Vous ne le connaissez vraiment pas, rétorqua Gallant. Il est beaucoup plus intelligent que vous ne le pensez. Que pensera-t-il quand il me verra ? Croyez-moi : Raft ne mettra pas longtemps à comprendre.

Il grimaça, tout à coup assailli par les souvenirs qu'il avait longtemps tâché d'oublier.

Dis-moi la vérité. Tu sais quelque chose. Dis-moi ce que c'est.

Philemon Raft avait à peine passé sa première saison, il aurait dû être en train d'étudier au lieu de se prélasser dans l'herbe avec John Gallant, pourtant ils étaient là. Cela lui semblait s'être passé il y a si longtemps… bien sûr, ça l'était.

Je les ai entendus parler. Ils vont nous renvoyer.

Qui a dit ça ? Qui ?

Ne sois pas idiot. Il avait réagi aux questions de Raft comme il le faisait toujours, avec mépris. *Penses-tu que nous pouvons rester là ? Tu n'as donc pas fait attention ?*

Il y a les fluctuations normales et naturelles. Au fil du temps, les anomalies vont diminuer…

— Alors nous nous en occuperons, dit Hoare.

Il récupéra une cigarette dans la boîte près de lui et l'alluma.

— Il est absolument inadmissible que des gens comme vous puissent anéantir des mois de travail. Vous le suivez dans tout Londres alors que vous savez très bien que vous ne devriez pas.

— Comment savez-vous ça ?

La blessure de Gallant palpitait et il inspira, s'agrippant à l'arrière du canapé.

— Vous êtes surpris, dit Hoare.

— Je souffre, répondit Gallant. Grâce à vous, j'ai été encorné par un taureau argentin. Vous vous souvenez ?

Il se laissa glisser sur le sofa, son visage autrefois rougi désormais gris de douleur.

— Vous allez devoir le dire à Raft, dit-il, avant qu'il le découvre.

Il savait que son corps était occupé à réparer les dégâts, mais quelque chose n'allait pas, il pouvait le sentir.

— Je ne lui dirai rien, dit Hoare. Ce n'est même pas… bon Dieu. Comment pouvez-vous même envisager ça ?

Gallant déboutonna son gilet et sa chemise, ses longs doigts sondant sa blessure.

— Vous avez peur que je lui dise que vous faites chanter Lord Dewberry.

Il regarda Hoare fixement et éclata de rire.

— J'imagine ! Il attend depuis des années de pouvoir vous arrêter.

Sa colère disparut aussi rapidement qu'elle était venue.

— Vous avez été au courant tout du long, pour Dewberry, sans doute grâce à votre myriade de contacts clandestins.

Un autre homme aurait plaisanté en cet instant ; mais pas Gallant.

— Vous m'avez envoyé en Amérique du Sud pour vous aider à débusquer Dewberry, au lieu de mentionner vos soupçons à la police. Vous êtes terrifié à l'idée que Raft découvre la vérité. Freddie Crook est là-bas, en train de subir un traitement…

Hoare le coupa.

— J'ai été retenu par une autorité un peu plus importante que la police métropolitaine de Londres.

Il examina ses ongles.

— Et que pensez-vous que Scotland Yard dirait s'ils découvraient votre rôle dans cette petite affaire ?

— Vous n'oseriez pas, dit Gallant sombrement. Vous n'avez pas le…

Il s'arrêta, ses doigts enfoncés contre son flanc.

— Bon Dieu, ne vous évanouissez pas !

Hoare se précipita vers lui, ses genoux dérapant sur le tapis turc. Il attrapa le jeune homme qui se balançait.

— Voulez-vous que j'appelle Ponsonby ?

Il écarta le bandage qui recouvrait la blessure : la plaie était gonflée, entourée de chair rouge vif.

— Je pense vraiment que vous devriez le laisser vous examiner de nouveau.

— Je vais bien, murmura Gallant, et il s'évanouit immédiatement.

LA CALÈCHE suivait Raft depuis un moment déjà. Il avait essayé de la perdre une fois ou deux dans le dédale des ruelles et des allées, le long de son trajet habituel, en vain. Le véhicule était d'une marque de luxe, avec de belles lampes et des fenêtres soigneusement recouvertes de volets. Raft s'était arrêté délibérément, deux fois, devant un tailleur puis devant un marchand de tabac, afin de pouvoir observer la calèche à loisir. Il avait examiné une vitrine de chapeaux pour femmes tandis que la voiture attendait dans la rue derrière lui ; la deuxième fois, il s'était arrêté devant un affichage de beaux cigares cubains pendant cinq bonnes minutes, mais ni le véhicule ni les volets n'avaient bougé. Il commença à marcher dans la direction opposée de laquelle il était venu, puis changea soudainement de direction à mi-chemin, comme s'il avait oublié quelque chose. La calèche s'arrêta, le conducteur tirant furieusement sur ses rênes tandis que les chevaux hennissaient de rage. Raft hésita sur le trottoir, prétendant choisir une direction. Quand il passa enfin les portes de Scotland Yard, une vingtaine de minutes plus tard, il avait les joues rouges, l'air ragaillardi et, évidemment, content de lui.

— Raft !

Sir George Endicott sortit des toilettes des hommes, frottant vigoureusement ses mains sur son pantalon.

— Bon Dieu, je vous ai cherché partout.

Raft se figea, toute sa bonne humeur soudain volatilisée.

— Monsieur ?

Endicott le regarda de haut en bas et frappa vivement ses petites mains ensemble.

— Vous avez l'air particulièrement robuste, ce matin, Raft. Vous avez passé plus de temps au lit, non ?

L'imagination de Raft rejoua obligeamment la nuit précédente, lorsque Prentiss et lui avaient fait l'amour. Cholmondely l'avait surpris de tant de façons : le jeune constable était passionné et réactif, et tellement avide de le satisfaire…

— Euh, oui, Monsieur. C'est exact, en réalité.

— Bien, bien ! Je dis toujours qu'il n'y a pas de mal à passer du temps à l'horizontale, surtout si vous êtes couché sur quelque chose de doux. Ou quelque chose de dur, si c'est ce que vous préférez.

Bon Dieu, pensa Raft, *il peut voir dans ma tête.*

— Venez dans mon bureau.

Sir George saisit Raft par la manche et le tira dans l'ascenseur.

— Rien de meilleur pour un homme.

Endicott semblait vouloir continuer à faire la conversation et Raft maudit le temps qu'il leur fallut pour atteindre le second étage.

— Un bon moment entre les draps, aller au lit tôt et y rester aussi longtemps que possible, c'est ma devise.

Les portes de l'ascenseur s'ouvrirent et Endicott fit entrer Raft dans son bureau.

— Bon, alors.

Endicott maniait la théière avec une habileté admirable.

— Pour changer de sujet…

Merci mon Dieu. Raft s'installa et accepta une tasse de thé de son supérieur.

— Monsieur ?

Son ventre se serra, tout son corps bourdonnant de peur. Et si quelqu'un avait vu Cholmondely sortir de ses appartements, un peu plus tôt ce matin ? Si Endicott avait entendu quelque chose ? Est-ce que quelqu'un avait deviné les intentions de Raft envers le jeune constable ? Qui ? Est-ce qu'Abernathy racontait encore des ragots, ou était-ce l'un de ses larbins ?

— J'ai vu Lord Dewberry, l'autre soir. Oui, nous jouons aux cartes à mon club. Il m'a dit qu'il n'y a toujours pas eu de demande de rançon.

— C'est extrêmement curieux, dit Raft.

Son soulagement quant au choix de conversation d'Endicott était presque palpable.

— La fille a disparu depuis des semaines, et quiconque l'a enlevée ne veut toujours rien ? Et puis, ses bijoux font le tour du marché noir comme des petits fours, et nous sommes censés assumer qu'ils sont apparus entre les mains du Receleur Whitsun par magie ?

Sir George fronça les sourcils, et pendant un moment, un instant très court, Raft se demanda ce que savait son aîné, et ce qu'il ne disait pas.

— Il ne s'est pas vraiment confié à moi, dit Endicott. Je sais que c'est précisément ce que vous pensez.

Raft en fut surpris.

— Vraiment ?

Endicott soupira, une lueur semblable à de l'amusement brillant dans son regard.

— Vous avez le visage le plus transparent que j'ai jamais vu, dit le vieil homme. Vous ne pouvez rien cacher du tout, Raft. Je ne sais même pas comment vous êtes devenu inspecteur avec un tel visage. Mais vous l'êtes devenu, et vous êtes même assez bon.

Il offrit un cigare à Raft, mais l'inspecteur déclina.

— Le corps sur la barge, cette fille.

— Une prostituée, Monsieur, répondit Raft en haussant les épaules. Nous avons réussi à retrouver sa trace jusqu'à une maison de débauche de Kensington. Les fleurs qu'elle portait ne sont pas faciles à trouver en Angleterre. Je pense qu'elles proviennent d'un arbre qu'on appelle El Ceibo. La fleur est originaire d'Argentine.

— Un voyage à Kew [34], Raft ?

— Bon Dieu, je n'espère pas.

Raft frissonna. Il n'aimait pas vraiment les plantes.

— L'arbre survit en intérieur, Monsieur, dans des conditions appropriées. Nous pourrions rechercher une culture privée, quelqu'un qui aime jardiner, quelqu'un qui a vécu à l'étranger, peut-être en Amérique du Sud ?

— Un Anglais qui a vécu en Amérique du Sud.

Le visage d'Endicott était impassible.

— Monsieur, je l'avoue... je ne vois pas où vous voulez en venir. Vous avez commencé par me dire que vous avez parlé à Lord Dewberry.

— C'est exact. Je n'ai pas oublié.

Endicott se leva et avança jusqu'à la fenêtre, apparemment perdu dans ses pensées. La circulation, dans la rue en contrebas, n'était qu'une clameur lointaine, ponctuée de temps à autre par les murmures des différents hommes de Scotland Yard s'occupant aux affaires de la matinée, à l'intérieur. Raft remarqua que Sir George perdait ses cheveux sur le dessus de sa tête, et que ses épaules étaient affaissées. Il se dit que Sir Georges n'était plus tout jeune, et ce depuis longtemps. Il projetait une image de confiance, parfois même d'insouciance, mais ses meilleures années, réalisa Raft, étaient derrière lui.

— Dewberry a dit quelque chose que j'ai trouvée très... curieux.

Endicott se détourna de la fenêtre.

— Il a dit qu'il espérait que Miriam entendrait raison.

— Vraiment.

— C'est précisément ce qu'il a dit, et je ne prétends pas comprendre ce qu'il a voulu dire par ça.

Endicott écarta ses mains minuscules.

— C'est une chose curieuse à penser pour un homme de sa position, encore plus à dire.

— Lui avez-vous demandé ce qu'il voulait dire ?

— En effet. Je me souviens que nous étions en train de jouer au whist [35].

---

34 Kew est un quartier du sud-ouest du Grand Londres. Il est célèbre pour abriter les Jardins botaniques royaux (Kew Gardens), l'Observatoire royal, le palais de Kew et les Archives nationales.

35 Le whist est un jeu de cartes à levées, sans contrat, d'origine anglaise. Le whist original a connu son heure de gloire au XVIIIème siècle et XIXème siècle.

Endicott vit l'amusement de Raft.

— Pas pour l'argent. Oh, jamais pour de l'argent.

— Bien sûr que non, Monsieur.

— Soyez maudit, Raft, ne me souriez pas comme ça.

Endicott tripota sa chaîne de montre, sur son gilet impeccable.

— Il a simplement dit que Miriam était une fille très têtue, comme sa mère. Il a dit que Miriam devrait être reconnaissante qu'un jeune homme veuille se marier avec elle, au lieu de gâcher toutes ses chances.

— L'avez-vous questionné ?

Endicott secoua la tête.

— Je n'en ai pas eu l'occasion. Il a reçu un appel téléphonique.

Il dévisagea Raft.

— Il n'est jamais revenu à notre table.

Une ombre tomba sur le bureau de Sir George et fut chassée par un bref rayon de soleil.

— Monsieur, je me demandais… Je me demandais si on pourrait me permettre de fouiller sa maison.

— Vous ne pourriez le faire qu'avec un mandat, répondit Endicott.

Raft se leva pour s'en aller.

— Alors je vais avoir besoin d'un mandat.

Endicott tourna les yeux vers Raft et soupira.

— Vous ne l'aurez jamais. Il n'y a pas assez de preuves.

Raft hocha la tête.

— Très bien. Alors je vais devoir improviser.

IX

LES CLOCHES de la brigade des pompiers retentissaient avec une régularité effrayante ; toute la rue n'était plus qu'un chaos monumental, les gens (la plupart en vêtements de nuit) courant ici et là. Raft, caché derrière des buissons de rhododendrons avec Cholmondely et Sujet, attendait patiemment le bon moment. Il faudrait, il le savait, un certain temps avant que la maison soit complètement vidée de la famille et de ses domestiques.

— Chacun d'entre eux.

Il avait bien fait comprendre cela au chef de la caserne des pompiers de Kensington.

— Ils doivent tous sortir de là.

Et puisque le chef respectait les forces de l'ordre (et se considérait d'ailleurs, lui et ses hommes, comme de proches parents, façon de parler), cela fut accompli de manière terriblement efficace.

Le fait qu'il n'y est absolument rien en feu, en réalité, ne semblait pas avoir d'importance, et personne, dans sa hâte d'évacuer la rangée de maisons, ne sembla le remarquer. Beaucoup des femmes couraient avec des châles autour des épaules, en portant des boîtes à bijoux et des chaussures de luxe. Les domestiques, certains en livrées luxueuses et chaussures à boucle, transportaient des coffres en bois contenant les assiettes, les tasses et les soucoupes de la famille, les soupières fabriquées en carapace de tortue, et d'autres colifichets de cuisine. Plusieurs des pompiers énergiques couraient alentour avec des seaux d'eau, arrosant les faibles flammes ; « l'incendie » provenait de seaux remplis de paille que Raft et ses agents avaient placés autour du périmètre et allumés.

— Est-ce que c'est considéré comme un incendie criminel, Monsieur ? Strictement parlant ?

Cholmondely se frotta le nez sur sa manche, effaçant une partie de la poussière qu'il avait étalée sur sa peau pour se camoufler.

— Strictement parlant, nous agissons dans l'intérêt d'une enquête criminelle, répondit Raft.

— *Eh bien* [36], dit Sujet, mais vous avez mis le feu à certaines choses, *non* ?

— Le voilà, Monsieur.

Cholmondely tapota le bras de Raft et indiqua la rue : Lord Dewberry grimpait dans une calèche qui l'attendait, suivi d'un grand jeune homme vêtu de noir. Le jeune homme jeta un regard dans la rue avant de suivre Dewberry dans le véhicule et referma la porte. Le cocher fit claquer les rênes et la calèche se mit en route, descendant la rue dans un grand fracas. Raft la regarda marquer une pause à l'intersection, puis tourner avant de disparaître.

— Bien.

Raft jaillit de sa cachette, les constables sur ses talons. Il passa devant le chef des pompiers en chemin vers la maisonnée Dewberry, et lui serra la main.

— Bien joué, Monsieur, et merci beaucoup.

— Un plaisir de rendre service à Scotland Yard, répliqua l'homme.

Ses hommes, soigneusement informés de la situation, rassemblaient déjà leurs tuyaux et se préparaient à battre en retraite.

— Pour l'autre problème dont nous avons discuté, vous et moi…

Il jeta un regard à Cholmondely et Sujet, l'air un peu penaud.

— Inspecteur ?

— Euh, oui, bien sûr, répondit Raft en tapotant ses poches vides. Je ne l'ai pas ici avec moi, pour l'instant. Single malt, n'est-ce pas ?

Le chef des pompiers hocha la tête, son expression tout à coup plus amère.

— C'était bien ça.

— J'enverrai un messager vous l'apporter en priorité, demain matin, dit Raft.

Il se dépêcha de partir avant que l'homme ne puisse se plaindre davantage.

— Je ne comprends pas.

Sujet se glissa dans la maison à la suite de Raft et referma la porte.

— Que cherchons-nous, *inspecteur* ?

— Nous cherchons Miriam Dewberry, dit Cholmondely. N'est-ce pas, Monsieur ?

---

36 Tous les passages en italiques, dans les dialogues du Constable Sujet, sont en français dans le texte.

Raft sourit, prenant soin de diriger ce sourire vers les deux constables.

— Précisément, répondit-il. Messieurs, je cherche non seulement Miriam Dewberry, mais aussi tout, et je dis bien *tout*, ce qui peut se révéler utile dans cette affaire. Pour l'amour de Dieu, ne laissez pas une quelconque pruderie personnelle vous retenir. Dewberry est enfoncé dans cette affaire jusqu'au cou, et je compte bien le prouver. Cholmondely, vous vous occuperez du premier étage. Je chercherai le rez-de-chaussée. Sujet, occupez-vous des chambres.

Les Français étaient notoirement doués pour flairer les affaires de cœur illicites ; si Dewberry cachait quoi que ce soit de risqué dans ses appartements, Sujet le trouverait probablement.

— *Mais oui*, répondit Sujet. Je vous alerterai *immédiatement*.

Il grimpa l'escalier, avec peut-être un peu trop d'empressement.

Les maisons vides impressionnaient toujours un peu Raft. Depuis l'affaire de chantage de Tansy Royal, il n'avait jamais été à l'aise en se promenant dans les appartements d'un autre. Il n'avait pas peur de ce qu'il pourrait trouver (il en connaissait un rayon sur les gens et sur leur petites habitudes), mais il se demandait s'il avait envie de découvrir certaines abominations. Les classes supérieures étaient encore plus sujettes aux rituels bizarres et excentriques : il suffisait de visiter un bordel spécialisé en flagellation pour le comprendre. Qu'est-ce qui faisait perdre la tête à ceux qui possédaient une certaine fortune ou un pouvoir politique ? Raft se le demandait. Ou peut-être que ces gens étaient déjà fous, et que l'accumulation de leurs richesses exacerbait simplement le problème. Cela expliquerait sûrement certaines des excentricités de Freddie.

Il poussa la porte de la cuisine du bout des doigts, et entra. La cuisine avait été nettoyée pour la soirée. Les plats avaient été lavés et rangés, et les torchons pendaient sereinement au-dessus du foyer pour sécher. Il y avait une légère odeur de graisse de cuisson, un reste des victuailles de la soirée, probablement. L'estomac de Raft gronda, lui rappelant qu'il avait oublié de souper. Il prendrait des muffins grillés et du thé près du feu quand il rentrerait chez lui, parce que Dieu vienne en aide au locataire qui oserait réveiller Madame Stringer lorsqu'elle dormait. Elle l'attaquerait sûrement avec une poêle à frire.

Il ouvrit une armoire et fouilla parmi les plats et les casseroles, sans rien trouver ; une inspection des tiroirs et des placards révéla la même chose. Il se rendit jusqu'au garde-manger et fut brièvement tenté par de la langue de bœuf en gelée, mais il doutait que Sir George apprécie qu'il goûte à la nourriture. Il trouva l'escalier de service des domestiques à l'arrière de la maison et le suivit vers le bas, jusqu'à un couloir étroit qui menait à une suite avec dix petites chambres, chacune meublée d'un lit et d'une chaise, ainsi que d'un lavabo et d'une bougie.

— Payez-les quasiment rien, donnez-leur quasiment rien, et plaignez-vous quand vous les surprenez en train de boire le porto.

Ses paroles lui semblèrent extrêmement fortes dans cet espace confiné, et il fallait vraiment qu'il perde cette habitude déconcertante de se parler à lui-même.

— La curieuse charité envers ses serviteurs.

Les lits étaient en désordre, mais cela n'était pas étrange en soi, compte tenu de l'heure tardive. Raft retira l'un de ses gants et posa une main sur chacun des dix lits tour à tour : chauds, sauf un, dans la dernière chambre au bout. Le lit avait été fait, même si c'était à la hâte, mais il était froid comme si personne n'avait dormi dedans. Un fait curieux, qui se grava dans le cerveau de Raft : qui occupait cette dernière chambre ? Pourquoi n'avait-il pas dormi dans le lit ? Dix lits, mais seulement neuf dans lesquels on avait dormi récemment : donc qui était resté réveillé ?

Les domestiques, dans la plupart des grandes maisons, travaillaient comme des bêtes de somme et étaient plus qu'heureux de s'arrêter à la fin de la journée. Ils allaient au lit tôt, parce qu'ils se levaient tôt (quelle horreur d'imaginer qu'un Lord ou une Lady doive lever un doigt !), donc la personne dans le lit du bout était soit pleine d'une énergie excessive, soit ce n'était pas un domestique, ou elle avait une bonne raison d'aller et venir à des heures irrégulières. La femme de Dewberry était décédée, puisque d'après ce dernier elle était morte en couches, et de toute façon, quel homme forcerait sa femme à être séquestrée avec les serviteurs ? Dommage que Lady Dewberry ne soit pas vivante pour le raconter.

— Lady Dewberry, Lady Dewberry…

Raft jeta un regard par une petite fenêtre de guingois qui donnait vers l'arrière, sur le jardin clos. Les arbres, bien sûr, était nus, mais en été ce devait être un endroit agréable, protégé, pour lire un livre ou simplement passer le temps à rêver éveillé. Quand Ada et lui étaient enfants, ils avaient eu un jardin similaire. Raft avait eu ses livres et Ada ses poupées, ou ses papillons, ou ses travaux d'aiguille. Est-ce que Miriam Dewberry avait apprécié les mêmes passe-temps ? Le jardin était désormais froid et désert sous la lune de cette fin de février ; il lui rappela un cimetière, des statues solennelles dans l'obscurité.

Au bout du couloir se trouvait une petite porte. Raft essaya la poignée, mais elle était verrouillée et il n'y avait pas de clé. Il agita de nouveau la poignée et se demanda s'il oserait la forcer.

— Monsieur.

Cholmondely apparut près de lui.

— Rien ne sort de l'ordinaire. J'ai bien regardé, mais il n'y a que des choses habituelles : des partitions sur le piano, qui appartiennent probablement à la fille, des fleurs rouges dans un vase, ce genre de choses.

Il remarqua Raft et la porte.

— Un problème, Monsieur ?

— Je me demande si je dois la défoncer. Nous n'avons pas de mandat de perquisition pour ces lieux, et je doute que Sir George apprécierait que je casse quoi que ce soit chez un lord.

Il sourit tristement au jeune homme.

— Vous voyez donc mon dilemme.

— Pas de problème, Monsieur.

Cholmondely fouilla dans la poche de sa tunique et en sortit quelques petits morceaux de fil de fer et ce qui ressemblait à un hameçon.

— Si vous pouviez juste vous décaler, inspecteur ?

Il s'agenouilla, et en un rien de temps, il crocheta la serrure de façon experte. Si experte, d'ailleurs, que cela inquiéta Raft. Cholmondely était clairement un rival face au talent de Raft dans ce domaine.

— Constable, je ne devrais probablement pas vous demander où vous avez appris ça.

Cholmondely, toujours agenouillé devant la porte, lui sourit.

— Probablement pas, Monsieur, répondit-il en se relevant. Et voilà.

Il poussa la porte pour l'ouvrir.

— Après vous Monsieur.

Cela ressemblait à une sorte de chambre froide, un lieu de stockage pour les marinades et les conserves, le genre de choses qu'on trouverait dans n'importe quelle maison du genre. Des étagères en bois étaient alignées contre les murs et un assortiment de bocaux en verre se trouvait près du plafond ; chaque étagère et chaque bocal était couvert de poussière. Le sol était en pierre, probablement pour conserver le froid. Raft remarqua une dalle carrée vers le milieu, qui comportait un anneau en métal.

— Une trappe ?

Cholmondely haussa les épaules.

— Probablement. Besoin d'aide, Monsieur ?

Raft retira son écharpe et la glissa dans l'anneau en métal pour faire effet de levier, puis en donna une extrémité à Cholmondely.

— À trois.

Il attrapa l'écharpe et tira, tira jusqu'à ce que les veines gonflent sur son front et que son visage lui donne l'impression qu'il allait éclater. La pierre se libéra avec un grincement, et Raft retomba contre le mur, pantelant.

— Il y a quelque chose en bas, Monsieur.

Cholmondely, étant plus jeune, avait récupéré plus rapidement.

— On ne peut pas bien voir. On dirait un vieux tissu ou quelque chose du genre.

— Un vieux tissu ?

— Pour envelopper les bocaux ? Peut-être pour les empêcher de se casser ?

Raft secoua la tête et se pencha sur le trou.

— Non, ça n'a pas de sens. Cette pièce n'a pas été utilisée depuis des années.

Il se pencha vers la cavité et tâtonna. Ce que Cholmondely avait identifié comme étant un morceau de tissu était beaucoup plus grand que Raft ne l'avait d'abord pensé, et il y en avait beaucoup. Le trou semblait s'étendre sur une certaine distance, sous le sol, presque comme une sorte de vide sanitaire.

— Aidez-moi, voulez-vous ?

Il se décala pour permettre à Cholmondely de tenir le paquet.

— Doucement. Ça pourrait être fragile.

— Oui, Monsieur.

Les grandes mains de Cholmondely pouvaient être douces, et il se montrait doux en cet instant, en faisant passer la chose à travers le trou, jusqu'au sol en pierre. Il se pencha et passa la tête dans la cavité, mais il n'y avait rien d'autre. Celle-ci se terminait à quelques centimètres de là, devant un mur en terre nue.

— On dirait que c'est la seule chose ici, dit-il.

Il s'accroupit.

— Que pensez-vous que ce soit ?

La chose était entourée de ficelle de boucher, nouée à la hâte, et les extrémités avaient été coupé par des ciseaux, peut-être, ou bien un canif de poche. La lame de Raft trancha facilement les nœuds.

162

— Peut-être que c'est la plaque de la famille, dit-il. Les classes supérieures trouvent les cachettes les plus étonnantes pour ce genre de choses.

Il écarta le tissu, et eut le souffle coupé.

Cholmondely regardait fixement.

— Ce n'est pas l'argenterie, Monsieur.

Le visage de la femme, desséché par cet environnement, s'était flétri jusqu'à ressembler à la texture des vieilles pommes. Une main était posée contre son front, la paume vers le haut ; l'autre était cachée derrière son dos. Elle portait une robe large, d'un matériau noir poussiéreux, le col bordé de dentelle dans un style qui avait été populaire vingt ans plus tôt. Ses cheveux étaient coiffés en boucles. Elle portait une montre sur une chaîne, autour de son cou, qui était arrêté à 12h45.

— Qui est-ce ?

— Ce n'est pas Miriam Dewberry, répondit Cholmondely. Je veux dire, est-ce que c'est Miriam, là-dedans ?

— Non.

Raft indiqua la jupe large, la dentelle au col.

— Ces vêtements sont vieillots. Même sa coiffure est datée. Qui que ce soit, ce n'est pas Miriam.

Cholmondely soupira.

— Ce n'est plus personne.

Raft se releva, ses genoux craquant douloureusement.

— Aller me chercher des constables avec une civière, Cholmondely. Et trouvez Sujet, voulez-vous ?

Il ressortit de la petite pièce et alluma une cigarette en attendant Sujet.

Le français apparut, tenant une boîte.

— J'ai trouvé cela, caché derrière le lit, dit Sujet. Dans la chambre de Lord Dewberry.

Il tendit une grande enveloppe à Raft.

— Qu'est-ce que c'est, bon sang ?

— D'après ce que j'ai pu voir, Monsieur, ce sont des lettres d'amour.

L'accent de Sujet donnait au mot une intonation délicieusement interdite.

— À Lady Dewberry, dit Raft. Je ne vois pas comment…

— *Non, inspecteur.*

Sujet ne souriait pas tout à fait.

— À *Monsieur* Schlessinger.

Mon Dieu, pensa Raft, le visage soudain empourpré. *Pas étonnant qu'Ada veuille que tu quittes la maison.*

— Mon cher ami, reprenez donc du cognac.

John Ponsonby tendit la main vers la table, pour verser un flot de liquide ambré dans le verre d'Alberto De Cuellar. Tous deux étaient assis dans une brasserie de nuit. Il était très tard, et Ponsonby aurait pu trouver au moins une douzaine de raisons de rentrer chez lui.

— Vous avez l'air atroce, si je puis me permettre.

— Êtes-vous si surpris ?

De Cuellar grimaça au goût fort de l'alcool.

— Vous avez vu les journaux.

Il jeta un exemplaire du Times sur la table entre eux.

— El Ceibo. À votre avis, combien de temps faudra-t-il avant que votre inspecteur Raft ou l'un de ses camarades vienne m'arrêter ?

Ponsonby regarda le jeune Argentin un moment. De Cuellar avait l'air, comme Ponsonby l'avait observé, atroce : il était mal rasé, les cheveux mal coiffés, et il avait l'air hagard et légèrement hanté d'un homme qui n'avait pas dormi depuis longtemps.

— Pourquoi dites-vous ça ? Sans doute y a-t-il d'autres Argentins à Londres à part vous. Pourquoi devriez-vous être désigné ?

Il tapota le poignet de son ami.

— Vous vous inquiétez trop d'une bagatelle. Peut-être que vous devriez rentrer, dormir un peu. Je trouve qu'une nuit de sommeil aide toujours considérablement les choses.

— Est-ce votre opinion professionnelle, Docteur ?

De Cuellar tressaillit en voyant entrer deux constables.

— Vous voyez ?

— Ils sont probablement ici pour dîner, dit Ponsonby, même s'il en doutait.

Le menu de la brasserie était bien au-delà de ce qu'un constable pouvait se permettre. Ils cherchaient vraisemblablement quelqu'un. Ils échangèrent quelques mots avec le maître d'hôtel, regardèrent autour d'eux, puis repartirent. Ponsonby remarqua que De Cuellar tremblait.

— Mon Dieu ! Reprenez-vous.

— Vous devez m'aider, dit l'Argentin.

Il posa ses mains tremblantes sur la table.

164

— Ils vont venir m'interroger, et je crains…

Il s'interrompit.

Oh mon Dieu, pas une confession.

— Quoi ?

Clinique, pensa Ponsonby. *Je dois me montrer aussi clinique que possible, étant donné les circonstances.*

— Je fréquentais cette… maison d'initiation de Miss Lillian. J'y allais assez fréquemment.

De Cuellar serra ses mains ensemble. Ses ongles autrefois soigneusement manucurés étaient rongés, déchiquetés.

— Ah, répondit Ponsonby en hochant la tête. Vous, et beaucoup d'autres hommes à Londres, je parie.

— Ce n'est pas ça. Vous ne comprenez pas l'essentiel.

Il se frotta le visage tandis qu'un serveur passait avec un plateau d'apéritif dans des verres minuscules.

— Cette jeune fille, Christina.

Le cœur de Ponsonby tambourinait dans sa poitrine.

— Continuez.

— J'étais… C'était l'une de mes favorites.

Il lança un regard à Ponsonby, la tête baissée.

— Nous parlions espagnol ensemble. Elle me rappelait chez moi.

— Je vois, répondit Ponsonby en repoussant son verre.

La pièce lui semblait tout à coup trop lumineuse ; il y avait trop de miroirs et trop de lumière électrique, et le monde avait cessé de tourner.

— Alberto, l'avez-vous tuée ?

De Cuellar se recula comme si on l'avait frappé.

— Non ! s'exclama-t-il en repoussant sa chaise et en se levant, les yeux écarquillés. Comment pouvez-vous suggérer une telle chose ?

— Asseyez-vous.

Ponsonby agrippa le manteau de De Cuellar et l'attira sur sa chaise. Il lui versa davantage de cognac.

— Ne vous donnez pas en spectacle.

De Cuellar éclata en sanglots et cacha son visage de ses mains.

— Oh mon Dieu, murmura-t-il, ils vont m'arrêter, je le sais. Que vais-je faire ?

Ponsonby se leva et jeta de l'argent sur la table. Il passa un bras autour des épaules de De Cuellar, et les entraîna tous deux à l'extérieur. La nuit était froide, la rue sentait la fumée et la neige. Ponsonby enroula le manteau

165

de De Cuellar autour de ses épaules tremblantes. Il regarda autour de lui dans la rue, mais le froid et le manque de clients avait poussé les fiacres à rentrer chez eux.

— Venez.

— Où allons-nous ? demanda l'Argentin, en essayant de suivre. Vous m'emmenez à la police, n'est-ce pas ?

Il s'écarta de Ponsonby et commença à marcher rapidement dans la direction opposée.

— Alberto ! Revenez !

Ponsonby craignait que, dans cet état d'agitation, De Cuellar trouve le policier le plus proche et confesse. S'il était innocent, et Ponsonby en était relativement certain, il ne ferait qu'empirer les choses en s'incriminant, lui aussi.

Il rattrapa l'Argentin et agrippa son bras.

— Rentrez avec moi. Jeremy peut vous aider. Je suis certain qu'à nous trois, nous trouverons une solution.

De Cuellar s'arrêta. Des émotions conflictuelles l'agitaient, la peur affrontant le compromis ; le compromis gagna.

— D'accord.

Il resserra son manteau autour de ses épaules.

— Je vous donne une heure. Si vous ne trouvez pas de solution appropriée, je crains de devoir quitter le pays dès que possible.

— Bien sûr, répondit Ponsonby en acquiesçant. Bien sûr.

IL ÉTAIT très tard. Raft était retourné à Scotland Yard avec sa boîte de lettres, les constables Sujet et Cholmondely, et un début de rhume. Il blâmait la chambre froide de Dewberry, et ajouta cela à la liste de choses qu'il méprisait vraiment chez lui. Sir George Endicott, toujours l'air éminemment élégant et tiré à quatre épingles malgré l'heure, le rejoignit à la porte.

— Un autre cadavre, Raft.

— Un autre cadavre, Monsieur.

Il marqua une pause pour envoyer Cholmondely à l'étage et laisser Sujet rentrer chez lui pour la nuit.

— Et une boîte de lettres, Monsieur.

— Des lettres.

Son ton indiquait un manque manifeste de surprise.

— Quel genre de lettres ?

— Des lettres d'amour, répliqua Raft.

Il remarqua le regard dégoûté d'Endicott, et se corrigea :

— Enfin, pas le genre mielleux. Celles-ci sont un peu plus viriles. Très viriles, en fait. Ça ne pourrait pas être plus viril, si vous me le demandez.

— Oui, d'accord, Raft, répondit Endicott en lui lançant un regard noir. Savez-vous quelle heure il est ?

— Il est très tard, Monsieur.

— Et vous m'avez rapporté non seulement un autre cadavre, mais une boîte de correspondance idiote.

Le ton d'Endicott semblait sous-entendre que la récente parade de cadavres était entièrement la faute de Raft.

— Dewberry pose des questions, au fait.

Il fit entrer Raft dans son bureau. Celui-ci était recouvert de papiers, et d'une tasse de thé refroidissant rapidement, installée à la droite du téléphone personnel de Sir George. L'horloge au mur indiquait 23h45.

— Des questions sur quoi ?

Raft n'était pas certain de savoir où poser la boîte, et il ne se souvenait pas avoir été invité à s'asseoir, donc il resta debout en la gardant sous le bras.

— Il veut savoir si vous avez trouvé sa fille.

— Avec tout le respect que je vous dois, Monsieur, et étant donné votre propre conversation avec lui à votre club, l'autre soir, n'est-ce pas une question impertinente ?

Endicott l'ignora.

— Avez-vous une idée de qui est la femme morte ?

— Non. Je n'ai pas osé examiner son corps de trop près sur les lieux. La lumière était terrible, et je ne voulais pas risquer de manquer quelque chose.

Il aurait toute l'histoire quand Doyle effectuerait l'autopsie.

— J'ai tout ramené, y compris le matériau dans lequel elle était enveloppée.

Endicott hocha la tête, faillit dire quelque chose, puis changea d'avis. Quand il parla, il avait l'air d'un homme qui choisissait ses mots avec beaucoup de soin.

— Nous avons reçu une lettre, nous aussi, ce soir, inspecteur.

La nuque de Raft le picota.

— Oh ?

167

Endicott la lui tendit par-dessus le bureau. Elle était écrite sur une feuille de papier jaune, à l'encre bleu foncé. Il n'y avait aucun cachet sur l'enveloppe, ce qui signifiait qu'elle n'avait pas été envoyée via le système postal londonien. L'écriture était celle d'une femme. Raft en lut la première partie et son visage s'empourpra.

Ceci est une lettre ouverte à la Police et j'aimerais, Monsieur, me faire bien comprendre. Ce flic du nom de Philemon Raft, celui qui est inspecteur de la Division H, c'est un sodomite et une tapette et on ne peut lui faire confiance en compagnie d'autres hommes. Il est coupable de crimes contre-nature.

Raft froissa la lettre dans son poing. Sir George Endicott prétendait feuilleter un registre sur son bureau, mais le mouvement de ses yeux le trahissait. Ils regardaient Raft en essayant de faire semblant que ce n'était pas le cas.

— Que diable voulez-vous dire par là ? siffla Raft.

— L'auteur déclare son intention de publier ses connaissances de vos... affaires intimes dans le Daily Record, dit Endicott.

— Qui l'a écrite ?

Sa voix était soudain bizarre, étrangère à ses propres oreilles.

— J'aimerais engager des poursuites contre quiconque...

— L'auteure est morte.

Endicott se leva. Il traversa jusqu'à la fenêtre et regarda, en contrebas, la masse sombre de la Tamise.

— C'était cette femme, Cecily Pring, qui l'a envoyée. La lettre est arrivée le lendemain de sa mort. Je dois vous dire, Raft, j'ai hésité un certain temps pour savoir si je devais vous la montrer.

Il détourna ses yeux de la rivière, son regard désormais fixé entièrement sur Raft.

— J'ai pensé que vous seriez disposé à nier les allégations que l'auteure de cette lettre a choisie de faire.

Si la signification de ses paroles ne frappa pas immédiatement Raft, le ton et le visage d'Endicott suffirent.

— Vous n'avez aucun droit de me demander une telle chose, dit Raft. Je n'ai jamais... j'ai toujours été au-dessus de tout soupçon... Ce ne sont que de sales mensonges...

Endicott contourna le bureau et agrippa le bras de Raft, juste au-dessus du coude. La tête du petit homme dépassait à peine l'épaule de Raft, mais ce qu'il lui manquait en taille, il le compensait par la force de son

168

être : on disait que la personnalité d'Endicott pouvait probablement couper le verre.

— Je vous en prie, n'en dites pas plus !

Ses doigts se resserrèrent autour du bras de Raft, une poigne presque douloureuse.

— Je serais obligé par la loi de signaler tout ce que vous me dites.

Il serra le bras de Raft une dernière fois et le relâcha.

— Rentrez chez vous, inspecteur.

Endicott se détourna de lui et retourna s'asseoir à son bureau.

— Vous et moi n'avons jamais eu cette conversation.

RAFT TROUVA un fiacre solitaire en train de faire le tour du pâté de maison, et le héla. Il grimpa à l'intérieur et se rendit compte qu'il avait toujours les lettres de Dewberry sous le bras. Le froid semblait s'être fait plus intense, il neigerait sûrement avant le matin. Il ferait couler un bain dès qu'il rentrerait chez lui, mais il devrait faire attention de ne pas s'endormir dedans et se noyer... *La femme morte,* pensa-t-il. *La femme morte sur la barge et la femme morte sur le sol et la femme morte dans le salon d'Armitage Crook... Trois femmes mortes d'affilée... Trois petites filles à l'école... Gilbert et Sullivan... Quelles étaient les paroles de la chanson ? Nous sommes trois petites filles à l'école / Aussi hardies qu'une écolière peut l'être / Remplies d'une joie de petite fille, / Trois petites filles à l'école !* Ridicule.

— Bon Dieu, il fait froid.

Il ouvrit les yeux avec difficulté, se concentrant sur la vapeur s'élevant du dos du cheval et le bruit de ses sabots contre le sol. Les rues étaient étonnamment désertes, et une brume fantomatique, causée par le froid et la Tamise, s'élevait des trottoirs et de la rue. Il frissonna et essaya de s'emmitoufler plus profondément dans son manteau, mais celui-ci ne suffisait pas. Il était gelé jusqu'aux os, de part en part. Il était ailleurs, accroupi près de John Gallant, tous deux habillés de vêtements d'hiver, de lourds châles autour des épaules.

Pourquoi fait-il si froid ? Ce n'est pas naturel. Quelque chose ne va pas.

Mon père dit que ça ne fera qu'empirer. C'est pour cela qu'ils veulent nous déplacer. Il dit qu'ils attendent juste de trouver un endroit convenable. Des conditions optimales, tout ça.

169

Il relevait les yeux dans l'obscurité, comptant les étoiles, chacune dans son propre réseau de satellites. Une clarté soudaine déchira le ciel de la nuit et des millions de particules lumineuses retombèrent...

— Non !

Il se réveilla en sursaut.

Le fiacre était à l'arrêt.

— Nous y voilà, Monsieur.

Le cocher ne semblait rien avoir entendu.

— Juste devant le pas de la porte, comme vous le souhaitiez.

— Merci, répondit Raft en le payant plus généreusement que pour la course. Merci, cocher. C'est une nuit sacrément froide.

Il lui était difficile de parler. Il avait la sensation d'être drogué, ivre de froid, le seul survivant d'un monde arctique. *Je pensais qu'ils étaient tous morts.*

— En effet, Monsieur, répondit le cocher en inclinant son chapeau, avant de siffler à l'attention de sa monture. Bonne nuit à vous, Monsieur.

Raft entra chez lui en silence et se rendit directement dans la salle de bain, où il remplit la grande baignoire. Dieu bénisse Madame Stringer et son petit cœur revêche, pensa-t-il. Ses façons étaient brusques et sa nourriture moins que bonne, mais ce bain compensait largement tout le reste. Il retira son manteau et son écharpe, et les accrocha sur une patère.

Il venait tout juste de retirer ses chaussures quand un coup sourd retentit à la porte.

— Bon sang, murmura-t-il.

— Monsieur.

Cholmondely avait le visage rougi et transpirait, comme s'il avait couru tout le long du chemin depuis l'Embankment.

— Philemon.

— Qu'y a-t-il ?

Raft sentit le sang quitter son visage. *Une autre femme morte*, pensa-t-il, *et il est minuit passé. Je ne vais jamais dormir.*

— Est-ce que je peux entrer ?

Le constable se tenait sur le pas de la porte, dansant d'un pied sur l'autre, l'air d'un jeune marié nerveux.

— Bien sûr, répondit Raft en se décalant pour le laisser passer. Je faisais couler un bain, mais je pourrais nous faire du thé, si tu veux.

Il y eut un silence ; Cholmondely s'était détourné.

Raft posa une main sur le dos tremblant du constable.

170

— Mon cher garçon, que se passe-t-il ?

Cholmondely se retourna, agrippa le visage de Raft entre ses mains, et il le repoussa contre le mur.

— Laisse-moi rester, murmura-t-il. S'il te plaît, ne me renvoie pas.

Ses pupilles étaient dilatées, ses yeux lumineux ne montrant plus qu'une fine trace de bleu. Sa bouche s'attarda sur celle de Raft, attendant son invitation.

— Bien sûr.

La chaleur de la bouche de Cholmondely repoussa le froid de l'esprit de Raft. Il tendit la main derrière Cholmondely pour tourner la clé dans la serrure, les enfermant tous les deux à l'intérieur.

Cholmondely entraîna Raft après lui jusqu'à la salle de bain, et celui-ci retira les vêtements du constable tandis que la vapeur de l'eau chaude s'élevait autour d'eux. Il poussa un petit cri lorsque Cholmondely, incapable d'attendre, arracha sa chemise par-dessus sa tête sans se soucier de la déboutonner. Raft détacha sa braguette et laissa tomber son pantalon et ses sous-vêtements au sol. Cholmondely était déjà nu, son sexe à moitié durci émergeant de son nid de poils sombres. Raft tomba à genoux, attira Cholmondely vers lui, et il suça le membre durci du constable, le prenant profondément dans sa gorge. Il agrippa les fesses de Cholmondely, les serrant doucement tandis que le jeune homme frissonnait et se cambrait sous ses attentions. Quelques instants plus tard, Cholmondely poussa un cri en se répandant dans la bouche de Raft.

Ce dernier s'affaissa sur ses talons, la tête baissée, et il sentit les doigts de Cholmondely dans ses cheveux. Le constable l'aida à se mettre sur pied et l'entraîna dans la baignoire, se positionnant entre les genoux de Raft. Il remplit sa bouche d'eau chaude et prit le membre de Raft entre ses lèvres, le caressant de telle façon que l'eau flottait autour de son sexe. Raft agrippa les rebords de la baignoire. Cholmondely le prit plus profondément en bouche, s'attaquant à lui avec sa langue, l'attirant irrésistiblement vers ses limites. Raft s'y abandonna, relevant ses hanches, et il enfonça son sexe dans la bouche de Cholmondely, sifflant entre ses dents, son désir atteignant son paroxysme, le faisant basculer et jouir enfin, jusqu'à ce qu'il ne reste plus rien.

— Ne me renvoie jamais…

Il s'était déplacé pour établir un contact constant entre leurs peaux nues et pour se trouver entre les bras de Raft.

— S'il te plaît. Je ne le supporterais pas, si tu me renvoies.

— Je ne te renverrai jamais, soupira Raft. Je n'en ai pas la force.

X

LA CHAPELLE Méthodiste de Castle Road n'était pas le genre d'endroit qui évoquait nécessairement à Raft la présence retentissante du Tout-Puissant, mais là encore, cela faisait un certain temps depuis qu'il avait franchi la porte d'une église. Les conditions d'adhésion étaient affichées sur un morceau de carton devant la porte : un désir de fuir la Colère à venir et une probation de trois mois. Cela lui paraissait manifestement très peu chrétien, mais Raft supposa qu'il était mal placé pour juger d'une telle chose. Il se demandait si Cecily Pring ou sa sœur, Mary, avaient fréquenté cette église pour ce genre de choses, les feux de l'enfer et la damnation. Raft ne le comprenait pas lui-même… En ce qui le concernait, l'enfer était déjà suffisamment présent à Londres, pour s'inquiéter de l'au-delà.

Le jour des funérailles s'était levé, couvert et froid, avec de brèves rafales de neige venant de l'est. Raft s'était vêtu de son beau costume de laine et de son chapeau haut-de-forme, et avait enroulé son écharpe la plus chaude autour de sa gorge. Cela faisait trois jours que Cecily Pring s'était suicidée : l'intervalle habituel, mais pour une raison quelconque, Raft avait l'impression que les choses étaient précipitées. Le service devait être une affaire discrète, et Raft en fut heureux. Sa sœur, Mary, avait déjà fait assez de bruit pour récupérer le corps. Raft aurait aimé la garder en cellule jusqu'à ce qu'elle crache ce qu'elle savait au sujet des zébrures sur le corps de sa sœur, mais Sir George Endicott était intervenu et avait insisté qu'à moins que Raft décide de sortir une inculpation d'un certain orifice corporel qu'il ne nommerait pas, c'était contre la loi de garder Mary Pring en cellule. Il avait demandé à Raft de descendre lui-même la libérer.

— Sacrément temps, avait-elle grogné, se levant du banc et dépoussiérant ses jupes. Ça pue ici.

— Je me demande pourquoi.

Raft s'était éloigné pour la laisser passer, craignant à moitié qu'elle lui met une claque, mais elle s'était contentée de le foudroyer du regard, rassemblant ses jupes et se dandinant vers l'escalier et la liberté.

— Elle a un sacré toupet, celle-là.

172

Le constable responsable des cellules était immensément vieux, bien au-delà de l'âge de la retraite, avec les pieds plats, un nez rouge en permanence de la taille et de la forme approximative d'une betterave, et une odeur persistante d'alcool de contrebande.

— Pour qui est-ce qu'elle se prend ?

— Je n'en ai rien à faire.

Raft l'avait suivie dans l'escalier et avait assisté à la remise de ses biens personnels. Elle avait signé pour récupérer sa bourse, un griffonnage indéchiffrable, et s'était dandinée vers la porte. Raft l'avait suivie, à un ou deux pas derrière elle, ou il l'aurait fait si Mary Pring ne s'était pas retournée vers lui en lui hurlant de déguerpir. Raft avait battu en retraite, notant mentalement de la garder au moins sous une forme de surveillance.

Elle ne criait plus désormais. Il l'aperçut, assise de l'autre côté du cercueil, sur le banc de devant, habillée comme d'habitude de noir et coiffée d'un chapeau avec un épais voile de la même couleur, sanglotant avec retenue dans un mouchoir chiffonné, soutenue d'un côté par un jeune homme en costume noir et chapeau haut-de-forme. Les accoutrements de Mary Pring cadraient bien avec son environnement, car la chapelle méthodiste était l'une des églises les plus sombres, les plus froides et les plus viles.

L'extérieur du bâtiment était en pierre sombre et simple, habillé par endroits de fioritures protestantes froides et étroites, qui cherchaient évidemment à apaiser les instincts d'un Dieu violent et primitif. L'intérieur était sombre, éclairé ici et là de petites chandelles misérables, fixées dans des bougeoirs lugubres à de larges intervalles, le long des murs imposants. Les quelques fenêtres avaient été recouvertes de volets en bois, maintenus en place par des sangles en fer fixées au mur par d'énormes boulons. Le sol en pierre était démuni de tapis et les sièges de l'église étaient à peine plus que des bancs, dépourvus d'ornement. Au lieu d'une crucifixion ou d'un autel, il n'y avait qu'un pupitre en bois, et derrière celui-ci, un portrait peint de John Wesley, représenté avec les yeux brûlants d'un véritable évangéliste, mais malheureusement, avec un double menton, et un crâne qui, d'après le point de vue de Raft, paraissait presque parfaitement carré. C'était un endroit triste, inévitablement sombre, un lieu où sanctifier les morts en vue de leur long voyage glacial vers l'autre monde.

Cela faisait des années qu'il n'était pas allé à un enterrement, et il se demanda ce qu'il ressentirait, au-delà d'un faible ennui, et si cela pourrait éventuellement le perturber ou le déranger. Il ne ressentait rien. Ce n'était que la coquille froide d'un bâtiment, et Cecily Pring faisait partie de son enquête : c'était tout. Il était là pour raison officielle, afin d'observer la cérémonie. Quand ce serait fini, il retournerait à son bureau et la vie continuerait comme avant. N'était-ce pas ainsi qu'allaient les choses ?

— Bien que ce corps soit détruit, pourtant je verrai Dieu...

La voix du prêtre sortit Raft de sa rêverie. Il se reprit pour afficher une expression dévote et appropriée, et croisa les mains devant lui.

— Et je le verrai moi-même, et mes yeux le verront, non pas comme un étranger. Mes chers amis, nous sommes rassemblés aujourd'hui pour remettre le corps de notre sœur Cecily à notre Père Céleste...

Raft fut soudain étouffé par la panique, violente et inéluctable. Il avait l'impression que le ciel était littéralement en train de lui tomber sur la tête.

Il jaillit de son banc et se précipita vers la porte, dans l'air froid de l'hiver. Il arracha son écharpe et les boutons de son manteau. *Je ne peux pas respirer... Quelque chose d'horrible doit être en train de m'arriver... je ne peux pas respirer.*

Il chancela le long de la chapelle et s'appuya contre le mur, inspirant l'air à pleins poumons, de grandes inspirations qui secouaient son torse. Son cœur battait si fort qu'il le sentait dans son dos et ses mains étaient couvertes de sueur. Des points noirs nageaient et tourbillonnaient dans sa vision. Il y avait un feu, tombant sans relâche du ciel nocturne, un feu tombant partout autour de lui, détruisant tout...

Je pensais qu'ils étaient tous morts.

UN UNIQUE œillet rouge était posé sur le bureau de Raft. Une note était accrochée à la tige avec un ruban, rouge lui aussi. Un sourire releva ses lèvres quand il tendit la main pour l'ouvrir. Qui aurait cru que Cholmondely était un tel romantique ?

Nous sommes trois petites filles à l'école.

Son sourire disparut. Raft était soudain gelé jusqu'à la moelle.

— Constable !

Cholmondely passa la tête par la porte.

— Un café, Monsieur ?

Il remarqua la fleur et sourit.

— Un admirateur secret ?

— Non.

Raft n'arrivait plus à détacher ses yeux de la note.

174

— Allez chercher le sergent de l'accueil et ramenez-le ici, s'il vous plaît.

Le regard de Cholmondely fit un aller-retour entre la note et le visage de Raft.

— J'imagine que ce ne sont pas de bonnes nouvelles ?

— Tout à fait, Constable, répondit Raft en lui jetant la fleur. Que pensez-vous de ça ?

— Un œillet, Monsieur. Même si pour être honnête, je dois dire que ce n'est pas terrible de vous envoyer une fleur rouge. C'est de mauvais goût, comme on dit.

— Une rouge ?

Raft se demanda quand Cholmondely trouvait le temps d'accumuler des connaissances aussi mystérieuses.

— Et comment savez-vous ça ?

— Oh, j'ai pigé ça il y a longtemps, et il y a des livres sur le sujet. Vous voyez, Monsieur, une fleur rouge signifie le sang. Si j'étais suspicieux, j'oserais dire que celui qui vous l'a envoyée est un sacré voyou. Et pas dans le bon sens du terme, ça c'est sûr.

Cholmondely la lui rendit.

— Le sergent de l'accueil, vous disiez ?

— S'il vous plaît.

— Et il y a un gentleman espagnol ici, pour vous voir, dit Cholmondely. Du moins, je pense qu'il est espagnol.

Raft s'assit lourdement.

— Vous a-t-il donné son nom ?

— Non, Monsieur. Dois-je vous l'envoyer ?

— Oui.

Raft pressa ses doigts contre ses sourcils, où un mal de tête débutait.

— Et le sergent de l'accueil.

Cholmondely disparut, et on frappa à la porte avec hésitation.

— Entrez !

— Inspecteur Raft, je m'excuse pour cette heure matinale. Monsieur Hoare m'a dit que je devrais vous demander conseil le plus tôt possible.

L'accent était mielleux et définitivement espagnol. L'homme à qui appartenait l'accent était jeune et magnifiquement habillé. Ses yeux étaient tristes.

— Je suis Alberto Rodrigo José Perez De Cuellar.

— Bonjour, répondit Raft en indiquant une chaise. S'il vous plaît, asseyez-vous. Puis-je vous offrir quelque chose ? Du café ? Un cigare ?

De Cuellar s'assit en coinçant ses mains entre ses genoux. Ses ongles étaient mordillés, et ses phalanges portaient les traces d'une blessure récente. Il tendit sa carte à Raft : *Docteur Alberto Perez De Cuellar, Spécialiste en Maladies de Femmes, Hystérie et Paralysie.*

— Je m'excuse pour mon état désemparé, inspecteur. Je n'ai jamais souhaité cela, mais Monsieur Hoare m'a conseillé de vous contacter immédiatement concernant Christina Vazquez.

Un frisson le traversa, et il réajusta son manteau autour de ses épaules.

— Vous voyez, inspecteur, je la connaissais.

— Vous la connaissiez, répéta Raft en cherchant son calepin. En quelle qualité, Monsieur De Cuellar ?

— J'étais un visiteur fréquent de... ce lieu, ce... chez Miss Lillian.

Il essaya de sourire et échoua.

— Elle me rappelait chez moi. Nous parlions espagnol ensemble.

— Chez vous ?

Le crayon de Raft griffonnait activement.

— Buenos Aires, en Argentine. Je suis à Londres depuis près d'un an. Je suis venu ici pour chercher quelqu'un, dit-il en examinant ses mains. Je suis docteur. Je ne crois pas vous l'avoir dit. Non, je ne le crois pas.

Raft hocha lentement la tête. Cet homme était vraiment dans un état de nerf incroyable.

— Vous étiez donc un client de Miss Lillian ?

— Je rendais visite aux prostituées, oui.

De Cuellar se raidit un peu, un éclair de défi dans le regard.

— Dans mon pays, ce n'est pas l'infraction morale que vous autres, Anglais, en faites.

Raft regarda le jeune Argentin pendant un long moment. Il avait vu des hommes coupables auparavant, et d'après son expérience, la plupart d'entre eux essayaient de se vanter. De Cuellar avait simplement l'air d'avoir peur, et il avait également l'air perdu, quelque chose de vulnérable.

— Peut-être que vous feriez mieux de me raconter toute l'histoire, dit-il.

De Cuellar inspira en tremblant.

— Je connaissais Miriam Dewberry, chez moi, en Argentine. Son père est...

Il rit amèrement.

— Un traître, inspecteur, un destructeur d'hommes bons, un charlatan de la pire espèce.

L'accent chantant de l'Argentin prêtait une qualité presque musicale à sa litanie.

— Il est venu dans mon pays pour spéculer sur l'argent, et il a impliqué mon père.

Ses mains se resserrèrent autour de sa tasse.

— La mine ne valait rien. Il l'avait semée lui-même pour faire croire qu'elle était riche, une abondante veine d'argent.

De Cuellar fouilla dans la poche de son manteau et sortit une petite blague à tabac plate, et un paquet de feuilles à rouler.

— Cela vous dérange-t-il si je fume ?

— Pas du tout.

Raft griffonna le mot « argent » dans son carnet. « Il avait semé une mine morte. »

De Cuellar se roula habilement une cigarette et l'alluma.

— Mon père a investi tout ce qu'il avait dans la mine, toute la fortune de notre famille.

Il souffla un long panache de fumée.

— Ce salaud de Dewberry ! Il a ruiné mon père, détruit ma famille et notre nom. Il... Je le hais, inspecteur. Je méprise le sol sur lequel il marche. J'aimerais que l'enfer s'ouvre et l'avale.

Raft remplit à nouveau la tasse de café de l'Argentin.

— Vous avez parcouru un long chemin pour vous venger, Monsieur De Cuellar. Vous saviez sûrement...

— Je ne suis pas venu ici pour me venger, inspecteur !

Son ton était angoissé, puis les mots lui coulèrent pratiquement de la bouche.

— C'était lui. C'est lui qui m'a contacté, quand je suis venu à Londres. Il...

— Aimez-vous Miriam Dewberry ? Y a-t-il un accord entre vous ? Des fiançailles ?

L'Argentin ne broncha pas, et c'était tout à son honneur.

— Non. Son père m'a offert de l'argent pour la sortir, l'emmener au bal et au théâtre, ce genre de choses. Il avait de l'influence en société. Il m'a présenté au genre de personnes qu'il pensait que j'aimerais, des hommes éduqués, des journalistes, et des jeunes femmes de haut rang.

— Docteur...

Espèce de charlatan ridicule.

— Étiez-vous avec elle le soir du bal de la Société de Tempérance ?

— Le soir où elle a disparu ? Non, inspecteur. J'avais... d'autres engagements.

— Que faisiez-vous ?

— Je portais assistance à une jeune femme qui était tombée malade. Elle était en proie à une faiblesse des jambes qui l'obligeait à utiliser un fauteuil d'invalide...

Raft se tendit comme un chien de chasse flairant l'odeur d'un renard.

— Une chaise d'invalide ?

— Oui. Lord Dewberry me l'avait présentée. Il a dit que sa fille et elle étaient bonnes amies à l'école, et que je pourrais peut-être lui rendre service.

Les yeux de De Cuellar se détournèrent de ceux de Raft en parlant. Il prit quelques petites bouffées de sa cigarette.

— Quel genre de services ?

Bon sang, Raft lui tirerait les vers du nez, même s'il devait garder De Cuellar dans son bureau toute la journée.

— Des services médicaux, n'est-ce pas ? Autre chose ?

De Cuellar hésita. Peut-être qu'il avait fait une promesse à cette dame, mais Raft s'en fichait.

— Je... C'est-à-dire, elle m'a demandé...

L'Argentin transpirait ; il écrasa sa cigarette.

— Elle n'était pas mariée et elle voulait que je...

— Docteur De Cuellar, avez-vous fourni des services sexuels à Miss Cecily Pring ?

— Non ! Jamais ! Je ne l'ai jamais touchée, pas ainsi ! Elle aimait...

Le martinet... Le fouet sur le poignet de Mary Pring.

— Elle aimait que vous la frappiez.

De Cuellar acquiesça misérablement.

— Je lui rendais visite une à deux fois par semaine... parfois trois ou quatre, cela dépendait. Elle souffrait d'un...

Il indiqua ses jambes.

— ... *espástico*... des crampes... *obstaculizar* des muscles. Elle aimait que je... Cela aidait à la détendre.

Raft grimaça en se souvenant des marques de fouet sur la vulve de Cecily Pring, sur ses fesses.

— Et elle vous payait pour ce... service.

— Mes clientes sont des dames de la rue, inspecteur. Je ne les facture pas.

De Cuellar tripota une ampoule sur sa paume.

— Je ne suis pas docteur depuis très longtemps. Je n'ai pas encore constitué ma clientèle pour pouvoir en vivre. Ce que Lord Dewberry m'a donné, et ce que Miss Pring me payait…

Il haussa les épaules.

On frappa doucement la porte et Cholmondely jeta un œil à l'intérieur.

— Désolé de vous déranger, Monsieur, mais le Sergent Gregory a besoin de retourner travailler. Que dois-je lui dire ?

Raft hésita. Il avait établi un certain lien avec De Cuellar, et s'il partait maintenant, il le perdrait.

— Demandez-lui s'il a vu quelqu'un venir ici ce matin avec une fleur rouge.

Du coin de l'œil, il remarqua que De Cuellar se raidissait comme s'il avait été frappé.

— Un œillet rouge.

— Ils ont couronné Christina avec des fleurs rouges, el Ceibo, dit De Cuellar.

Il fit tourner la tasse de café entre ses mains, se leva soudain, et marcha jusqu'à la fenêtre.

— Je l'ai lu dans les journaux. Vos reportages anglais sont assez… sensationnels. J'ai entendu dire qu'on l'avait rasée.

Raft resta évasif.

— Il s'agit d'une enquête en cours, Monsieur De Cuellar. Je regrette, mais je ne peux pas discuter des détails.

De Cuellar se détourna de la fenêtre et dévisagea Raft.

— Rasée, inspecteur. Je sais que vos femmes anglaises le font, ces temps-ci, mais cela ne m'a jamais plu. Une femme devrait ressembler à une femme, pas à une fille. Un homme…

Son regard s'attarda sur Raft.

— Un homme devrait ressembler à un homme, pas à un garçon.

Raft fit mine d'être intéressé par son café.

— Vraiment.

— Vous ne saviez pas, dit l'Argentin doucement. Si vous descendez à la morgue, inspecteur, vous verrez qu'elle a été corrompue.

Corrompue. C'était le même mot qu'avait utilisé Armitage Crook quand Raft et Cholmondely l'avaient surpris avec le cadavre.

— Un mot intéressant, Monsieur De Cuellar.

Raft se plaça à côté de lui. L'Argentin tremblait, son corps parcourut de nombreux frémissements. Par la fenêtre, Raft aperçut une neige froide et glacée tomber sur l'Embankment. Il se tourna vers le jeune médecin.

— Je vois.

Les yeux de De Cuellar étaient d'une nuance à mi-chemin entre l'ambre pâle et le vert.

— Vous me soupçonnez, alors. Vous pensez que je l'ai tuée.

Il remua les épaules sous son manteau.

— Miss Pring s'est-elle suicidée ?

Raft rendit son regard à De Cuellar.

— Peut-être. Je voudrais votre avis professionnel sur cela.

Les lèvres de De Cuellar tremblaient sous sa moustache soignée.

— Vous m'accusez comme un vulgaire criminel ?

— Je ne vous accuse de rien.

Raft recula et fit semblant de réorganiser ses livres.

— Vous êtes libre de partir.

De Cuellar bondit pour saisir le bras de Raft ; il pleurait.

— Permettez-moi de la voir, implora-t-il. S'il vous plaît, seulement un moment, je dois la voir. Je le dois.

— Je ne peux pas autoriser une telle chose.

Raft arracha la main de De Cuellar de son bras.

— S'il vous plaît.

— Impossible.

Raft secoua la tête.

— Elle est trop importante pour mon enquête.

— Ne me forcez pas à vous supplier, inspecteur.

Les mains de De Cuellar se serrèrent.

— Je suis désolé.

Raft resta ferme. Il y avait beaucoup, beaucoup trop de choses en jeu. Il soupçonnait que De Cuellar le savait et tentait malgré tout le coup.

— Avez-vous une adresse où je pourrais vous contacter, si nécessaire ?

— Vous pensez que j'ai fait ça.

De Cuellar écrivit quelque chose au dos d'une autre de ses cartes de visite et la donna à Raft.

— Pourquoi ne le penserais-je pas ?

Raft commençait à fatiguer de ces tergiversations sans fin.

— Pour être franc, Monsieur, vous ne m'avez rien dit jusqu'à présent qui me permette de vous exclure. Pour autant que je sache, vous courrez peut-être les rues de Londres, en massacrant des femmes par-ci par-là.

— Non !

De Cuellar avait l'air dégoûté, ou du moins il faisait semblant de l'être.

— Christina était une amie. C'est à Lord Albert Dewberry que vous devriez poser des questions, pas à moi.

— Oh, ne vous inquiétez pas. Je rassemble tous les fils, pour ainsi dire. Si Lord Dewberry a quelque chose à cacher, je le lui ferai avouer.

Raft ignora délibérément l'éclair de colère dans les yeux de De Cuellar.

— Vous êtes libre de partir, Monsieur De Cuellar, mais je voudrais vous informer qu'il se pourrait que je vous fasse revenir pour un interrogatoire.

Il s'installa derrière son bureau et ouvrit un dossier rempli de coupures de journaux que Cholmondely avait recueillies. Après quelques instants à faire semblant de les lire attentivement, il vit que De Cuellar n'avait toujours pas bougé.

— Oui ? demanda Raft, l'air irrité.

— S'il vous plaît, laissez-moi la voir, supplia-t-il.

Ses mains écrasaient le bord de son chapeau.

— Monsieur De Cuellar.

Raft s'arrêta.

— Vous pourrez récupérer le corps pour l'enterrement, après que le médecin a terminé son examen.

La poitrine de De Cuellar se souleva avant de retomber.

— Merci.

Il esquissa une révérence à la fois gracieuse et brusque.

— Inspecteur, je vous remercie.

Après que De Cuellar fut parti, Raft se dit que l'affaire était passée de « simplement déroutante » à « complètement obscure ». *Il y a une explication simple, mais je ne la vois pas...* Que diable se passait-il ? Chaque piste qu'il avait eue jusque-là n'avait mené absolument nulle part, et tous ceux sur qui il aurait éventuellement pu compter comme témoins tombaient comme des mouches.

— Il est parti ?

Cholmondely se glissa dans la pièce.

181

— Il avait l'air tout à fait hors de lui quand vous avez refusé de le laisser voir le cadavre de la jeune fille.

Raft fit semblant de le fusiller du regard.

— Vous écoutiez aux portes ?

— N'est-ce pas une tradition, ici ?

Raft essaya de se montrer sévère et échoua.

— Vous devriez avoir honte.

— J'ai honte, Monsieur, lui assura le constable. J'ai très, très honte, à l'intérieur.

Il fouilla dans sa poche et en sortit son calepin.

— Le Sergent Gregory a peut-être trouvé quelque chose, Monsieur.

— Vraiment ?

Raft mit de côté un article de journal sur la vieille duchesse de Kent. Ou, comme Freddie avait coutume de l'appeler, la duchesse de C [37]...

— Le Sergent Gregory a dit que vers 7h30, ce matin, un grand jeune homme habillé en noir est venu à la réception et vous a demandé. Lorsque Gregory lui a dit que vous n'étiez pas encore là, le jeune homme a demandé quand vous arriveriez, car il avait quelque chose pour vous.

Raft grimaça en se souvenant des divers « cadeaux » qu'il avait reçu de la part de criminels, au fil des ans.

— Quelque chose pour moi. Un grand jeune homme en noir.

Sûrement pas Geoffrey Breedlove. Et De Cuellar s'habillait en noir, mais il n'était pas exactement grand.

— Et Monsieur Doyle a dit de vous dire qu'il a terminé l'examen post-mortem de la femme que nous avons trouvée chez Lord Dewberry. Il a réussi à la rembroquer [38]. Il dit qu'elle avait la peau claire, et qu'elle devait être bien en chair.

— Oh ? Qui était-ce ? Une femme de ménage ?

Raft parcourut hargneusement les articles de journaux.

— Non, ne me dites pas : la présidente de la Société locale de Tempérance.

— C'était Lady Dewberry, la mère de Miriam.

Raft n'en fut pas surpris.

— Comment ?

---

37 Le jeu de mot de Freddie porte sur la ressemblance des mots « Kent » et « cunt » (qui signifie « salope » ou « chatte » en anglais).

38 Reconnaître.

— Étouffée, Monsieur.

Cholmondely sortit le rapport de Doyle de sa tunique, plié en deux, et le laissa tomber sur le bureau de Raft.

— Mais elle était vivante quand on l'a mise là. Doyle dit qu'il a trouvé une marque sur son ventre. On dirait que quelqu'un lui a donné un bon coup dans le buffet, avant de la mettre sous terre.

Raft frissonna malgré lui.

— On l'a mise là encore vivante ?

— On dirait, Monsieur.

— Constable, je vais sortir. Pensez-vous que vous pourriez garder la boutique pendant une heure ?

Cholmondely sembla surpris d'être laissé là.

— Je ferai de mon mieux, Monsieur.

— Vous êtes une perle.

Raft enfila son manteau, prétendant ne pas remarquer la maladresse soudaine du constable. Cholmondely était aussi émotionnellement transparent que Freddie, à sa façon.

— Je reviendrai dès que possible.

Il récupéra quelques éléments de son dossier sur Schlessinger et sortit héler un fiacre. Cecily Pring aimait être frappée ; Alberto Perez De Cuellar le faisait pour elle et se faisait payer. La femme de Lord Dewberry avait été enterrée vivante dans sa propre maison, et un hermaphrodite mort venait de flotter sur la Tamise sur une barge en bois sale. Il y avait un thème central, une théorie unificatrice qui liait tout cela ensemble, c'était obligé ! Alberto Perez De Cuellar et Lord Dewberry ; Lord Dewberry et sa femme étouffée ; la prostituée morte et Alberto Perez De Cuellar. *Il y a quelque chose, là*, pensa Raft, *quelque chose d'évident que je ne peux pas voir... Je ne peux pas le voir.*

De Cuellar et Cecily Pring ; le papier de cigarette dans le salon.

Le papier de cigarette dans le salon. Alberto Perez De Cuellar. Non, c'était trop flagrant. Cela ne pouvait pas...

Le papier de cigarette. Alberto De Cuellar.

— Oui, mais...

Raft choisit d'ignorer le fait qu'il discutait avec lui-même en plein jour, dans un fiacre ouvert.

— Il ne serait pas venu à mon bureau...

Un homme coupable essaierait de se préserver lui-même, de s'élever au-dessus de tout soupçon, alors pourquoi aller à Scotland Yard ? Pourquoi ne pas rester à l'écart, fuir le pays…

— À moins qu'il soit… Oui…

Le chauffeur se pencha.

— Est-ce que je peux vous aider, Monsieur ?

— Euh, non, c'est juste… dit Raft en agitant une main gantée vers lui. Euh, ça n'a pas d'importance.

Pourquoi aller à la police si vous aviez quelque chose à cacher ? À moins que vous vouliez que la police pense que vous n'aviez rien à cacher.

Raft frappa le toit du fiacre.

— Stop ! Cocher, stop !

Il bondit du fiacre et jeta quelques pièces dans la boîte du chauffeur, puis partit en courant, retournant vers le Norman Shaw Building, en glissant sur la neige fondue. Il croisa Cholmondely dans les escaliers et attrapa le constable par les manches de sa tunique, lui faisant soigneusement faire demi-tour.

— Il l'a fait !

Cholmondely le dévisagea comme s'il était devenu fou.

— Qui, Monsieur ?

— De Cuellar. L'Argentin.

Raft commença à grimper les escaliers, tirant sur son écharpe en même temps.

— Venez ! Cela ne peut plus attendre ! Nous n'avons pas toute la journée ! Je dois attraper De Cuellar avant qu'il ne soit trop tard.

— Pourquoi, Monsieur ? demanda Cholmondely en le suivant dans son bureau. Qu'est-ce qu'il a fait ?

Raft referma la porte et tourna la clé dans la serrure.

— Écoute-moi.

Il agrippa le visage de Cholmondely entre ses mains gelées.

— Quoi qu'il se passe désormais, j'avais raison. Est-ce que tu m'entends ?

— Monsieur… Phil… J'ai peur de ne pas comprendre.

Cholmondely attrapa l'une des mains de Raft, la retourna et en embrassa la paume.

— Qu'est-ce qu'il a fait ?

— Alberto De Cuellar a tué Cecily Pring.

Raft tremblait de joie.

184

— Il l'a tuée, répéta Cholmondely, les yeux écarquillés. Comment ça, assassiné ?

Raft secoua la tête.

— Pas en tant que tel, non.

Il reposa ses mains sur les épaules de Cholmondely.

— Cecily Pring le payait pour la battre. Elle a affirmé que cela l'aidait à détendre ses muscles.

— Il l'a battue à mort ?

— Tu te souviens du papier à cigarette que nous avons trouvé sur le tapis, dans le salon ?

— Oui.

— S'il la battait, il aurait enlevé son manteau pour ce faire.

Raft se souvint du bordel de flagellation que Freddie et lui avaient visité, une fois, avec Geoffrey Breedlove.

— Battre quelqu'un, c'est beaucoup de travail. Cela demande beaucoup d'efforts. Il aurait fait cela en bras de chemise. Quand on travaille en chemise, Constable, ce qui se trouve dans les poches de son manteau a tendance à tomber.

Cholmondely hocha la tête.

— J'ai perdu beaucoup de monnaie de cette façon.

Raft regarda les yeux bleus aux longs cils du jeune homme.

— Alberto De Cuellar n'a pas assassiné délibérément Cecily Pring, mais il l'a tuée. Doyle a trouvé de l'acide prussique dans son estomac. N'importe qui peut acheter de l'acide prussique chez le pharmacien, mais ce n'est pas aussi simple que ça. On doit signer pour en obtenir. Mais un docteur, eh bien... Ça a un peu plus d'influence que la plupart des gens. Il aurait pu obtenir l'acide prussique, et il l'aurait fait si cela pouvait couvrir ses traces.

— Bon sang, répondit Cholmondely en prenant une profonde inspiration. Il a essayé de faire ressembler ça à un suicide.

— Exact. Il est allé un peu trop loin, il l'a frappée trop fort. Maintenant, il est vraiment dans la panade.

— Un accident, alors.

— Un accident, Constable, dans la mesure où il n'avait pas l'intention de la frapper aussi fort. L'acide prussique ? C'est un homicide involontaire, au minimum. De Cuellar a admis devant moi, dans mon bureau, avoir rendu visite à la famille Pring dans le but de donner expressément à Cecily son... traitement. Pendant qu'il me disait ça, il se roulait une cigarette.

Raft tendit la main pour déverrouiller la porte.

— J'avais raison, Cholmondely. Vous vous en souviendrez, n'est-ce pas ?

— Je m'en souviendrai, Monsieur, répondit Cholmondely en fronçant les sourcils. Il faut qu'il soit fou pour venir ici, n'est-ce pas, Monsieur ? Il devait savoir que vous comprendriez… surtout après vous avoir dit qu'il la voyait. Quel genre d'homme ferait ce genre d'erreur stupide ?

— Il est en mission, Constable. Il vise une cible particulière. Et quand il l'aura atteinte, il explosera comme une balle.

Raft enfonça les mains dans son manteau et en sortit la carte de visite de De Cuellar.

— Vous avez vos menottes, Constable ?

— Je les ai, Monsieur.

— Voici l'adresse. Il est temps que vous alliez arrêter le Docteur De Cuellar.

— Et vous, Monsieur ?

— Je vais m'occuper du major Schlessinger.

UNE BONNE silencieuse répondit à la porte et prit son chapeau avant de le faire entrer dans un salon. La neige n'était plus qu'une bruine glaciale, et il resta donc près du feu pour se réchauffer. Hormis les domestiques, la maison était vide et silencieuse. Seul le bruit d'une horloge résonnait dans le silence, tel un gong. Les manteaux d'hiver de la famille étaient rassemblés sur un portemanteau dans l'entrée, et les chapeaux sur une étagère, au-dessus. Les chapeaux. Ou plutôt, un chapeau. Raft s'était arrêté et avait tourné la tête de façon sûrement comique, pour le regarder fixement. Et le regarder encore. Un chapeau : une coiffe de deuil avec un voile de dentelle et une épingle en or en forme de colombe.

CESSEZ.

Une dague turque, amenée en Angleterre par un vétéran de Crimée, avait dit Hoare, et Raft n'avait aucune raison de le remettre en doute. À elle seule, la dague n'était pas concluante. Un tel couteau pouvait être obtenu dans n'importe quel magasin d'antiquités, sur Commercial Road, et dans beaucoup d'autres endroits également ; il en était de même avec le chapeau, qui pouvait être trouvé chez n'importe quel tailleur avec un minimum de compétences. Mais ensemble, les deux objets présentaient des preuves accablantes, et tout trouvait soudain un sens. Bien sûr, Ada était venue à ses appartements, ce soir-là, pour le prévenir de quitter l'affaire Dewberry, parce qu'elle savait que Raft finirait par découvrir son implication. Il se promena dans le salon et prit position devant le feu. *Abandonne*, avait dit Ada, et toute sa mise en scène ce soir-là avait été inventée spécialement pour lui. Elle avait toujours aimé les gestes dramatiques.

— Je suppose que vous vous posez des questions sur moi.

Raft sursauta, manquant tomber dans le feu. Il rêvait éveillé et n'avait ni entendu ni vu le jeune homme entrer dans la pièce.

— Je vous demande pardon ?

— Désolé.

Le garçon avait à peu près dix-sept ans, des cheveux noirs ondulés et des yeux sombres, un visage intelligent, en pointe. Sa bouche était très féminine, avec des lèvres rouges et pleines.

— Je m'appelle Alex.

Il s'aventura près d'un guéridon et passa un moment à caresser les fleurs d'un vase.

— Aimez-vous les fleurs ?

— Oui, répondit Raft en repensant aux cadeaux de la matinée. Oui, j'aime beaucoup les fleurs.

Il observa les mains du jeune homme bouger parmi les fleurs, ses doigts s'enroulant autour des pétales de façon hypnotique.

— Je préfère les fleurs rouges, dit le garçon. Rouges comme le sang, le meurtre, ou la royauté.

Ses mains se figèrent brusquement, comme si on avait activé un interrupteur.

— Aimez-vous les fleurs rouges ? demanda-t-il. Je n'ai pas compris votre nom.

— Inspecteur Philemon Raft, à votre service.

Le jeune homme s'approcha en offrant sa main. Ses doigts et sa paume étaient doux et lisses, aussi féminins que le reste.

— Comme je l'ai dit, je m'appelle Alex.

— Alex.

Raft ne pouvait voir aucune ressemblance avec Ada ou Schlessinger.

— Alex... ?

— Dewberry.

Ada s'avança dans la pièce, les bras chargés de roses. Elle déposa le vase.

— Alexander reste avec nous pour la saison. Depuis la mort de sa mère, il manque d'influence féminine dans sa vie.

Elle regarda Raft, les yeux plissés.

— Tu as l'air terrible, Philemon, ton visage est gonflé. Tu te laisses aller.

— Tu es toujours aussi flatteuse, Ada.

Il se pencha et elle lui permit d'embrasser sa joue.

— Pouvons-nous parler en privé ?

— Bien sûr, répondit-elle en se tournant vers le jeune Dewberry. Alexander, va chercher le major, s'il te plaît.

Le garçon hocha la tête et s'éclipsa. Il y avait quelque chose d'étrangement fluide, presque féminin dans ses mouvements. Ada soupira.

— Il ressemble tellement à sa mère.

— Je ne savais pas que Miriam avait un frère, dit Raft.

Ce fait était omis de tout ce qu'il avait lu au sujet de cette affaire. Sir George avait été très précis, mais à aucun moment n'avait-il fait allusion à un fils.

— Pourquoi es-tu ici, Philemon ?

Les yeux d'Ada étaient froids et durs. Elle ressemblait soudain à ce qu'elle avait toujours été pour lui, et il se demanda comment il avait pu penser qu'elle était impuissante.

— Le progrès de mon enquête ne t'intéresse-t-il pas ? demanda-t-il.

Il s'assit sans y avoir été invité et sortit son calepin.

— Après tout, c'est toi qui l'as initiée.

— J'ai peut-être changé d'avis.

Ses mains s'agitaient sans relâche au milieu des fleurs.

— Vraiment, dit Raft en se redressant. Je suis impatient d'entendre ça. Plus précisément, Ada, j'aimerais beaucoup rencontrer ta fille, celle que tu prétends que son père a molesté. Où est-elle ? Sans doute vas-tu prétendre aussi qu'elle est à l'école ?

Le visage d'Ada était marbré de rouge et de blanc ; sa bouche s'ouvrit et se referma sans rien dire.

— Tu ne manques pas de nerfs, Philemon… mais bon, tu as toujours été comme ça.

— Nous ne parlons pas de moi. Et comme tu l'as probablement compris, faire une fausse déclaration est une infraction très grave, Ada. Tu le sais sans doute. Nom de Dieu, qu'est-ce qui t'a pris ? Une histoire sur une fille qui n'existe pas, engendrée par un homme impuissant, et tu t'attends à ce que je prenne tout ça au sérieux ?

Son rire n'avait rien de joyeux.

— Pour l'amour de Dieu ! Je peux seulement en conclure que tu as inventé toute cette histoire afin de détourner mon attention de ce que Schlessinger et toi êtes en train de faire.

— Tu ne sais rien, répliqua-t-elle.

Elle ne s'assit pas, mais continua à faire les cent pas dans la pièce comme un animal acculé.

— Tu ne penses jamais à aller directement à la source. Tu ne l'as jamais fait. Grand Dieu, il ne te viendrait même pas à l'idée de remettre les paroles de mon mari en doute.

Elle cligna des yeux, un peu de sa couleur lui revenant.

— Et quand tu lui parles enfin, tu ne reçois en échange que des mensonges et des calomnies, des contrevérités que tu choisis de croire plutôt que la parole de ta propre sœur.

Raft s'agita, le paquet de lettres bruissant dans sa poche.

— Tu n'as jamais eu de fille. Ton mari est incapable d'engendrer des enfants. Ton seul enfant était un garçon, qui est mort en bas âge.

Il feuilleta ses notes.

— Est-ce que j'ai oublié quelque chose ?

Ada se retourna rapidement vers la fenêtre, sans doute pour essayer de cacher son expression.

— Tu sembles avoir pensé à tout, Philemon.

Sa voix était tendue, tout comme ses épaules.

— Bien joué.

Elle ramassa un petit vase en verre posé sur le rebord de la fenêtre. Il ressemblait vaguement à ces objets d'art que le vieux Tiffany créait à partir d'anciens bocaux à confiture ; même dans la main féminine d'Ada, il avait l'air extrêmement fragile, mais aussi exorbitant.

Raft se leva pour la rejoindre.

— Ada, que se passe-t-il ? Est-ce que tu as des ennuis ? Si tu te confies à moi, je t'assure que je pourrais t'aider.

— Tu ne peux absolument pas m'aider, répondit-elle d'une voix pâteuse. En rien.

— Ada, s'il te plaît. Je pense…

— Oh, est-ce que tu vas me laisser tranquille ?

189

Elle se retourna rapidement, si rapidement que Raft n'eut pas le temps de réagir. Le vase en verre dans sa main s'écrasa contre son visage et explosa. La douleur courut du haut de son front jusqu'à l'arrière de sa tête, et il tomba à genoux, aveuglé. Son menton cogna contre le sol et il tâcha de garder l'équilibre, ses mains glissant dans le sang tandis que la douleur montait et montait encore, bien au-delà de ce qu'il pensait pouvoir supporter.

— Ada ! Pour l'amour de Dieu, Ada !

Il était de nouveau sur le carrousel, debout sur la plate-forme avec Ada, parce qu'elle avait peur de monter sur les chevaux. Il se tenait sur la plate-forme, observant les beaux chevaux tourner et tourner, et la musique du carrousel résonnait dans sa tête, et ses yeux étaient chauds.

— Oh, va au diable !

Son pied s'écrasa dans ses côtes, le talon de sa botte écrasant le paquet de lettres. Elle appela un servant, et des mains se glissèrent sous ses aisselles, le mettant sur pieds. Il entendit la porte s'ouvrir et sentit un courant d'air froid sur son visage, puis il tomba vers l'obscurité qui l'engloutit comme un linceul.

RAFT REVINT à lui quelque temps plus tard, sur le siège d'une calèche… du moins pensait-il qu'il s'agissait d'une calèche. Sa tête le lançait à un rythme abominable, suivant le bruit des sabots des chevaux, ou peut-être celui de son cœur.

— Où suis-je ?

Il déduisit qu'il était assis, supporté de chaque côté par des corps manifestement masculins. Quelque chose était noué sur ses yeux, un mouchoir ou un bandage.

— Vous saignez pas mal. Laissez ça tranquille.

La voix était très familière, mais il s'agissait peut-être simplement d'une illusion due à la blessure ou à la fatigue. *Cela a déjà commencé… les vois-tu ? Vois-tu les étoiles filantes ?*

— Nous vous emmenons à l'hôpital Saint Bart. J'espère que ça ne vous ennuie pas.

Et après une pause :

— Que diable vous est-il arrivé au visage ?

— Elle m'a frappé.

— C'est le problème avec les femmes, mon pote.

Une seconde voix, tout aussi atrocement familière. Raft n'arrivait pas à se concentrer assez longtemps pour la reconnaître.

— Un mot de travers, et elles sont sur toi. Tu l'as trompée, c'est ça ?

— Bon sang, non ! C'est ma sœur.

Le martèlement dans son crâne s'intensifiait quand il essayait de parler et il se sentait nauséeux.

— Ta sœur ? Tu y vas fort, n'est-ce pas ?

— Qui êtes-vous ?

Raft tenta de se libérer, mais il était légèrement attaché.

— C'est moi, Philemon, dit le premier homme. John Gallant. Essayez de rester calme, s'il vous plaît. Votre visage est en miettes.

Raft se tourna vers le côté et déversa le contenu de son estomac au sol. Il vomit jusqu'à avoir l'impression que l'intérieur se retrouvait à l'extérieur. La douleur dans sa tête l'élançait dans les yeux, comme un couteau chauffé à blanc. Gallant murmura des mots réconfortants et posa une main fraîche sur son front, tandis que l'autre homme essuyait son visage avec un mouchoir.

— Tout va bien, Phil. Nous avons traversé pire que ça ensemble, hein ?

Enfin, la voiture s'arrêta et la porte s'ouvrit, et à travers son bandeau, Raft sentit d'autres hommes près de lui. Un hôpital, alors. Ils l'avaient emmené à l'hôpital.

— Tout va bien, Monsieur. Nous allons nous occuper de lui maintenant.

— Faites attention, pour l'amour de Dieu.

On allongea Raft sur une civière, et la voix de Gallant retentit contre son oreille :

— Voilà où je dois vous laisser. Je suis désolé.

Des pas s'éloignèrent rapidement, et Raft fut seul parmi des étrangers, entouré par l'odeur d'antiseptique de l'hôpital et l'air froid de l'hiver.

— Revenez, murmura-t-il juste avant que sa force ne l'abandonne.

— Peut-être que nous aurions dû rester avec lui ? Au moins jusqu'à ce qu'ils s'occupent de lui ? Qu'en pensez-vous ?

— Non, il n'y a pas de temps à perdre. C'est horrible de laisser un homme dans cet état, mais je n'avais pas vraiment le choix.

Breedlove et Gallant entrèrent. La pièce était remplie de monde et de la fumée étouffante du tabac. Les hommes jouèrent des coudes jusqu'au bar et crièrent leurs commandes à une serveuse blonde et maigre portant un tablier sale.

191

Breedlove repoussa un homme mince, avec les dents en avant, qui s'était placé devant lui.

— Est-ce que c'est ce que Hoare vous a dit ?

— Oui, si vous voulez le savoir.

Gallant réceptionna leurs assiettes et se fraya un chemin à travers la foule, jusqu'à une table libre.

— Est-ce que… avait-il l'air très blessé, à votre avis ?

Sa voix contenait une note de préoccupation que Breedlove n'avait jamais entendue chez lui auparavant.

Breedlove haussa les épaules.

— Dur à dire, répondit-il d'une voix pâteuse, sa bouche pleine de nourriture. Mais Monsieur Hoare ne vous remerciera pas, ni vous ni l'inspecteur, pour tout ce sang et ce vomi dans sa calèche.

Gallant avait l'air réellement inquiet.

— Il y avait beaucoup de sang, n'est-ce pas ? Bon sang, nous aurions dû rester avec lui.

Allez, nous devons y aller. Nous devons y aller maintenant. Il n'y a plus de temps à perdre. Bon sang, regarde le ciel ! Vois-tu ce qui est en train de se passer ? Tout cela lui semblait s'être passé il y a une éternité, comme si cela était arrivé à quelqu'un d'autre.

— Très mauvaise idée, dit Breedlove entre deux bouchées. Vous savez que nous avons des affaires importantes à régler ce soir. Je pense que vous ne voudriez pas mettre ça en péril.

Il tendit la main vers la fourchette de Gallant et referma les doigts de l'autre homme autour de celle-ci.

— Mangez, Monsieur Gallant. Nous aurons besoin de forces pour ce qui vient. Je doute qu'il vienne facilement, vous savez comment sont les aristos.

Il s'arrêta de manger un moment, pour réfléchir.

— Bien sûr, nous pourrions emmener deux gros bras et l'assommer. Cela serait plus simple pour tout le monde comme ça.

— Non, répondit Gallant en mâchant et avalant mécaniquement. Non, nous ferons les choses à ma façon. Je l'ai suivi depuis l'Argentine, et je compte bien l'amener devant la justice.

Il grimaça.

— Même moi, je commence à en avoir marre de tous ces cadavres.

Ils mangèrent tous deux en silence quelques instants, tandis que le vacarme continuait autour d'eux. La serveuse blonde réapparut et remplit une nouvelle fois la chope de Breedlove de bière, puis versa un deuxième verre de lait à Gallant. Une bagarre éclata dans un coin entre deux prostituées, chacune bien décidée à arracher les cheveux de l'autre.

— Ils l'ont trouvée sous le plancher, n'est-ce pas ? demanda Breedlove en repoussant son assiette. J'avais oublié ça. Raft et ce jeune flic, c'est quoi son nom ? Cholmondely ? Ils travaillent bien ensemble, n'est-ce pas ?

Il sourit lascivement.

— Je me demande si Raft se l'est déjà fait ?

Gallant continua à manger d'un air flegmatique, comme s'il était seul dans la pièce. Ils étaient tous tellement fascinés par le sexe, au point d'en être ridiculement enragés. Il ne comprenait pas. Oh, lui aussi aimait tirer un coup de temps à autres, mais les autres en parlaient constamment, et on aurait pu croire que c'était tout ce qui importait.

— Bien sûr, continua Breedlove, ce serait difficile pour un homme de refuser ça. Je n'en serais pas capable. C'est de la bonne viande, mon ami. Vraiment de la bonne viande.

— Oui, eh bien, nous savons tous que vous êtes un parangon de retenue, dit Gallant.

Il jeta un coup d'œil alentour, s'assurant qu'ils n'avaient pas été entendus.

— Dewberry joue aux cartes ce soir à son club. Je vais arriver tôt et l'attendre.

— L'attendre, hein ? demanda Breedlove en rongeant une pomme de terre à moitié cuite. Vous allez vous mêler à l'élite ? Vous êtes brave.

Gallant repoussa son assiette, jeta quelques pièces sur la table et se leva.

— Vous savez quoi faire. Assurez-vous d'être en place. Nous devons l'emporter rapidement et discrètement.

— Et la fille ?

Breedlove se servit dans les restes de l'assiette de Gallant.

— Je doute qu'elle soit le genre à jouer aux cartes, répondit Gallant en enfilant ses gants. Pour autant que je le sache, elle est toujours chez Schlessinger.

RAFT SE réveilla de nouveau dans l'obscurité, entouré des bruits du sommeil et de l'odeur inimitable de la maladie et de la pourriture. Il leva la main pour toucher son visage et sentit des bandages. Sa main gauche était également bandée. La douleur dans son visage avait disparu sous une brume de ce qui devait être du laudanum.

— Il… laudanum.

— Chut. Vous devez vous reposer.

Les mains fraîches et habiles de Ponsonby, et sa voix bénie.

— Vous avez été très gravement blessé.

C'était une bonne chose que Ponsonby soit là. Ponsonby était un bon docteur ; il saurait s'occuper de Raft.

— Ada, répondit Raft en luttant contre les effets de l'opium. C'était Ada. Je suis allé chez Ada…

Alexander Dewberry, pensa-t-il, *je dois le retrouver. J'ai besoin de questionner ce garçon.* Pourquoi Ada l'avait-elle frappé ? Il n'arrivait pas à s'en souvenir.

— Vous n'allez chez personne, dit Ponsonby. Vous avez évité de justesse la chirurgie oculaire, est-ce que vous le saviez ? Avec quoi diable vous a-t-elle frappé ?

— Un vase, murmura Raft.

Une chirurgie oculaire ?

— Suis-je… Vais-je perdre la vue ?

Un flic aveugle ne servirait à personne. Il serait viré des forces de l'ordre et passerait probablement le restant de ses jours à dépérir, dans une infirmerie quelconque.

— Je ne peux pas en être sûr, répliqua Ponsonby, avant de soupirer. Le vase, ou quoi que ce fut, a explosé quand il vous a frappé. J'ai passé une heure à retirer les morceaux de verre de votre visage.

Sa main s'attarda sur la joue de Raft, fraîche et apaisante.

— Essayez de vous reposer, mon cher.

Raft hocha la tête. Sa gorge était serrée et son torse le brûlait des larmes qu'il n'avait pas versées. Il se tourna sur le flanc et pleura aussi tranquillement que possible, les épaules tremblantes.

Ce n'est pas grave si tu pleures. La fille morte, celle qui s'appelait Mary, était assise au bout de son lit. *Tout le monde pleure. Je suis sûre qu'ils pleurent même là d'où tu viens.*

— Va-t'en, lui dit Raft.

Après un instant, le laudanum fit effet, et il nagea dans des rêves étranges. À un moment donné, il aurait pu jurer qu'il était allongé sur son propre lit près de Freddie, c'était l'été et le soleil entrait par la fenêtre comme une bénédiction.

— Philemon.

Raft tourna la tête et vit Freddie avec son bon œil. Il tendit la main.
Freddie s'en saisit et la serra dans les siennes, pour lui permettre de garder
l'équilibre. Les larmes de Freddie tombèrent sur le visage de Raft, le
caressant. *Tout va bien maintenant,* pensa-t-il. *Freddie est là. Tout va bien.*
Il pouvait se reposer.

XI

Sir George Endicott apprit la nouvelle à Prentiss Cholmondely lui-même, et Cholmondely se maudit mille fois.

— J'aurais dû aller avec lui, dit-il. Je n'aurais jamais dû le laisser y aller seul.

La propre expédition de Cholmondely pour trouver et arrêter Alberto Perez De Cuellar s'était terminée ignominieusement. Il était arrivé à l'adresse de De Cuellar pour découvrir la petite maison en flammes. Cholmondely ne savait pas si le feu avait été accidentel ou délibérément allumé par De Cuellar afin de couvrir son évasion, mais l'homme était parti, le laissant les mains vides malgré ses efforts. Cholmondely n'était pas un homme violent par nature, mais il s'était promis de décocher une bonne droite à l'Argentin, la prochaine fois qu'il le rencontrerait.

— L'inspecteur Raft a pour habitude d'aller partout seul, répondit Endicott. Je suis allé parler moi-même à l'infirmière en chef à Saint Bart. Oh, elle ne m'a pas laissé le voir, ne vous inquiétez pas. Il se repose confortablement. Il est pris en charge par un certain Docteur Ponsonby, je crois.

Cholmondely resta planté sur place.

— Sa sœur, Monsieur. Vous savez que cette femme était ici pour faire une fausse déclaration au sujet de son mari.

— Son mari, oui. J'avais presque oublié…

Endicott posa une pile de papiers sur le bureau. Ceux-ci étaient tachés de sang.

— L'inspecteur Raft transportait cela quand il a été amené à l'hôpital. Je ne les ai pas regardées, au cas où vous vous posiez la question.

Cholmondely prit les lettres et les rangea dans sa tunique.

— Elles appartiennent au major Schlessinger.

Endicott indiqua le siège et Cholmondely s'installa.

— Je n'ai aucune idée des blessures de l'inspecteur Raft, dit Endicott. Je n'ai aucune idée de quand il pourra revenir travailler. Je ne peux fournir aucun autre officier pour prendre le relais, Constable.

Cholmondely hocha la tête.

— Je comprends, Monsieur.

Miriam Dewberry mourrait, où qu'elle se trouve, et personne ne la trouverait jamais.

— Je place tout cela à votre charge, Constable.

Les petites mains d'Endicott se fléchissaient et se détendaient sur le bureau.

— Miriam Dewberry est quelque part dans cette ville, vivante ou morte, et je veux que vous la trouviez, Constable. Vous pouvez commencer par localiser Lord Alfred Dewberry et le placer en état d'arrestation.

— Bien sûr, Monsieur.

Cholmondely se leva pour partir.

— Constable.

— Monsieur ?

— Il y a un grand nombre de pistes disparates dans cette affaire, mais je crois qu'elles pointent tous vers une seule vérité centrale. Je ne crois pas que Miriam ait été enlevée. Depuis le début, toute cette affaire me taraude.

Endicott passa une main sur ses cheveux.

— Je ne peux pas dire que Lord Dewberry et moi soyons amis, mais je le connais. Je sais qu'il est allé en Amérique du Sud et je sais qu'il a été impliqué dans certaines choses… déplaisantes, là-bas, dit Endicott en soupirant. Trouvez Miriam, Constable, et tout le reste trouvera sa place.

Il déposa quelques feuilles d'aspect officiel sur le bureau.

— Est-ce que vous reconnaissez cela, Constable ?

Ce n'était pas le cas.

— Désolé, Monsieur.

— C'est une assurance-vie souscrite au nom de Miriam Dewberry. Dans l'éventualité de sa mort, celle-ci donne droit aux bénéficiaires à…, dit Endicott avant de marquer une pause pour que ses paroles fassent effet. Cent mille livres.

Cholmondely se balança sur ses pieds comme s'il venait d'être frappé par une vague scélérate.

— Mon Dieu, murmura-t-il. C'est beaucoup d'argent.

Endicott hocha la tête.

— Surtout si vous êtes ruiné. Dewberry avait pris la même assurance au nom de sa femme, six mois avant sa mort. Toutes deux viennent du même courtier d'assurance, un Argentin du nom de Mateo de la Serna. Il tient boutique sur Kennington Road.

— D'accord.

Cholmondely digéra tout cela en silence un moment.

— Quand toutes les probabilités les moins logiques ont été éliminées, ce qui reste est la vérité, même si cela semble improbable.

— Quelque chose comme ça, Constable, répondit Endicott en le regardant d'un air impassible. Vous avez un plan ?

— En effet.

Il allait trouver Sujet immédiatement et déployer le français ; Sujet avait le chic pour dénicher les preuves inhabituelles.

— Alors allez-y, Constable. Raft vous a sans doute enseigné que chaque seconde compte.

— Vous ne l'avez pas vu du tout, alors ?

Cholmondely détestait quand les autres réclamaient quelque chose, et cela l'irritait de le faire lui-même.

— À l'hôpital, je veux dire. J'étais… je me demandais comment il allait.

— Ne le faites pas, Constable, répondit Endicott en secouant la tête. Il est très gravement blessé, et sa guérison dépend d'un repos complet. Si je découvre que vous êtes allé rôder autour de Saint Bart, je vous relèverai de vos fonctions.

— Et les lettres, Monsieur. Le major Schlessinger les a écrites.

Il marqua une longue pause.

— À Lord Dewberry.

Endicott le dévisagea en silence.

— Avez-vous une preuve de cela ?

Cholmondely dansa d'un pied sur l'autre.

— Je n'ai pas eu le temps de les examiner autant que je l'aurais souhaité, Monsieur.

— Les lettres ne m'inquiètent pas, Constable.

Endicott avait l'air de ne pas souhaiter les récupérer.

— Certaines affaires privées doivent rester privées, à mon avis… et je n'ai pas la moindre envie de commencer une chasse aux sorcières. La fille de Lord Dewberry est le seul aspect de ce massacre qui me préoccupe.

Il jeta un regard vers Cholmondely puis le détourna.

— Allez trouver Dewberry et amenez-le ici. Vous pouvez disposer.

Cholmondely prit le temps de chercher Sujet. Le français était assis derrière le bureau de Raft, en train d'écrire un rapport.

— Vous ressemblez à un homme qui a des ordres, dit Sujet.

Il reposa son crayon et observa Cholmondely.

— Pour moi, je veux dire.

Cholmondely lui glissa la photographie par-dessus le bureau.

— Elle vient d'un magasin à Kensington. Je pense que vous reconnaissez la silhouette ?

Sujet ricana.

— Impossible de ne pas la reconnaître.

Son sourire s'élargit quand Cholmondely lui dit ce qu'il devait chercher.

— Eh bien, vous autres Anglais, vous êtes tellement discrets.

— Vous n'aurez qu'une question à poser quand vous le trouverez, dit Cholmondely. Du moins pour l'instant.

Sujet acquiesça.

— Je serai la discrétion personnifiée, dit-il.

— VOUS ÊTES vraiment un petit homme abject.

Hoare alluma une cigarette avec son aplomb habituel et observa Lord Alfred Dewberry avec dégoût.

— Regardez-le ! Il n'y a pas assez de jus en lui pour lui tordre le cou. Il a la fibre morale d'un criminel de longue date, ce qu'il est, naturellement.

Il jeta l'allumette dans le feu. Dewberry était attaché à une chaise, au milieu du tapis turc de Hoare.

— Vous allez tous payer cher pour cela, dit Dewberry. Chacun d'entre vous. J'engagerai des poursuites personnelles. Vous paierez tous, oh, croyez-moi.

— J'ai déjà payé, si j'ose dire.

Gallant entra dans le champ de vision de Dewberry.

— Vous vous souvenez de moi, n'est-ce pas ?

Il déboutonna son gilet et écarta sa chemise, exposant la plaie grotesque à son flanc.

— Vous vous rappelez de cela ? Votre taureau, si je me souviens bien. Vous m'avez dit qu'il était inoffensif. Vous m'avez encouragé à l'approcher.

— Je ne me souviens pas de ça, répondit Dewberry. En fait, je ne me souviens pas de vous.

— À peine, Lord, à peine, rétorqua Hoare en scrutant Dewberry. Et je doute fort que Monsieur Gallant estime que vous valiez la peine de cette blessure. Le jeu est terminé, Lord.

Hoare examina ses ongles.

199

— En grande partie grâce à Monsieur Gallant, ici présent. Sans doute vous rappelez-vous de lui comme votre valet, en Argentine. Et combien vous aviez hâte de l'embaucher, un compatriote anglais dans un pays étranger. Peut-être que d'une façon tordue, vous aviez pensé que vous lui rendiez service, en l'invitant ainsi dans votre famille. Il est devenu assez proche de vous, n'est-ce pas ? Vous pensiez à lui comme à un fils. Avez-vous envisagé de lui offrir votre fille en mariage ?

Dewberry ouvrit la bouche pour parler, puis se ravisa.

— Ah.

Hoare réfléchit un moment.

— Donc vous l'avez proposé comme époux à Miriam. Quelle tragédie.

Gallant eut l'air momentanément offensé.

— Mais il a refusé, dit Hoare. Une insulte. Et vous l'avez donc présenté à votre taureau.

Il claqua de la langue.

— Ce n'est pas vraiment le comportement d'un gentleman anglais, Lord.

— Laissez-moi partir, rétorqua Dewberry en essayant de se défaire de ses liens. Bon sang, j'irai à Scotland Yard !

— Vous pouvez aller au diable, pour ce que j'en ai à faire, dit Gallant. Et tant que nous sommes sur le sujet, je suis assez familier avec l'exécution de vos lois, et si cette corde ne tient pas, je suis certain que cela ne dérangera pas Monsieur Hoare si je vous restreins moi-même.

Dewberry en resta bouche bée.

— Je ne vous crois pas.

— Si, vous me croyez, dit Gallant. Et vous êtes terrifié.

Il se pencha, son visage près de celui de Dewberry.

— Vous devriez être reconnaissant que nous vous ayons trouvé avant l'inspecteur Raft, ou vous seriez en train de vous geler les miches en cellule.

Il recula d'un pas.

— Où est Miriam ? Où est votre fille ?

Le visage de Dewberry se crispa.

— Je n'ai pas de fille, cracha-t-t-il. Vous avez tout faux, chacun d'entre vous.

— Vraiment ?

Geoffrey Breedlove, qui avait été en train d'observer la scène, contourna Dewberry.

200

— Comment se fait-il que j'aie trouvé le collier et les boucles d'oreilles de votre fille en train d'être distribués dans Whitechapel comme des petits fours ?

— Il n'y a jamais eu d'enlèvement, dit Hoare d'un ton las. Car vous avez tout arrangé, Lord, mais pas assez bien. Au début, vous pensiez marier Miriam au jeune De Cuellar, mais le garçon n'était pas partant, donc vous l'avez impliqué dans votre petit complot d'enlèvement et vous lui avez promis une part des bénéfices. Vraiment, vous n'êtes qu'un escroc ridicule, et vous avez la morale d'un voyou.

Il sortit sa montre et l'examina.

— Où est Miriam ?

Dewberry l'observa, la rage envahissant son regard.

— Je ne sais pas, dit-il.

Gallant explosa de fureur.

— Vous êtes un menteur, Lord !

Il regarda les autres hommes.

— Nous vous observons depuis un an. Vous êtes rentré en Angleterre avec votre fille, et le jeune Argentin vous a suivi.

— Quel Argentin ?

Dewberry semblait prêt à se pavaner.

— Je suis rentré en Angleterre pour présenter un projet de loi.

— Oui, dit Hoare. Bien sûr. Un projet de loi dont le seul but était de réduire les importations d'argent de l'étranger de sorte que lorsque la vérité éclaterait au sujet de votre propre exil argentin, pas un homme en Angleterre ne pourrait vous accuser d'adapter le marché pour votre propre bénéfice. Le plus intéressant, c'est que vous ayez utilisé le restant de la fortune de Señor De Cuellar pour vous remplir les poches.

Hoare l'examina attentivement.

— C'est une créature rusée, Messieurs, ne vous méprenez pas, car qui d'autre qu'un maître criminel chercherait à se décharger du mépris public par des péchés privés ?

— Très malin, dit Breedlove. Vous remplissez une mine vide et volez la part d'un autre homme, et juste au cas où la vérité éclate, vous manipulez la loi.

Il rit.

— Et les gens disent que moi, je suis une pute ?

— Vous inventez tout ça, dit Dewberry. J'engagerai des poursuites contre vous tous pour avoir sali mon nom.

— Ça suffit, Lord.

Hoare jeta sa cigarette terminée dans le feu.

— Dans tous les cas, le jeune constable Cholmondely est en chemin vers chez vous et il trouvera probablement des choses plus intéressantes que votre défunte épouse.

Hoare sourit face à l'expression surprise de Dewberry.

— Oh, oui, Lord. Votre femme. Saviez-vous que l'inspecteur Raft l'avait déterrée ? Même si l'inspecteur est lié par la loi et ne peut pas jouir de toutes les libertés durant son enquête, il a réussi à faire avec. Oui, lui et le constable Cholmondely ont trouvé le corps de votre femme. Elle était là depuis un sacré moment.

— Vous vous êtes débarrassé d'elle avant de partir en Amérique du Sud, dit Gallant. Quel manque cruel de remords.

Il contourna Dewberry, le regardant avec intérêt.

— Je suis très impressionné.

— Tout ceci est absurde, dit Dewberry en essayant de se défaire de ses liens. Vous allez me laisser partir immédiatement ! Je vous l'ordonne !

— Vous n'êtes pas en mesure d'exiger quoi que ce soit, déclara Hoare.

Il s'accroupit pour être au niveau des yeux de Dewberry.

— Maintenant, Lord, je vais vous le redemander : où est votre fille ?

PRENTISS CHOLMONDELY sortit d'un fiacre juste au coin de la rue de la résidence londonienne de Dewberry. Il avait dû venir en habits de civil : un pantalon ample, un manteau usé, et un foulard tacheté autour de la gorge. Il adopta la démarche lente et houleuse d'un voyou, ou d'un marchand itinérant, et glissa les mains dans ses poches. Il avait défié Sir George et s'était rendu à Saint Bart malgré tout ; Raft était inconscient, perdu dans des rêves d'opium et murmurant des choses au sujet de Freddie et d'enfants morts. La moitié supérieure de son visage était bandée, et une main également. Il n'avait pas bougé lorsque Cholmondely avait touché son épaule.

Dewberry jouait aux cartes à son club ce soir, d'après ce qu'avait dit Sir George. Cholmondely devait exécuter son mandat le plus rapidement possible, placer Dewberry en état d'arrestation, puis fouiller la maison de fond en comble pour trouver la jeune femme. Cela semblait si simple, et ça ne l'était pourtant pas : Lord Dewberry avait des domestiques, comme tous les aristos de Londres, et il ne pouvait pas simplement débarquer pour

202

fouiller l'endroit. Du moins, il y aurait un majordome, peut-être un valet de chambre ou deux, et même un garde du corps baraqué qui n'aimait pas les flics. Cholmondely n'avait aucune envie de se battre. À l'école, il avait joué au rugby et au criquet, et s'était adonné aux choses habituelles que faisaient les garçons, mais il n'avait jamais vraiment apprécié le combat physique – surtout quand il y avait des choses tellement plus agréables à faire avec un autre homme. Dans tous les cas, plusieurs autres constables se trouvaient à portée de voix si les choses ne se déroulaient pas comme prévu.

Il contourna la maison et atteignit la porte de la cuisine à travers un jardin clos. La nuit était chaude pour un mois de février, et seul un croissant de lune brillait dans le ciel. Sir George s'était arrangé pour que Cholmondely ait un passe-partout pour ouvrir toutes les serrures, ainsi qu'un plan rigoureux. Il se rendrait d'abord à la cave, où Raft et lui avaient trouvé Lady Dewberry, et partirait de là.

— MA FEMME est morte avant que je parte. Elle était malade depuis un moment, avec de la fièvre, dit Dewberry.

— Bien sûr.

Breedlove avait sorti un canif à l'air vicieux et se nettoyait les ongles avec.

— Vous ne pouviez pas vous permettre de payer les pompes funèbres, alors vous l'avez enterrée sous le plancher, c'est ça ?

Dewberry prétendit ne pas l'entendre.

— Et pourquoi Ada Schlessinger ? demanda Gallant. Pourquoi prendre la peine de l'enrôler comme alliée ? Quel rapport entretenez-vous avec elle ? Vous ne lui deviez rien. Bon Dieu, vous fricotiez avec son mari, et je ne vois pas cela comme une bonne recommandation, n'est-ce pas ?

Dewberry pâlit ; il n'avait clairement pas compté sur le fait que les lettres soient découvertes.

— Vous mentez, murmura-t-il.

— Pas du tout.

Gallant se rassit lourdement et pressa ses mains contre ses yeux. Il ne pouvait se rappeler la dernière fois où il avait dormi, la dernière fois qu'il s'était allongé pour une bonne nuit de sommeil. Il avait parfois l'impression qu'il poursuivait Dewberry depuis une éternité, et pourquoi ? Son propre amusement ? Quelque chose pour compenser l'ennui de ses journées ? Peut-être qu'il faisait cela pour impressionner Philemon Raft.

— Prentiss Cholmondely a été mis en charge de l'affaire, maintenant que l'inspecteur Raft est…

Une lueur de culpabilité traversa les traits de Gallant, un court instant.

— … incommodé. Il a les lettres. Et il ne perdra pas de temps avant de révéler leur contenu à Scotland Yard.

Prentiss Cholmondely se glissa dans la cuisine sans bruit, son cœur battant à tout rompre. La pièce était vide, aussi bien de personnes que d'objets : les serviettes, les tasses et les casseroles avaient toutes disparues.

— C'est étrange, murmura-t-il.

Il se rendit au salon, mais là aussi il ne découvrit qu'un vide étrange, comme si la maison avait été abandonnée. La table de la salle à manger et les chaises étaient enveloppées dans des draps blancs, de même que le lustre. Les silhouettes des peintures au mur observaient tristement ce monde vide. Le piano du salon était recouvert d'un tissu épais, le canapé et les fauteuils avaient été repoussés contre les murs. Cholmondely fouilla l'étage aussi minutieusement qu'il le put, ouvrant les portes et les placards, mais la maison avait été désertée.

À l'étage, il trouva un vase de fleurs mortes depuis longtemps, en train de se décomposer sur une étagère, le rouge de leurs pétales fanés devenus désormais un brun saumâtre, la couleur du vieux sang. La garde-robe avait été vidée de ses vêtements et le lit froid n'avait pas été occupé depuis très longtemps. L'inspection du sous-sol et des quartiers des domestiques ne révéla absolument rien. C'était comme si les habitants de cette maison avaient pris leurs affaires et s'étaient enfuis vers un autre pays, bien au-delà de la portée de la loi ou de toute vengeance.

— Avez-vous vu cet homme ? demanda Sujet en montrant la photographie. Le connaissez-vous, Madame ?

La plupart des constables auraient dû soudoyer une femme comme Miss Lillian pour obtenir des informations, mais les cheveux sombres de Sujet et ses doux yeux gris (sans mentionner son charme gaulois) auraient pu séduire la plus endurcie des suffragettes. Pour l'instant, il était confortablement installé dans le salon privé de Miss Lillian, en train d'être cajolé et caressé par deux magnifiques jeunes femmes, une blonde et une brune.

— C'est un habitué, celui-là.

Miss Lilian remplit à nouveau le verre de Sujet de cognac.

— Réglé comme un métronome, il vient tous les samedis soir, dit-elle en fronçant les sourcils. J'ai fini par devoir lui interdire de venir.

— Lui interdire de venir ? demanda Sujet en tapotant la brune sous le menton, ce qui la fit glousser. Et pourquoi donc, Madame ?

Le sillon entre les sourcils bien entretenus de Miss Lillian s'approfondit.

— Il n'arrêtait pas de demander la même fille, Monsieur. Elle s'appelait Christina. Il n'en voulait pas d'autres, peu importe ce que je lui offrais – c'était toujours Christina.

Elle baissa la tête un moment.

— Je pense que vous avez entendu.

Sujet acquiesça.

— *Quel dommage*, murmura-t-il.

— Nous répondons à toutes sortes de demandes, ici, *Monsieur*, mais après trois fois, Christina est venue me voir et m'a demandé à ne plus le revoir.

— Pourquoi ?

— Ses désirs étaient inutilement robustes, si je puis dire.

Miss Lilian sirota délicatement son cognac.

— Il ne voulait pas repartir. Il voulait Christina, disait-il, et personne d'autre.

Elle se pencha vers Sujet, sa poitrine généreuse débordant de son corset.

— Savez-vous pourquoi ?

Sujet secoua la tête.

— Parce que l'autre la demandait toujours, le jeune Argentin. Il le surveillait toujours, vous voyez, et il savait quand le jeune homme venait ici et quand il serait avec Christina. C'était devenu une habitude avec lui. Dès que l'Argentin partait, Lord Dewberry venait et demandait à être avec elle.

Une expression de dégoût traversa son visage.

— Et ce n'est pas tout.

— Oh ?

Sujet s'agita pour permettre à la blonde d'atteindre sa braguette ; il croyait fermement qu'il fallait toujours mélanger le plaisir avec les affaires officielles de la police.

— Il demandait à la voir pendant que la semence de l'Argentin était encore en elle.

La femme aspira l'air de ses lèvres pincées.

— Vous avez probablement un meilleur terme pour cela que moi.

— Oui, répondit Sujet, *un petit pain au beurre*.

Il ferma les yeux un moment tandis que la main de la brunette le caressait.

— Je regrette, *Madame*, de devoir vous quitter. Cela aurait été délicieux de pouvoir rester, mais le travail m'appelle.

IL N'Y avait aucune lumière au troisième étage quand Cholmondely grimpa les escaliers. Il ouvrit la première porte à sa droite et découvrit un cabinet de toilette, somptueusement aménagé avec une énorme baignoire et ce qui semblait être de la plomberie en or. Une fine couche de poussière recouvrait tout. Plus loin dans le couloir, il découvrit la première chambre, sa porte encore entrouverte sur un lit vide et une chaise oubliée, et un petit bureau avec un encrier sec. Un fin rayon de lune perçait l'obscurité, illuminant les grains de poussière qui tourbillonnaient autour de ses pieds. Il ouvrit les tiroirs de la commode et les parcourut de ses mains, mais il ne trouva rien. Quelqu'un avait recouvert les tiroirs avec du papier, un vague motif de lilas et de rubans.

Quelque chose bougea juste derrière la porte.

La main de Cholmondely plongea dans sa poche et il en sortit son revolver. Il n'était pas habituel pour les forces de l'ordre de porter des armes de ce type, mais Cholmondely l'emportait toujours avec lui lors de ses virées en territoire discutable. Il ne comptait plus les fois où cette subtile intimidation lui avait sauvé la vie, dans bien des situations précaires. Il garda la main sur la crosse de l'arme en contournant la porte ouverte. Le parquet craqua sous ses bottes et il se figea, ses yeux essayant de s'adapter à l'obscurité.

Rien. C'était probablement le vent agitant une branche contre la fenêtre. Quel genre de flic était-il, effrayé par les ombres ? Il remonta le couloir et entra dans une seconde chambre, aussi vide que la première, mais avec des meubles beaucoup plus somptueux, des peintures à l'huile, quelques chaises recouvertes de draps. Cholmondely traversa jusqu'à la fenêtre et l'ouvrit. L'air froid qui entra brusquement lui mordit le visage, et

206

il respira profondément pour se calmer. Raft dépendait de lui ; il attendait de lui qu'il mène à bien sa mission, avec un certain degré de professionnalisme.

Il y eut un petit bruit derrière lui et il se retourna, sa main se resserrant sur le pistolet. Il retint son souffle et écouta : le son provenait de la penderie. Cholmondely traversa la pièce en deux enjambées et ouvrit l'armoire. Un oiseau paniqué s'envola, battant des ailes en vain contre les murs et le plafond. Il le poursuivit à travers la chambre, avant d'arriver enfin à le faire sortir par la fenêtre ouverte, où il s'envola dans la nuit, apparemment soulagé d'échapper à cette rencontre avec lui. Il s'appuya contre le mur un moment et s'autorisa à rire pour se débarrasser de sa tension nerveuse. Un satané oiseau dans la garde-robe ! Celle-là ferait bien rire les gars. C'était certain.

Un oiseau dans la maison est un présage de mort.

Elle avait environ cinq ou six ans, blonde aux yeux bleus, pauvrement vêtue. Elle n'avait pas bougé les lèvres, mais Cholmondely l'avait clairement entendue. Peut-être qu'il allait obéir au cliché et se pisser dessus de peur.

— Bonsoir, dit-il. Tu restes ici avec ta maman ?

Ma maman est morte.

Il ne voyait toujours pas ses lèvres bouger. Comment pouvait-elle parler ? Il ne croyait pas aux fantômes, mais l'enfant, la fillette, était translucide et les objets du couloir derrière elle apparaissaient clairement à travers sa silhouette transparente. Cholmondely avait vu beaucoup de choses étranges, mais cela était plus étrange encore.

— Est-ce que tu vis ici, ma chérie ?

Il n'est pas vraiment à toi. Elle sourit, montrant des dents de bébé nacrées. Il pensa furtivement à son propre fils, vivant désormais en Amérique, peut-être, ou ailleurs. Il avait renoncé trop facilement à son fils ; il aurait dû se battre pour lui. Était-ce cela que l'enfant voulait dire ? Mais il était là pour trouver Miss Miriam, et tous les autres fantômes devraient attendre. Cholmondely n'était pas du genre à trembler devant eux, mais il n'était pas surpris de trouver des spectres d'enfants ici : dans les années cinquante, cet endroit avait été une ferme à bébés notoire, une des nombreuses à travers Londres et ses environs, une masure humide gérée par des chiennes manipulatrices dont l'intérêt principal résidait dans l'argent qu'elles obtiendraient pour prendre en charge ces petits malheureux.

— Excuse-moi.

La terreur se répandit dans ses veines, mais il se raidit et contourna l'enfant fantomatique. Elle tendit la main vers lui et sa main passa à travers la sienne, laissant un froid palpable. Cholmondely se précipita dans les escaliers vers la porte d'entrée, et il sortit pour s'appuyer contre un grand chêne, frissonnant et transpirant. Quand il eut suffisamment recouvré ses facultés, il se dirigea lentement vers l'endroit où il avait laissé la voiture, grimpa dedans, et indiqua au cocher l'adresse de Schlessinger.

— ALEX, CHÉRI, je me rends compte que c'est difficile, mais essaye de rester immobile.

Ada Schlessinger versa l'eau chaude et salée dans la bouche du jeune homme.

— Fais un bain de bouche avec ça, voilà, comme ça, bon garçon.

Elle souleva le bassin et le jeune Dewberry cracha dedans docilement : de l'eau salée teintée de sang.

— Ça fait toujours mal, dit-il. Je ne vois pas pourquoi tout cela était nécessaire.

Ada l'observa, clairement consternée.

— Alex, mon cher ! Je ne sais pas comment tu peux dire une telle chose. Tout cela est pour ton bien, le tien et celui de ton père.

Alexander rendit son regard à Ada.

— Je ne vois pas comment. Ce n'est pas Papa qui a un grand trou sanglant dans la bouche.

Il soupira.

— Quand est-ce qu'Alberto…

Son visage s'illumina quand la sonnette retentit.

— C'est lui !

— Eh bien, dépêche-toi et change-toi, pour l'amour de Dieu.

Elle ramassa le bassin d'eau et une serviette, et se précipita dans l'autre pièce, tandis que la bonne silencieuse des Schlessinger ouvrait la porte.

— Constable Prentiss Cholmondely, Scotland Yard.

Cholmondely emplissait la porte, le regard sombre, tel un ange vengeur. Il ne ressemblait pas un homme d'humeur à subir des manigances, quelles qu'elles soient.

— La patronne ne vous attendait pas, dit la jeune fille. Il est tard. La patronne n'aimera pas ça.

— J'ai la permission de fouiller ces lieux, déclara Cholmondely. Je me fiche de ce qu'aime la patronne ou pas.

Il entra d'un coup d'épaule en passant devant la jeune femme bouche bée, et grimpa les escaliers, sans se soucier que ses bottes sales laissent des traces dégoûtantes sur le tapis immaculé de la maison. Il y eut un grand cri d'effroi et il réalisa vaguement qu'Ada était sur ses talons, mais il ne s'en soucia pas. Philemon Raft était à l'hôpital Saint Bart, gravement blessé et peut-être aveugle à vie, et tout cela à cause de cette femme. Il était temps que cette mascarade sordide prenne fin, une fois pour toutes.

— Comment osez-vous envahir notre maison ?

Schlessinger apparut à une porte, en chemise de nuit, portant un bonnet ridicule sur sa tête chauve.

— J'aimerais votre numéro de badge, Monsieur !

Cholmondely saisit une pleine poignée de la chemise de nuit de Schlessinger et le repoussa.

— Vous faites obstruction à la justice, dit-il.

Il ouvrit les portes, les unes après les autres, et ne trouva rien. La dernière porte, cependant, était ouverte.

— Je pensais que vous étiez Alberto.

La silhouette assise à la coiffeuse se leva et se dirigea vers lui, la longue robe de chambre en soie s'enroulant luxueusement autour de ses pieds. Il avait un visage fin, intelligent, et des lèvres rouges et pleines. Ses cheveux noirs et bouclés avaient été coupés courts, et ses yeux sombres étaient doux, aux longs cils, magnifiques.

— Constable Prentiss Cholmondely de Scotland Yard, dit-il en essayant de ne pas dévisager cette personne. Êtes-vous Miriam Dewberry ?

— Il n'y a pas de Miriam Dewberry. Je suis Alex Dewberry… Je ne crois pas que nous nous soyons rencontrés. Vous sentez-vous suffisamment éclairé désormais, Constable ?

Dewberry se rapprocha et posa une main sur le bras de Cholmondely.

— Un jeune homme si fort, si grand, si beau. Vous pouvez sûrement comprendre ?

— Lord Dewberry a une fille, répliqua Cholmondely, pas un fils.

Ses genoux lui semblaient soudain faibles et il se demanda s'il devait s'asseoir. Il pouvait entendre le major Schlessinger crier derrière lui sur le palier, mais le son était vague et lointain.

— Lord Dewberry a les deux, dit le garçon, en une seule personne. Vous voyez ?

Il se recula d'un pas et écarta les pans de sa robe de chambre. Le corps était large d'épaules, mais lisse et glabre, avec de petits seins adolescents. Le mont de Vénus était couvert d'une touffe de poils, d'où jaillissait un pénis miniature, peut-être un quart de la taille d'un organe normal. Cholmondely n'était pas médecin, il n'avait jamais été à l'université, mais comme Raft, il avait beaucoup lu. Il avait parcouru des livres sur ce sujet. Il n'en avait simplement jamais vu auparavant.

— Je vous choque, dit le garçon. Pardonnez-moi.

Il referma la robe de chambre autour de sa taille fine et retourna vers la coiffeuse.

— J'ai toujours été la fille parfaite pour ma mère, dit-il en appliquant du rouge à lèvres. Et le fils parfait pour mon père. Me trouvez-vous joli, Constable ?

Cholmondely perdait clairement pieds, mais il n'était pas ignorant au point de supposer que cette personne ne possédait pas une sensibilité normale.

— Qui vous a fait enlever ? demanda-t-il. Et pourquoi ? Il n'y a eu aucune demande de rançon.

Il sortit l'anneau de sa poche, celui que Raft avait reçu au début de tout ce gâchis et le lui tendit.

— Je pense que votre mâchoire vous fait toujours mal.

— Père a dit qu'il me ramènerait à Miramar si j'étais une bonne fille… et que je pourrais épouser Alberto.

Elle caressa sa mâchoire d'une main délicate. Elle était, constata Cholmondely, très belle. Non… *elle* était un *il*. Était-ce ça ?

— Il est terriblement beau, ne pensez-vous pas ?

— Tout ira bien pour vous, désormais.

Cholmondely avança lentement vers elle.

— Je vais vous emmener loin d'ici, et je vous le promets, je vous le jure, on s'occupera de vous. Personne ne vous fera plus jamais de mal.

Alex Dewberry plongea son regard dans les yeux candides de Cholmondely et se mit à rire : un son strident et curieux, manifestement cruel.

— Oh, pauvre jeune homme, vous n'avez vraiment aucune idée, n'est-ce pas ?

Ada Schlessinger accourut dans la chambre en brandissant un couteau.

— Vous n'avez aucun droit ! hurla-t-elle en essayant de le poignarder. Vous n'avez aucun droit d'être ici !

210

Cholmondely s'écarta, attrapa son bras, et jeta le couteau dans un coin de la pièce. La bonne arriva en courant, alertée par les cris de sa maîtresse, et Cholmondely l'interpella.

— Téléphonez à Scotland Yard, dit-il. Informez Sir George Endicott que je vais ramener deux prisonniers. Pouvez-vous vous souvenir de ça ?

— Sir George, dit la jeune fille, puis : oh s'il vous plaît, ne me faites pas de mal, Monsieur, je serai gentille !

Cholmondely sortit ses menottes et les passa à Ada Schlessinger, pour l'attacher à une chaise. Avec sa paire de rechange, il fit subir le même sort à Alexander Dewberry.

— Combien son père vous a-t-il offert, je me le demande ?

Ada le regarda fixement, le visage dur.

— Allez-vous faire foutre.

— Combien vous a-t-il payé pour enlever Miriam ? Vous et De Cuellar ?

Il ne manquait jamais d'être étonné de voir à quel point la cupidité et l'avarice pouvaient motiver des gens ordinaires à effectuer des actes stupéfiants.

— Il a promis qu'il me ramènerait à Miramar avec lui, dit Ada en relevant le menton. Dès que tout cela serait terminé.

— Et vous l'avez cru, répondit Cholmondely en secouant la tête. La police d'assurance est souscrite au nom de Miriam Dewberry, et une telle personne n'existe pas. La vérité aurait fini par ressurgir, comme quoi sa fille était en fait un fils, plus ou moins.

Il l'étudia attentivement mais elle ne trahissait rien.

— Lord Dewberry ne recevra jamais ses cent mille livres.

— Je ne vois pas pourquoi je dois être arrêté, dit Alex/Miriam en boudant. Je n'ai rien fait de mal.

— À part faire semblant d'être enlevé, dit Cholmondely. Être complice d'un crime, c'est presque aussi mal que commettre le crime vous-même.

Il lança un regard foudroyant vers Alex.

— Ne le saviez-vous pas ? Ce que je ne comprends pas, c'est pourquoi vous avez accepté de jouer le jeu. Qu'avez-vous à y gagner ?

— Je ne faisais de mal à personne, dit Alex. Et Miriam n'a jamais vraiment existé. Alors j'ai prétendu être Miriam et avoir été kidnappée, et les gens auraient fini par croire que j'avais été assassinée. Père aurait reçu son argent et j'aurais pu épouser Alberto.

Il sourit.

211

— Père me l'a promis, vous savez. Il m'a promis que j'épouserai Alberto quand tout cela serait terminé. Ce fut une belle aventure, quelque chose que je raconterai à mes petits-enfants. J'ai passé un moment très agréable.

Cholmondely secoua la tête.

— Quel gâchis, dit-il.

— Vous ne pourriez pas comprendre, dit Ada. Scotland Yard a envoyé ses meilleurs limiers, mais tout ce qu'ils ont fait, c'est tâtonner comme des idiots.

Elle jeta un regard venimeux vers Alex.

— Tais-toi, gamin, ou c'est moi qui te ferais taire.

Cholmondely entendit un bruit de pas dans les escaliers et fut heureux d'apercevoir Schlessinger en train de lutter en vain contre deux constables. Il lui vint à l'esprit qu'étant donné les circonstances étonnantes de cette affaire, il ne pourrait probablement jamais la résoudre de manière satisfaisante.

— Attendons le fourgon et emmenons ces deux-là aussi, dit-il à un jeune constable. Mettez-les en cellule et gardez-les jusqu'à ce que je rentre.

— Où est-ce que vous allez ?

Cholmondely se détourna.

— J'ai une visite à rendre, dit-il.

Il partit tranquillement par la porte arrière et prit un fiacre pour Saint Bart.

XII

Pendant quatre jours, Raft resta sous l'emprise du laudanum, insensible au monde qui l'entourait. Le cinquième jour, il se réveilla tout à coup en sentant de la chaleur sur ses paupières fermées. Les bandages lui avaient été retirés, mais tout ce qu'il voyait, c'était la frontière sombre d'un univers laiteux. Il pouvait distinguer la lumière et l'obscurité, tout comme il pouvait faire la différence entre le sommeil et l'éveil, mais c'était tout. Ponsonby avait fait tout ce qu'il pouvait. On avait envoyé chercher un spécialiste des yeux, probablement le premier d'une longue série, et il devait arriver dans l'après-midi de Harley Street.

Raft se sentait engourdi. Il avait été mis au courant de tout par Ponsonby et il l'avait écouté attentivement tandis que le docteur lui détaillait l'étendue des dommages causés à ses yeux. Il avait hoché la tête quand il le fallait, il avait même plaisanté. Il était convaincu qu'il avait accepté que sa misère était réelle, sauf que ce n'était pas vrai. Il ne pouvait pas être aveugle. Il y avait quelque chose dans ses yeux, une petite peluche du bandage ou un grain de poussière. Si seulement il avait pu se frotter les yeux, mais il ne le pouvait pas. Ponsonby avait été plus qu'insistant sur ce point. Il se souvenait vaguement de discussions au sujet « d'abrasions de la cornée ». Il n'y avait pas vraiment prêté attention, car son esprit avait alors été trop occupé à digérer le mot « aveugle » et à essayer de déterminer ce que ce mot pouvait signifier pour lui. La seule chose qui lui donnait le moindre réconfort, c'était son presse-papier en verre vert. Il le gardait sous son oreiller. Il pouvait toucher ses courbes froides et lisses, c'était quelque chose de réel.

Il y eut un murmure de voix, puis le bruit de chaussures d'une sœur-infirmière. Raft tourna instinctivement le visage vers le son. Il enregistra l'odeur de laine épaisse et le bruit de bottes en cuir rigide en train de couiner, Cholmondely, et quelqu'un d'autre avec lui, quelqu'un au pas plus léger, portant des vêtements presque silencieux, qui ne bruissaient pas.

— Constable. Mais je le regrette, je ne sais pas qui est votre compagnon.

— Philemon, dit l'homme, et Raft comprit.

213

Gallant tendit la main jusqu'à ce que leurs doigts se touchent, puis salua Raft vigoureusement. C'était en effet sa voix, sa main que Raft avait saisie, et il se figea, en proie à un flot de souvenirs.

Nous devons partir maintenant.

Je veux que tu viennes avec moi.

Ils ne m'ont pas choisi. Ils ne me laisseront pas partir avec toi et les autres. Ça ne sert à rien.

Je ne partirai pas sans toi. Tu es mon meilleur ami. Dis-le-leur.

Nous n'avons pas le temps ! Ne comprends-tu pas ? Regarde le ciel.

Et il avait regardé, époustouflé par la terrible symétrie des étoiles tombant soudainement d'un ciel crachant du feu. Au dernier moment, Gallant avait placé quelque chose dans sa main : *Souviens-toi de moi.* Oui… son presse-papier en verre vert.

— Vous, dit-il. Mais vous étiez parti. Vous dirigiez l'hospice Mile End. Thomas Charles Rennie a dit que vous l'aviez hypnotisé. Vous ne pouvez pas être ici.

— Je le suis, répondit Gallant en retirant doucement sa main. Je travaille avec Monsieur Jeremy Hoare.

— Quoi ? demanda Raft en clignant des yeux. Mais pourquoi ? Je ne comprends pas.

Gallant haussa les épaules, même s'il savait que Raft ne pouvait pas voir le geste.

— Il faut bien faire quelque chose pour remplir ses journées… et cela m'amuse de le faire.

Cholmondely toucha la main de Raft.

— Inspecteur, je voulais vous tenir au courant. Sir George pense que nous devrions vous laisser seul et vous laisser guérir, mais je me suis dit que vous voudriez savoir.

— Sir George… ?

Il n'avait rien d'autre à l'esprit toute la journée que l'affaire Dewberry. Depuis qu'il s'était réveillé la première fois, il s'était posé des questions et s'était inquiété. Et il ne pouvait rien y faire, pas avec ce satané truc dans les yeux.

— Vous avez trouvé Miriam Dewberry.

— Non, répondit Cholmondely en s'installant sur le lit près de Raft. Non, Monsieur, nous ne l'avons pas trouvée.

Il jeta un regard vers Gallant.

214

— Monsieur Gallant et Monsieur Hoare ont passé la nuit à questionner Lord Dewberry, mais s'il sait quoi que ce soit, il ne nous le dit pas.

— La fleur.

Bon sang, quel était le nom de cette fleur ? Il l'avait trouvé ce jour-là dans la bibliothèque, il avait lu…

— Rouge. Une fleur rouge.

Raft tâtonna sur les draps et accepta la main de Cholmondely pour se redresser.

— Une fleur rouge, aux longs pétales, bon sang. Je peux la voir.

En esprit, bien sûr, mais elle apparaissait dans sa mémoire comme les nénuphars géants de Kew. Il ne les avait jamais oubliés.

— La fille morte sur le bateau.

— Une prostituée, dit Cholmondely. Christina Vazquez. On l'a déguisée pour qu'elle ressemble à Miriam Dewberry. Sujet dit que la patronne de ce bordel lui a dit que Lord Dewberry aimait lui rendre visite après qu'elle a… eh bien, qu'elle a été « utilisée » par un autre client.

Raft sursauta ; ça, c'était nouveau.

— Lequel ?

— Alberto De Cuellar, répondit Gallant.

Raft hocha la tête.

— Oui, bien sûr.

Il tendit la main vers le bout du lit.

— Donnez-moi mes vêtements. Plus vite je sortirai d'ici, mieux ce sera.

Gallant lança un regard horrifié vers Cholmondely.

— Je ne pense pas que cela soit sage. Vous n'êtes pas bien, et je pense que vous devriez rester ici, au moins pour le moment.

Maudit soit-il, pensa Raft, aux prises avec un bourbier de désespoir, *maudit soit-il*.

— Vous ne devriez pas parler de choses qui ne vous concernent pas.

Cholmondely intervint.

— Monsieur, je pense vraiment que vous devriez vous reposer. Vous ne pourrez pas voir si…

— Bon sang, je ne suis pas aveugle ! rugit Raft.

Un silence monstrueux, sombre et laid, enfla entre les trois hommes.

De façon prévisible, Cholmondely fut le premier à parler.

— Le docteur Ponsonby pense que vous devriez rentrer chez vous bientôt.

215

C'était faussement optimiste, mais probablement le mieux qu'il puisse obtenir étant donné les circonstances.

— Ce sont d'excellentes nouvelles.

— Madame Stringer sera heureuse de vous revoir, si j'ose dire.

Raft resta résolument silencieux pendant un long moment, et quand il parla, sa voix lui semblait venir de loin.

— C'est ça, la blague, n'est-ce pas ?

Son rire était sombre, un bruit semblable à des os fragiles en train de se briser.

— Je suis aveugle, dit-il en passant une main sur ses yeux. Je suis vraiment aveugle.

— Nous vous fatiguons probablement en restant ici, dit Gallant. Nous devrions vous laisser vous reposer.

Il lança un regard vers Cholmondely.

— Essayez de vous reposer et de ne pas vous inquiéter, inspecteur. Nous avons les choses en main.

Bien sûr, pensa Raft quand ils partirent, *bien sûr que vous avez les choses en main. C'est moi qui suis inutile, ici.*

— Il ne peut rien nous dire, s'exclama Hoare, son dégoût envers Lord Dewberry de plus en plus évident. Ou plutôt, il sait tout et ne veut rien nous dire.

Il se tourna vers Ponsonby.

— John, envoyez chercher une calèche. Peut-être qu'un changement de décor lui déliera la langue.

Dewberry se débattit malgré ses liens.

— Vous ne pouvez rien prouver. Vous n'avez rien sur moi, Hoare. Toute cette mascarade est un scandale.

— C'est exactement cela, Lord, une mascarade et un scandale. Vous vous êtes assuré de rendre visite à Christina Vasquez pour qu'elle vous fasse confiance, pour qu'elle se confie à vous. Vous connaissiez les habitudes sexuelles d'Alberto De Cuellar. Vous l'avez suivi pendant des mois, vous poursuivant l'un l'autre comme les pièces démentes d'un vil échiquier.

Hoare émit un bruit dégoûté.

— Qui a tué la fille ? Qui avez-vous embauché ? Je doute que vous ayez les tripes de faire cela, donc qui a effectué votre basse besogne ? Combien cela vous a-t-il coûté, Lord, de financer un crime ?

216

Dewberry rougit profondément et se détourna.

— Vous pensez me comprendre, Monsieur Hoare, mais ce n'est pas le cas, dit-il en souriant à peine. Vous êtes en eaux troubles, enfoncé jusqu'au cou, et vous êtes sur le point de vous noyer.

— Votre goût pour l'eau ne m'est pas inconnu, et cela pèsera sûrement beaucoup contre vous durant votre procès, dit Hoare en reniflant. La fille a été étouffée avec un oreiller en plumes, et il me semble que ce sont exactement vos manières. La Chambre des Lords a rejeté votre projet de loi sur les importations d'argent, comme elle aurait dû le faire.

Il se tourna vers Ponsonby quand celui-ci réapparut.

— Ah, John, vous voilà.

— La calèche est en bas, déclara Ponsonby. Avez-vous besoin qu'il attende plus longtemps ?

— Pas du tout, répondit Hoare. Lord, s'il vous plaît ?

Il agrippa Dewberry par le coude et le traîna hors de sa chaise.

— Vous ne vous en sortirez jamais avec ça, s'exclama Dewberry en se débattant, furieux. Vous ne pouvez simplement pas m'assassiner.

— Personne n'a parlé d'assassinat, répliqua Hoare. Même si vous le mériteriez bien. Non, Lord, nous allons simplement prendre une calèche ensemble et discuter.

Avec l'aide de Ponsonby, ils réussirent à entraîner Dewberry en bas et à le forcer à monter dans le véhicule ; Ponsonby avait pris la précaution de tirer tous les volets de la calèche. L'intérieur était confortablement sombre et assez intime.

— Allons.

Hoare alluma une cigarette tandis que la voiture se mettait en mouvement, roulant le long de Fowler Street à bonne allure.

— Pourriez-vous détacher mes liens ? demanda Dewberry, distinctement hors de lui. Ce n'est pas comme si j'allais attaquer quiconque.

— Je n'espère pas, dit Ponsonby.

Il tendit la main et libéra les poignets de Dewberry.

— Où allons-nous ?

Dewberry se pencha, tendant le cou pour voir à travers les fenêtres de la calèche.

— Nous vous emmenons en balade autour de Londres, dit Hoare. J'aimerais faire quelques arrêts, si cela ne vous dérange pas ?

— Je doute fort d'avoir le choix, rétorqua Dewberry d'une voix cinglante, étant donné que vous m'avez fait prisonnier.

— Je pensais que vous apprécieriez l'art de l'enlèvement, Lord, lui dit Hoare. Étant donné que vous y êtes si doué.

— Je vous demande pardon ?

— C'est vous qui avez enlevé votre fils, qui se faisait passer pour votre fille. En effet, Lord, continua Hoare en remarquant la bouche de Dewberry qui s'ouvrait pour protester, vous aviez l'intention de marier cette « fille » à Alberto De Cuellar afin de puiser dans les fonds qu'il héritera de sa tante quand il se mariera.

— Qui vous a dit cela ? s'exclama Dewberry, les poings serrés. Qui ?

— Je n'ai pas besoin que quiconque me dise quoi que ce soit, renifla Hoare. Je suis plus que capable, Lord, de déduire les faits de cette affaire par moi-même. Une fois que j'ai compris les détails de votre séjour en Amérique du Sud, vos motivations sont devenues très claires pour moi.

L'avocat dévisagea Dewberry avec un dégoût évident.

— Vous pensiez vous prévaloir de la fortune du jeune De Cuellar, que vous avez découverte seulement après être entré dans les bonnes grâces de sa famille. Même lui ne sait rien de tout cela, sa famille a fait preuve de la plus grande discrétion afin de protéger la fortune du jeune homme des filous et des hommes dans votre genre. Pire, vous avez convaincu le jeune De Cuellar que cela serait à son avantage de vous soutenir, qu'il y aurait de l'argent à gagner pour lui. Étant donné que sa famille et lui ont souffert de la perte de leur fortune, vous avez mis en place un leurre auquel il ne pouvait résister. Espèce de goujat ! Animal !

Hoare tira sur sa cigarette.

— Que pensiez-vous qu'il se passerait, durant la nuit de noces, Lord ? Quel aurait été le résultat lorsque le jeune époux aurait essayé d'appliquer ses droits conjugaux ?

La calèche fut remplie d'un bruit curieux : Lord Dewberry riait.

LE SERGENT de l'accueil était endormi, donc le petit homme grimpa les escaliers en silence. Il avait beaucoup entendu parler de Scotland Yard, mais n'était jamais entré dans cette enceinte sacrée auparavant. Il avait un peu l'impression de se trouver dans une église, un autre lieu qui lui était étonnamment peu familier. Il tourna à la première porte qu'il trouva et retira immédiatement sa casquette graisseuse. Un constable à l'air sérieux était assis à un grand bureau, en train d'écrire quelque chose.

218

— Je vous demande pardon, chef, mais je pensais devoir dire ça à quelqu'un.

Louis Sujet repoussa ce qu'il était en train de faire et posa son crayon, avant de le regarder.

— Oui ?

L'homme était minuscule, vieux et banal, vêtu d'une sélection de vêtements étonnants, sans doute dérobés à divers endroits. Il s'agissait peut-être de l'un des vagabonds qui parcouraient régulièrement les bords de la Tamise.

— Il voulait un bateau, vous voyez, dit le vieil homme en clignant des yeux. Et je ne savais pas, je le jure ! Je le jure sur la Bible !

— Qu'est-ce que vous racontez ?

Sujet prenait des notes à la hâte.

— La fille sur le bateau. La fille qui a flotté sur la rivière. Ce bateau est à moi, et il a dit qu'il était intéressé. Il m'a donné ça.

Il glissa une main dans une poche crasseuse et en sortit une demie couronne.

— Je vois.

Sujet lui offrit une chaise et tourna une nouvelle page de son calepin.

— Maintenant, *Monsieur*, dites-moi tout.

— Savez-vous où nous sommes, John ? demanda Hoare en écartant les rideaux. Ce lieu est connu sous le nom de la Maison d'Initiation de Miss Lillian. Vous rappelez-vous de cet endroit, Lord ?

— Tout ceci est ridicule, dit Dewberry. Vous ne m'amusez pas, Monsieur Hoare.

— Je pense que c'est une adresse que vous connaissez bien, Lord. Vous avez rendu visite à Miss Lillian pas moins de…

Hoare sembla consulter un registre interne.

— Cent cinq fois l'année passée. Cela représente une moyenne de deux fois par semaine. Bien sûr, continua Hoare, nous sommes tous en proie aux convoitises animales, et je suppose donc que même un Pair du Royaume doit épancher ses soifs. Votre choix de compagne, toutefois, est surprenant. Sans doute étiez-vous au courant des… attributs spéciaux de Miss Vasquez ?

Dewberry renifla.

— C'est une pute. Il n'y a rien de spécial à son sujet.

Ponsonby émit un bruit dégoûté et se détourna.

— Elle a... ou plutôt, elle avait, étant donné qu'elle est désormais morte, grâce à vous, Lord, la même condition anatomique que votre fils. Je me demande à quel point cela devait peser sur votre conscience ?

Hoare se tourna vers Ponsonby.

— John, n'y a-t-il rien dans la littérature analytique sur ces cas-là ?

Ponsonby se pencha vers l'avant.

— Il y a un jeune docteur Freud, qui travaille à Venise...

Dewberry regarda fixement le bâtiment, d'un air sombre. Même à cette heure tardive, il y avait un grand nombre de gentlemen bien habillés (et quelques dames) sortant de chez Miss Lillian.

— Tout ceci est ridicule !

— Vous avez également une obsession malsaine pour Alberto De Cuellar, continua Hoare. Une preuve d'intelligence, de placer ces fleurs particulières sur le cadavre. Un esprit moins aiguisé aurait immédiatement désigné De Cuellar comme principal suspect, oubliant complètement votre propre voyage en Amérique du Sud. Je vous félicite, Lord. Vous semblez avoir pensé à tout.

— Il a dit qu'il allait s'en servir pour faire... quelque chose pour un anniversaire.

Le vieil homme regarda Sujet avec une expression perplexe.

— Qui fait ce genre de choses ? Il y a beaucoup d'autres endroits bien plus agréables pour obtenir un bateau dans Londres.

Sujet leva un sourcil et continua à écrire.

— Une fête d'anniversaire ? Vous a-t-il donné un nom, un endroit ? Quelque chose de cette nature ?

L'homme se gratta avec véhémence, comme un chien essayant de se débarrasser de ses puces.

— J'ai des problèmes de mémoire, tout à coup, dit-il.

Il tendit une main et attendit.

— Votre mémoire ? rétorqua Sujet en le dévisageant avec un dédain gaulois. Je ne vais pas vous donner d'argent, Monsieur. Je suis un officier de police.

— Désolé, chef. Ça valait le coup d'essayer, non ?

La main disparut de nouveau dans la poche.

— Quoi qu'il en soit, je l'ai vu plus tard.

— Que faisait-il ?

— Il traînait un truc, Monsieur. Il traînait quelque chose derrière lui. J'ai souvent vu des gens noyer des chiots… des chatons et des chiots.

Sujet se demanda si cela s'étendait seulement aux animaux. Il en doutait.

— Et que pensez-vous qu'il était en train de faire ? Noyer des chats dans la rivière ?

Il réprima un bâillement et se força à penser à autre chose que le sommeil. Il était très tard, mais Sujet avait le sens du devoir. Il ne quitterait pas son poste jusqu'à ce que cette question ait été résolue, d'une façon ou d'une autre.

— Non, chef, c'était trop gros.

Le vieil homme regarda Sujet fixement, comme s'il était complètement fou.

— Il l'a mise sur le bateau. C'était une femme, votre honneur.

Il frappa son front à la manière des vieux marins.

— C'était une femme morte, et elle avait des fleurs tout autour d'elle, comme une reine. Bizarre comme enterrement, non ?

Raft se réveilla en sursaut, comme s'il émergeait d'un cauchemar, et sonna pour appeler l'infirmière.

— Cholmondely, dit-il. Appelez-moi Cholmondely, à Scotland Yard. Dites-lui que Dewberry va essayer de s'enfuir. Il doit l'arrêter avant qu'il quitte le pays.

Il chercha sa robe de chambre à tâtons.

— S'ils échappent à leur détention, ils vont prendre le bateau à Liverpool.

— Inspecteur Raft !

L'infirmière était écossaise et ne tolérait aucune incartade.

— Retournez immédiatement dans ce lit !

— Bon sang, femme, grogna Raft. Il va s'enfuir si l'on ne fait rien. Dewberry est la clé de toute cette affaire. C'est limpide.

Il marqua une pause.

— Façon de parler.

— Veuillez retourner au lit, inspecteur, dit la sœur en posant une main sur son bras. Je vais aller chercher qui vous voulez, mais vous devez vous reposer. J'insiste.

221

— Le constable Cholmondely, à l'Embankment, et vite.

Raft sentit son hésitation.

— Si vous osez essayer de me duper, je vous enverrai en cellule. Je suis aveugle, pas idiot.

Son ancienne prestance sembla lui revenir.

— Maintenant, allez-y.

ADA SCHLESSINGER se tenait penchée au-dessus de la silhouette inconsciente du jeune constable, un lourd chandelier à la main. Elle leva le bras comme pour le frapper de nouveau, mais se ravisa. Peut-être ne valait-il mieux pas tuer un constable et se faire inculper pour meurtre par Scotland Yard.

— Allez !

Elle extirpa Alex Dewberry de son siège et le poussa vers la porte.

— Mettez-y du vôtre ! Défoncez cette porte !

— Ada, tout ceci est ridicule.

Schlessinger essaya de s'interposer entre elle et la porte. Elle le frappa avec le chandelier, et le vieux soldat endurci esquiva, recevant le coup sur l'avant-bras.

— Arrêtez cela immédiatement, j'insiste !

— Je n'irai pas en garde à vue ! rugit-elle à son attention, balançant le bougeoir follement.

Schlessinger ne s'interposa pas une seconde fois et se recula pour la laisser passer. Tous les trois sortirent en silence du fourgon, abandonnant la calèche et sa cargaison de policiers inconscients. Ils ne connaissaient pas ce quartier, et il était très tard.

Schlessinger se demanda à voix haute où ils allaient.

— Tout ceci est insensé !

Il se hâta de suivre Ada et le garçon.

— La police va découvrir ce que nous avons fait ! Ils nous arrêteront !

Ada se retourna, le saisit par le col et le poussa contre un mur.

— Ferme-la, siffla-t-elle. Ou je te la fermerai pour toi. Nous allons attendre Lord Dewberry.

Elle serra les poings.

— Oui, nous avons prévu tout cela, lui et moi. Tout ira bien. Nous irons là-bas et nous l'attendrons. Nous allons l'attendre.

VERS TROIS heures, le lendemain matin, Ada Schlessinger faisait les cent pas dans un domaine de Knightsbridge, attendant toujours Lord Dewberry. La demeure appartenait à un autre Pair qui avait emmené sa famille en Italie pour l'hiver, et Dewberry possédait une clé.

— Je ne sais pas ce qui le retient. Il devrait déjà être là.

Sa voix était tendue, dénuée de toute émotion, mais elle était inquiète. Sous ses baleines, son cœur tambourinait dans sa poitrine et ses mains tremblaient légèrement.

— Ce satané constable doit l'avoir arrêté en chemin.

Elle avait envoyé un télégramme codé dès qu'ils étaient arrivés. Dewberry aurait dû répondre, d'une façon ou d'une autre. Où diable était-il ?

Alex restait près d'elle.

— Je ne comprends pas. Père ne vient-il pas ?

— Va au lit ! Arrête de poser des questions stupides !

Le garçon se dirigea docilement vers l'escalier. Ada avança jusqu'à la fenêtre et regarda dehors à travers les rideaux. La rue était déserte, seul un fiacre immobile attendait du côté opposé. Le cocher la vit, secoua la tête, et Ada se retira de nouveau vers la sécurité de la salle de séjour. Elle traversa jusqu'à la cheminée et resta plantée là un long moment en silence, à se réchauffer les mains. *Il ne viendra pas*, pensa-t-elle. *Il m'a menti*. Son avenir s'étendait devant elle, un vaste défilé d'années auprès d'un Schlessinger gâteux, à écouter sans fin ses récits sur la guerre et son ancien régiment. Les paysages ensoleillés de l'Amérique du Sud semblèrent disparaître dans son esprit. Elle était piégée. Un léger bruit sur le palier, à l'étage, attira son attention. Probablement Schlessinger.

— Retourne au lit, dit-elle. Ce n'est rien, vieil idiot.

— Ada.

Elle se retourna. Dewberry.

— Vous en avez mis, du temps, dit-elle.

— C'est terminé, ma chère. Cet homme, Hoare, il sait. Il sait tout.

Les lèvres de Dewberry bougeaient, mais il ne semblait pas se rendre compte qu'il venait de prononcer ces mots.

— À l'instant, il... J'ai fait le tour de Londres.

Il traversa la pièce en deux enjambées et prit la main d'Ada.

— Rassemblez vos affaires, ma chère. Plus tôt nous partirons, mieux ce sera. Le South Atlantic part de Liverpool à sept heures. Si nous nous dépêchons, nous pourrons attraper le train, puis le bateau.

Ada le regarda fixement.

— Attraper le train ? siffla-t-elle. Pensez-vous un instant que nous pourrons quitter cette maison ? Je viens tout juste d'échapper à la police. Scotland Yard aura des hommes stationnés partout, à nous attendre. Ils ont tout compris, désormais. Même mon frère, cet idiot, doit avoir tout compris.

Son rire était cruel.

— Vous êtes aussi stupide que Schlessinger, dit-elle. Et je suis encore plus idiote de vous avoir écouté.

Dewberry la dévisagea.

— Ada, ma chère ! Bien sûr, bien sûr. Nous pourrons discuter de tout cela plus tard, dit-il en agrippant son poignet. Venez, maintenant. Rassemblez vos affaires et réveillez le garçon. Nous partons immédiatement.

— Que sait Monsieur Hoare ? demanda-t-elle. Mon frère et lui se sont immiscés dans tout cela depuis bien trop longtemps, alors que vous n'avez rien fait. Vous m'avez laissé seule pendant des semaines pendant que vous manipuliez les lois ! Pensez-vous que j'allais vous attendre pour toujours ? Et qu'en est-il de De Cuellar ? Il vous a sûrement suivi. Il sait que vous l'avez trahi. Et s'il nous attend ?

— Personne n'a parlé d'attendre pour toujours, et si j'ose dire, beaucoup de gens nous suivent désormais.

Dewberry la regarda fixement.

— Maintenant, allez chercher le garçon et venez. Il ne reste pas beaucoup de temps.

Il commença à grimper les escaliers, Ada sur ses talons.

— Alex !

Dewberry ouvrit une porte après l'autre, ne révélant rien hormis Schlessinger, en train de grimper dans son lit.

— Alex ?

La dernière porte s'ouvrit sur une chambre d'enfant, un tableau figé dans le temps. Une collection de jouets gisait sous une fine couche de poussière ; un train mécanique tournait en rond sur ses rails, sans but, ses roues minuscules cliquetant comme un insecte dans la chambre vide.

— Alexander ?

Les rideaux de la chambre s'agitaient follement sous la brise entrant par la fenêtre ouverte. Un petit morceau de papier avait été posé sur la

224

commode, maintenu en place par une pierre ; la page voletait au gré du vent. Quand Dewberry la souleva, une unique fleur rouge tomba au sol, à ses pieds.

J'AI VOTRE FILS.

XIII

S<small>IR</small> G<small>EORGE</small> détestait en général être tiré du lit, sauf pour raisons professionnelles, et il s'agissait clairement d'une raison professionnelle. Le constable Cholmondely était assis dans le bureau d'Endicott, buvant nerveusement du café près d'un Philemon Raft un peu raide. Endicott ne pouvait pas savoir que Raft avait été rasé et habillé par Cholmondely. Il bougeait aussi peu que possible et ne se leva pas de sa chaise. Pour Endicott, la sœur enragée de Raft l'avait frappé avec un vase en verre, mais hormis quelques contusions au visage, Raft avait l'air d'être le même.

— Constable, cela a intérêt à valoir le coup.

Endicott accepta une tasse de café de la part de Cholmondely.

— Inspecteur, ne devriez-vous pas être au lit ?

— C'est une sacrée… euh, une erreur de communication, Monsieur.

Cholmondely s'assit à côté de Raft, et Endicott remarqua que le constable gardait sa main posée contre le coude de Raft.

— Miriam Dewberry a été enlevée.

Le visage d'Endicott resta impassible un long moment et le silence régna dans la pièce. Quand il parla enfin, sa voix était glaciale.

— Si c'est votre idée d'une plaisanterie, Constable, elle est de très mauvais goût.

— Ce qu'il veut dire, dit Raft en se tournant vers Endicott, c'est que Miriam Dewberry n'a jamais existé. Dewberry a un fils, pas une fille. Du moins, façon de parler. Miriam était une invention de Dewberry, et l'enlèvement n'était qu'une ruse.

— Mais Alexander Dewberry est bien réel.

Cholmondely était très excité, et il faillit tomber dans sa hâte.

— Et il a disparu.

Il posa la note devant Endicott.

— Cela vient directement de Lord Dewberry.

Il pensa à omettre l'implication de Hoare et Gallant dans la capitulation de Dewberry

226

— Comment pouvons-nous savoir que ce n'est pas une autre manigance ? demanda Endicott.

Il leva le papier vers la lumière et l'examina sous différents angles.

— Le papier a été déchiré de la page de garde d'un livre, dit Raft. Le ravisseur a écrit dessus avec un crayon bleu plutôt gras. Il est gaucher. On peut le deviner à la façon dont l'encre a été étalée par sa manche.

Cholmondely avait inspecté le document de façon approfondie, bien sûr.

— Et Lord Dewberry nous a donné certaines assurances...

— Y a-t-il eu une demande de rançon ? demanda Sir George en sirotant sa boisson. Ce café est très bon.

— Une rançon. Oui, Monsieur, il y en a eu une.

Cholmondely sortit un second morceau de papier.

— Ceci est arrivé il y a quelques instants. Nous avons réussi à déterminer que cela a été envoyé du bureau télégraphique de Charing Cross, à 3h30 ce matin.

Il le lut à voix haute. Il semblait l'avoir mémorisé.

— *CENT MILLE LIVRES OU JE LE TUE.*

— Il n'y a pas eu d'autres communications, dit Raft.

Il gardait son visage détourné d'Endicott et semblait fixer quelque chose que lui seul pouvait voir. C'était déconcertant, pensa Endicott, parce que Raft n'avait jamais été du genre à se dérober devant le regard de quiconque. Que se passait-il ? Cela sortait tout à fait de l'ordinaire.

— Lord Dewberry est en bas.

L'expression de Cholmondely exprimait clairement ce qu'il pensait du Pair déchu.

— Quelqu'un devrait lui parler avant que nous le jetions en cellule. Par politesse, bien sûr.

Endicott se leva.

— Je m'en occupe, dit-il. Dewberry est un ami... *était* un ami à moi. Après tout cela, je n'en suis plus vraiment certain...

Il soupira.

— Vous allez lui parler, Monsieur ?

— L'arrêter.

Puis, ce qui était étrange pour lui, Sir George cédant rarement sa place à quiconque, Endicott quitta la pièce. Raft chercha le bras de Cholmondely et accepta l'aide du jeune homme pour se lever.

227

— Elle... Il... a été enlevé chez Lord Bruley, à Knightsbridge. Un constable qui faisait sa ronde dans le secteur a vu deux hommes se battre devant une calèche, plus tôt ce matin. Je veux des patrouilles de deux hommes, partout dans ce quartier, vingt-quatre heures sur vingt-quatre, à partir de maintenant. Dressez une liste des constables disponibles à la Division H et assignez-les en équipes tournantes. Localisez Ada Schlessinger et son mari et mettez-les en garde à vue. Cholmondely, il va sans dire que vous allez devoir être mes yeux. Pour l'amour de Dieu, ne laissez pas Endicott s'en rendre compte.

Les doigts de Raft se resserrèrent sur les bras du constable.

— Localisez Alberto De Cuellar. Parfois, nous négligeons l'évidence parce qu'elle est trop évidente.

Il y avait quelque chose de profond dans cette phrase, mais Raft ne savait pas ce que c'était.

— En parlant de Sir George... dit Cholmondely en hésitant. Il sait que vous avez été blessé et si vous n'êtes pas en poste, il voudra savoir pourquoi. Que devrais-je lui dire ?

— Je serai en poste, promit Raft.

Il tourna son visage vers la voix du jeune homme.

— Simplement, pas ici. Et je crains d'avoir besoin que vous soyez aussi ma liaison.

— Tout ce dont vous aurez besoin, répliqua Cholmondely. Mais n'allez pas vous promener dans Londres tout seul. Vous n'êtes pas capable...

— De voir, termina Raft tranquillement.

Oui. Il était aussi aveugle désormais qu'Inanna aux Enfers. Il aurait besoin de quelqu'un pour l'aider chez lui, quelqu'un de confiance, au moins jusqu'à ce que cette affaire atteigne sa conclusion. Il n'y aurait aucun répit miraculeux pour lui, comme dans un roman stupide. Les blessés, dans ce monde, restaient blessés et aveugles ; on ne pouvait s'attendre à ce que les morts se lèvent.

— Peut-être que Sujet pourrait... ?

— Je parlerai à Monsieur Hoare pour qu'il trouve quelqu'un pour vous aider, chez vous. Il pourra trouver quelqu'un de confiance.

Cholmondely observa les yeux aveugles de Raft.

— Dois-je vous ramener chez vous, maintenant ?

C'était d'une ironie amère : il aurait préféré ramener Raft chez lui sous des circonstances plus heureuses. Ce genre de voyage ne se terminait

228

pas toujours quand les amants se retrouvaient, encore moins comme dans les romans à un shilling.

— Oui, s'il vous plaît.

Raft frissonna, soudain très fatigué.

— Ramène-moi chez moi.

— Dis-moi la vérité.

Alberto Perez De Cuellar versa deux doigts de cognac dans un verre et le sirota pensivement. De l'autre côté de la pièce, Alexander Dewberry était assis, pieds et poings liés, et curieusement stoïque.

— Ton père et toi, vous avez fait ça. Tous les deux.

Le jeune Dewberry rit derrière son bâillon.

De Cuellar sentit sa joie et cela le rendit furieux.

— Dis-moi ! rugit-il.

Il traversa la pièce en courant et lui arracha le bâillon.

— Toi et ton père, tous les deux. Vous avez détruit ma famille, détruit le peu de dignité qu'il restait à mon père. Vous pensiez me prendre pour un idiot. Tu voulais m'épouser, pourquoi ? Pourquoi as-tu fait ça ?

— Mon père m'a promis que tu m'épouserais, dit Alexander en boudant. Et tu as tout gâché. C'est donc vrai, ce que dit mon père au sujet des races latines. Vous êtes fait d'un seul bloc. Vous vous enflammez aussitôt. Vous êtes comme les chandelles romaines, chacun d'entre vous. Rien qu'une étincelle.

Il rit.

— Du bruit et de la rage, sans aucun sens.

Les enfants morts l'entouraient, leurs mains tendues vers lui, soupirant et pleurant.

— Cent mille livres, dit De Cuellar. Et ce n'est pas une ruse. Mon père était riche avant que vous le ruiniez. J'ai tout additionné, chaque centime. Vous me devez cent mille livres.

Dewberry lui sourit méchamment.

— Tu ne les auras jamais.

De Cuellar ouvrit un canif et trancha l'oreille d'Alex Dewberry.

— Maintenant, dit-il quand les cris de Dewberry diminuèrent, dans précisément trente minutes, je couperai l'autre.

Il jeta l'oreille tranchée dans une boîte remplie de gros sel et referma le tout pour en faire un paquet. Il sonna la cloche et le valet de De Cuellar,

Ernesto, reçu le colis avec des instructions précises pour l'emmener sans délai à Scotland Yard.

L'épaule d'Alexander Dewberry était trempée de sang, et il sanglotait doucement sur son siège.

— D'accord, dit-il en tressaillant à la vue du couteau de De Cuellar. D'accord, je vais tout te dire.

— Ton père a tout arrangé, dit De Cuellar.

Le bout de son couteau voletait à quelques centimètres du visage de Dewberry.

— Et il a demandé l'aide de son ancien amant. Mais le major Schlessinger n'avait plus toute sa tête, ou les *cojones*, donc sa femme a pris le relais. Est-ce correct ?

Dewberry acquiesça.

— Mais Raft s'est approché de trop près, et vous vous êtes éparpillés, tous les trois. C'est à ce moment-là que ton père et la femme t'ont appris un grand secret.

Le couteau de De Cuellar toucha la joue du garçon.

— Cent mille livres, murmura-t-il.

Des larmes oscillaient au bord des yeux verts de De Cuellar.

— Espèce de lâche.

— Mon père paiera.

Dewberry essayait en vain d'atténuer le flot de sang avec ses mains liées.

— Il paiera, je te l'assure.

— Oui.

De Cuellar sourit ; son sourire était froid et sinistre.

— Oui, il va payer.

Le couteau érafla Dewberry juste sous le menton.

— Ton père est la raison pour laquelle je vous ai suivis tous les deux d'Amérique du Sud. J'ai attendu longtemps avant d'obtenir satisfaction. Ou peut-être que je vais simplement te tuer.

— Tu es docteur, murmura Dewberry. Tu es censé guérir les gens. Tu es docteur.

— Cinq ans seulement après être arrivé dans mon pays, ton père avait accumulé autant de richesses que n'importe quel propriétaire terrien. Il avait une résidence secondaire à Miramar et beaucoup de bétail. Incroyable ce qu'un anglais avec du charme et de bonnes manières peut obtenir facilement, n'est-ce pas ?

De Cuellar consulta sa montre.

— Plus que quelques minutes, et je prends ton autre oreille, dit-il. Dans vingt-quatre heures, tu seras mort, et j'aurais vengé la mort de mon père. Est-ce que je devrais t'envoyer en morceaux à Scotland Yard. ?

— CECI VOUS était adressé.

Sujet, les yeux rouges et bordés de fatigue, déposa la boîte en carton sur le bureau de Raft et Cholmondely.

— Un Espagnol l'a apporté.

Cholmondely ouvrit la boîte. Il sembla se figer une fraction de seconde, ses traits se tirèrent ; il ne cligna même pas des yeux.

— Il y a une autre note, dit-il. *L'ARGENT OU JE LE TUE.*

Cholmondely la montra à Sujet.

— Est-ce que les patrouilles ont trouvé quelque chose ?

Le français secoua la tête.

— Rien.

Cholmondely lui montra la boîte et Sujet jura tout bas en français.

— Dégoûtant, dit-il.

Cholmondely prit l'ascenseur pour monter deux étages et trouva Sir George Endicott dans son bureau, penché sur un dossier ouvert.

Il leva les yeux quand Cholmondely passa la porte.

— Vous n'êtes pas parti ? demanda-t-il.

Il jeta un regard au contenu de la boîte.

— Je vois, dit-il. Je viens juste de terminer de parler avec le père d'Alexander. Vous feriez mieux d'aller trouver Lord Dewberry en cellule.

Cholmondely ne prit pas la peine d'attendre l'ascenseur cette fois. Il dégringola les escaliers, sans prendre garde à sa propre sécurité. Dewberry s'était endormi, ou semblait l'être, ses genoux relevés contre son torse. Cholmondely fit courir sa matraque sur la grille.

— Debout !

— Je vous demande pardon ?

Dewberry se réveilla lentement, comme quelqu'un se déplaçant sous l'eau.

— Que se passe-t-il ?

— Debout, répéta Cholmondely en ouvrant la porte. Sir George veut vous voir. Nous avons reçu une demande de rançon.

— Vous ne pouvez pas retirer son gagne-pain à un homme, son honneur, et vous attendre qu'il vous remercie pour cela.

Alberto De Cuellar était accroupi devant Alexander, l'air détendu.

— Ce n'est pas juste, simplement parce que vous pensez que votre crime ne sera pas remarqué.

Il attira les mains liées du garçon vers lui et caressa ses paumes légèrement avec la pointe de son couteau.

— Ton temps est écoulé, dit-il.

— Non, s'il te plaît, non, ne fait pas ça, je te jure que mon père te paiera, il le fera, c'est un homme honorable.

Dewberry s'agita malgré ses liens, en vain. Il inspira et cria de toutes ses forces.

— Continue, dit De Cuellar. Personne ne peut t'entendre. Personne ne peut t'aider, et personne ne te viendra en aide. Je t'avais prévenu : trente minutes seulement, comme je l'ai dit, et toujours aucune communication de ton père.

Il réfléchit à quoi couper ensuite, son couteau survolant les mains de Dewberry.

— J'ai dit que je prendrai ton autre oreille, mais je pense que je préfère que tu sois… comment dites-vous ? De guingois.

Il tira le bras gauche du jeune homme vers lui et le garrota sur l'accoudoir de la chaise ; après quelques coups de couteau, le petit doigt fut arraché. Quelques lambeaux de peau en pendaient et le sang s'en écoulait.

Dewberry s'évanouit.

De Cuellar appela le valet et le renvoya à l'Embankment : « *UNE HEURE ET JE LE TUE.* »

— Où a-t-il emmené Miriam ? Réfléchissez !

Cholmondely était fatigué d'attendre, fatigué d'essayer de soutirer des informations à Lord Dewberry, qui ne semblait absolument pas concerné par les allées et venues de sa progéniture.

— Eh bien…

Dewberry sembla fouiller sa mémoire.

— J'ai une maison de ville à Knightsbridge. Miriam et moi restions parfois là-bas. C'est proche de tout.

232

Bon sang, pensa Cholmondely. *Quel sataté idiot.*

— Qu'est-ce que vous attendez ? demanda-t-il en serrant les poings. Bon Dieu, je pourrais vous faire la peau pour un shilling !

— Ça suffit, Constable.

Endicott attrapa un crayon et du papier.

— L'adresse ?

Dewberry la lui donna.

— En face de Rotten Row. Il y a une porte bleue. Une très jolie porte bleue. Miriam la voulait ainsi.

— Ferme-la, grogna Cholmondely.

— Voilà, Constable, dit Endicott en lui donnant le papier. Emmenez le constable Sujet, et Burley, si vous voulez.

— Je vais y aller seul.

Son cœur tambourinait et il pouvait sentir le sang remonter le long ses bras. Il ne se rappelait pas la dernière fois où il avait été aussi en colère. Même quand sa femme l'avait quitté, en emmenant leur fils en bas âge, il n'avait ressenti que l'ombre d'une telle fureur.

Endicott jura.

— Bon sang, n'essayez pas de jouer les héros !

Cholmondely plia le papier dans sa poche.

— Je n'ai jamais essayé d'être un héros, Monsieur.

Il ne prit pas la peine d'attendre l'ascenseur, mais se hâta de descendre les escaliers jusqu'à la rue et héla un fiacre. Il aurait pu prendre l'une des calèches de Scotland Yard, mais il aurait dû trouver un chauffeur et attendre que tout soit harnaché, et Cholmondely ne pouvait pas attendre aussi longtemps.

— Où va-t-on, chef ?

Le chauffeur était grand et mince comme un cadavre, emmitouflé dans une grosse écharpe contre le froid.

— Knightsbridge.

Alberto De Cuellar, pensa Cholmondely. *Raft avait raison.* « Peu importe ce qui se passa partir de maintenant, j'avais raison. Tu comprends ? »

Il trouva la maison sans mal : une demeure élégante en briques sombres avec une porte d'entrée peinte dans une nuance vive de bleu de Prusse. Cholmondely essaya la poignée, mais la serrure était verrouillée ; en quelques instants, il la crocheta et entra. Il se trouvait dans un hall recouvert de tapis, et tendit l'oreille pour déceler la présence d'un autre. Mais il n'y avait rien, hormis le tic-tac d'une horloge et son propre souffle calme.

Des draps recouvraient les meubles dans le salon, et toutes les fenêtres étaient masquées, comme si les propriétaires se préparaient à partir pour un long voyage. Il y avait une odeur métallique et étrange dans l'air. Cholmondely la suivit dans les escaliers, tourna à gauche en arrivant à l'étage, et remonta un couloir, passant des portes ouvertes de tous les côtés, sauf une. Il la repoussa du bout des doigts doucement.

Bon sang...

Alberto Perez De Cuellar était penché sur le corps ravagé et ensanglanté de Miriam Dewberry. Ses deux oreilles étaient parties, et plusieurs doigts à chaque main avaient récemment été coupés. De Cuellar avait élargi le sourire de Miriam en découpant les bords de sa bouche jusqu'à ses oreilles. Son nez avait été tranché aussi. Elle respirait avec difficulté, son sang bouillonnant dans les cavités béantes de son visage en ruine. L'expression de ses yeux n'était plus qu'un abandon complet et total.

— Docteur De Cuellar. Je suis…

— Je sais qui vous êtes.

De Cuellar avait retiré sa veste un peu plus tôt, et son gilet blanc et sa chemise étaient trempés du sang de Miriam.

— Laissez partir la fille.

Cholmondely s'avança vers elle, mais un éclat argenté brilla à la main de De Cuellar et Miriam cria. Cholmondely recula.

— Nous pouvons vous aider, dit-il. Sir George peut intervenir.

— Il ne me reste rien.

De Cuellar agrippa les boucles sombres de Miriam et tira sa tête vers l'arrière.

— Il ne me reste rien désormais, sauf ma vengeance.

Le couteau s'attarda près de la gorge de la fille ; la pièce se réduisit au champ de vision de Cholmondely.

— S'il vous plaît.

C'était à peine un murmure.

La main de De Cuellar bougea rapidement, tranchant la gorge de Miriam Dewberry. Le sang gicla comme une fontaine, jaillissant en grands bouillons, et ses pieds tambourinèrent contre le sol, quelques instants seulement. Ses poings se détendirent. Elle était morte.

— Oh mon Dieu, s'exclama Cholmondely en reculant. Il n'y avait pas besoin de faire ça. Vous n'aviez pas…

La main de De Cuellar bougea de nouveau, et il s'écrasa contre le mur, puis glissa jusqu'au sol. Cholmondely courut vers lui, et essaya d'endiguer le sang de ses deux mains pressées contre la gorge de De Cuellar, mais cela était inutile, complètement inutile. Le cœur de De Cuellar battit une fois, puis une seconde, et s'arrêta pour toujours.

Prentiss Cholmondely retomba sur ses talons et se mit à pleurer.

— EXTRAORDINAIRE, MON garçon.

Sir George Endicott posa une main paternelle sur l'épaule de Cholmondely.

— Quel dommage, pour De Cuellar. On m'a dit que c'était un très bon médecin.

Cholmondely cligna des yeux. Son visage était recouvert de sang.

— Oui, Monsieur.

Il aurait dû dire certaines choses, mais il n'arrivait pas à se rappeler quoi, et le soleil se levait et il faisait froid… Il faisait tellement froid ici, le vent de février l'engloutissait. Il aurait simplement voulu trouver un endroit au calme et s'allonger.

— Je vous demande pardon, Monsieur.

C'était Burley qui avait parlé. Sujet et lui firent grimper Lord Dewberry dans le fourgon qui attendait dans la rue. L'homme ne prononça pas un mot. Ada Schlessinger ne vint pas dans le calme, les maudissant et crachant comme la matrone qu'elle était, quand ils la firent grimper à son tour. Elle vit Cholmondely et lui cria quelque chose d'incompréhensible juste avant que le chariot s'en aille.

— Quelle vile femme, murmura Sir George.

— Tout à fait, Monsieur.

Sir George regarda Cholmondely de haut en bas.

— Eh bien, Constable. Je suppose que vous voudrez prendre un bain et changer de vêtements, et peut-être faire un bon somme après tout ça, hein ? demanda-t-il en souriant. Raft serait fier de vous. Vous irez le voir un peu plus tard, aujourd'hui, n'est-ce pas ?

— Je pense que je devrais, Monsieur. Lui et moi avons quelques questions en suspens dont nous devons nous occuper.

Il quitta Endicott devant la maison de Dewberry, et regarda le soleil se lever sur la ville.

ÉPILOGUE

LE MÉDECIN d'Harley Street, un ophtalmologiste du nom de Docteur Squeer, regarda chacun des yeux de Philemon Raft.

— Vous dites que vous avez été frappé avec un vase ?

— Oui.

Raft essayait de garder la tête aussi immobile que possible, mais les manches du docteur lui chatouillaient les joues.

— Ma sœur. Un vase en verre.

— Il y a beaucoup de marques de cicatrisation dans la cornée, dit le médecin.

Il s'adressait à Ponsonby, qui se trouvait non loin.

— Je ne peux pas dire avec certitude s'il recouvrera la vue. C'est l'un de ces cas où le médecin est aussi impuissant que le patient.

Il se leva et reposa ses instruments dans son sac.

— J'ai vu des cas où l'aveuglement disparaissait, mais d'autres fois… ? dit-il en haussant les épaules. J'aimerais vous revoir, inspecteur, dans trois mois environ. La chirurgie peut être une possibilité, ou peut-être pas. Seul le temps nous le dira. C'est une phrase banale, mais néanmoins utile et vraie.

— Merci, Docteur Squeer.

Ponsonby lui serra la main et l'escorta jusqu'à la porte.

— Nous apprécions beaucoup votre aide.

Il referma doucement derrière le médecin et se retourna. Les autres hommes, John Gallant, Jeremy Hoare, Geoffrey Breedlove et Raft, étaient silencieux.

Le giton fut le premier à parler.

— Eh bien, ça c'est un sacré gnon dans le…

— Monsieur Breedlove, l'interrompit Hoare. C'est bien dommage, inspecteur, si je puis dire. J'ai toujours senti que nous faisions une fine équipe, même si vos méthodes sont un peu prosaïques.

— Oui, eh bien, dit Raft en essayant de prendre sur lui-même, pour eux, même s'il avait envie de pleurer. Ce n'était pas vraiment une condamnation, n'est-ce pas ? Il a dit trois mois ?

236

Il savait que sa carrière était terminée et qu'il ne pourrait plus être policier. Il n'avait simplement pas le cœur de le dire à voix haute.

— Nous devrons trouver des moyens de vous occuper, dit Ponsonby. Je suis sûr que vous pourriez faire beaucoup de choses.

On frappa à la porte, et Madame Stringer entra en criant.

— Il y a un jeune homme qui souhaite voir l'inspecteur Raft.

— Oui, merci, Madame Stringer, répondit-il en grimaçant. Je suis aveugle, pas sourd. Faites-le entrer, s'il vous plaît.

Cholmondely, toujours prévenant, avait eu la décence d'apprendre à Raft la bonne nouvelle lui-même : une lettre de Philadelphie lui avait récemment donné des nouvelles de son père, qu'il avait perdu de vue, et celui-ci lui avait envoyé une invitation à le rejoindre en Amérique, pour le rencontrer. Le jeune homme avait posé sa démission. Cela avait été une discussion difficile et gênante.

Tu pourrais venir avec moi, tu sais. Il y a des docteurs merveilleux en Amérique.

Je ne pense pas... Prentiss, si je partais d'ici, ce serait comme retourner dans le passé. Je ne suis pas certain de pouvoir tout recommencer... après tout ce qui est arrivé.

Je ne suis pas lui. Le sourire de Cholmondely était triste. *Je le sais.*

Je n'ai jamais attendu de toi que tu sois Freddie. Prentiss, il était mon premier amour, et un homme... un homme n'oublie jamais une telle chose.

Cholmondely avait prétendu comprendre, mais Raft avait entendu, au son de sa voix, à quel point il était blessé et il s'était maudit mille fois. Cholmondely avait commenté que le temps guérissait tout et il avait assuré à Raft que Freddie rentrerait bientôt. Raft se demandait s'il le croyait. Il était presque certain que ce n'était pas le cas.

— Messieurs, je me demandais si... ?

— Bien sûr.

Hoare, comme prévu, fut le premier à bouger.

— Venez, John. Laissons l'inspecteur se reposer.

Ponsonby et Gallant lui firent leurs adieux, entraînant Breedlove également, et Raft se retrouva seul avec Prentiss Cholmondely.

— Je voulais te voir, dit Cholmondely en s'asseyant près de Raft sur le canapé. Je voulais te voir avant de partir.

Il prit la main de Raft et la garda brièvement entre les siennes.

— Tu vas me manquer.

— Prentiss, tu n'es pas obligé de partir. Scotland Yard a besoin d'homme comme toi.

Ce n'était qu'une politesse et Cholmondely méritait mieux que ça.

— Tu… tu m'as donné…

— C'est que mon père m'a envoyé mon billet, tu vois.

Cholmondely parlait comme s'il n'avait pas entendu Raft.

— Il est policier à Philadelphie. Il a écrit pour que je le rejoigne, et j'ai accepté.

— Tu m'as donné quelque chose dont j'avais vraiment besoin, dit Raft. J'ai une dette envers toi. J'aurais toujours une dette envers toi.

— Il m'a invité à rejoindre les forces de l'ordre là-bas, et je pense que je vais le faire.

Ses vêtements bruissèrent quand il se déplaça sur le canapé.

— Lord Dewberry a été envoyé à Pentonville. Monsieur Hoare a reçu une récompense spéciale de la part du Premier Ministre, il est partout dans les journaux. Il va y avoir une enquête officielle, disent-ils, sur la corruption au Parlement.

— Oui, eh bien, dit Raft en souriant, Monsieur Hoare aime avoir raison.

Il avait envie de tendre la main vers Cholmondely, d'attirer son visage entre ses doigts, de l'embrasser, mais il savait qu'il n'en avait plus le droit.

— As-tu eu des nouvelles de ta sœur, Ada ? demanda Cholmondely.

Raft secoua la tête.

— Jamais, dit-il en riant brièvement. Ada ne s'est jamais excusée pour rien, de toute sa vie. C'est pour Schlessinger que je suis désolé, car il l'a épousée. Bien sûr, il n'avait rien à voir avec tout ça, mais quand même… Imagine te réveiller en découvrant que ta femme est une criminelle. À eux deux, Ada et Lord Dewberry l'ont bien arnaqué. J'ai pitié de lui.

Il agrippa brièvement la main du constable, près de la sienne.

— Prentiss, j'aimerais…

Cholmondely retira sa main et se leva rapidement.

— Je dois y aller si je veux prendre le bateau, dit-il calmement. Je ne suis pas doué pour les au revoir, donc j'espère que tu me pardonneras si je…

— Vous me devez toujours cinq livres, Constable. Vous aviez tort, pour le majordome.

Raft l'attrapa et le serra férocement dans ses bras, cachant son visage contre l'épaule du constable. Les bras de Cholmondely s'enroulèrent autour

238

de lui, le maintenant contre son torse, puis Cholmondely, comme tant d'autres avant lui, disparut.

Raft trouva son chemin jusqu'au canapé et s'assit dans son fauteuil préféré, près du feu. Madame Stringer arriverait bientôt, elle grommellerait parce que la porte était restée ouverte et que le froid entrait, et *est-ce que les gens pensent que le charbon est donné, oh que non.* Le vent souffla dans la cheminée, la maison craqua et grogna.

Raft tendit ses mains froides vers le feu et chercha désespérément à se réconforter.

LA CALÈCHE s'arrêta devant Newgate Gaol. Quelqu'un agrippa la main tendue de Raft et l'entraîna sous la pluie, et le trottoir balayé par le vent.

— Par ici, Phil. Nous allons entrer.

Raft glissa la main dans le pli du coude de l'autre homme, et marcha ainsi, bras dessus bras dessous, jusqu'à passer la porte principale de la prison. Une fois à l'intérieur, ils firent un virage serré vers la droite, et remontèrent un passage vide jusqu'à une série de portes intermédiaires, chacune déverrouillée juste assez longtemps pour laisser passer les deux hommes, et refermée tout aussi rapidement derrière eux. Enfin, ils passèrent une entrée gardée par une porte en bois épaisse, qui s'ouvrit sur la cour d'exercice. Un côté de cette cour était grillagé et formait une sorte de cage en fer, de près de six pieds de hauteur, couverte.

— Ils disent qu'ils vont l'amener pour nous voir. Nous allons aller là-bas et l'attendre. Tu es sûr d'être prêt ?

La main de Raft se resserra sur le bras de l'autre homme.

— Est-elle… est-ce qu'elle est déjà sortie ?

— Pas encore.

Dans un recoin de ce repère remarquable, une vieille femme hagarde dans une robe en lambeaux et un chapeau de paille pouvait être aperçue en train de parler avidement à travers le grillage avec une jeune femme d'environ vingt ans.

— Mais tu n'es pas sérieuse, Rose. Je ne peux pas trouver cet argent. Je ne l'ai pas !

La fille ricana et murmura quelque chose, et la vieille femme se mit à pleurer : des sanglots puissants et tremblants, qui semblaient pouvoir la déchirer en deux.

Son compagnon se pencha pour parler à l'oreille de Raft.

— La voilà, maintenant.

Raft s'avança jusqu'à sentir le métal froid contre sa main tendue.

— Ada ?

— Alors tu es venu. Je me demandais si tu le ferais.

— Je veux… j'ai besoin de savoir.

Il ne s'attendait pas à ce qu'elle lui réponde. Ada était Ada, et elle ferait sûrement l'exact opposé de ce qu'il voulait qu'elle fasse. Il fut surpris de l'entendre acquiescer.

— Vas-y, alors.

Il ne pouvait pas la voir, mais Raft était relativement certain qu'Ada souriait.

— Qu'aimerais-tu savoir ? Cela ne me dérange pas de parler. J'ai tout mon temps, maintenant.

Raft n'hésita pas.

— Lord Dewberry et toi… où l'as-tu rencontré ?

— Il est venu chez nous, peu de temps après mon mariage avec Schlessinger. Il ne m'est pas venu à l'esprit que Lord Dewberry et mon idiot de mari aient pu être autre chose que de bons amis, même s'ils passaient un temps excessif ensemble.

Ada ricana, un son réellement désagréable.

— Et puis je me suis souvenue de toi, mon cher frère. Il semblerait que les pervers soient partout, ces jours-ci. J'ai donc passé un marché avec Dewberry. Je lui ai dit que je garderai son secret, mais qu'il devrait me rembourser, comme une dette, un jour. Il a beaucoup perdu dans la crise de Baring, et plus d'un aristocrate en Amérique du Sud en avait après lui. Il a dû se démener pour se sauver, donc lui et moi avons établi un plan.

— Enlever Miriam, ou faire semblant … mais il n'y a jamais eu de demande de rançon.

— Nous n'étions pas intéressés par la rançon.

Un tapotement : Ada frappait doucement les barres du bout des doigts.

— Nous voulions faire croire que Miriam avait été enlevée, puis tuée par ses ravisseurs, et nous aurions pu alors récupérer l'argent de l'assurance. Mais Dewberry a dit qu'il n'avait pas le cœur de tuer la jeune fille, donc nous avons opté pour le plan B. Nous allions la marier. Pendant son temps passé en Amérique du Sud, Dewberry était entré dans les bonnes grâces de toutes les vieilles familles de Buenos Aires. Il a appris que ce garçon, De Cuellar, devait hériter dès qu'il serait marié. Donc nous nous assurerions qu'il serait *bien* marié.

Raft soupira, sans se rendre compte qu'il avait retenu son souffle.

— À Miriam Dewberry… qui n'était pas une femme du tout.

— Une simple formalité, cher frère. Dewberry savait que le jeune De Cuellar n'avait aucune difficulté quant à la question du sexe d'une créature.

« La toile s'envola au loin vers l'eau. »

— La fille du bordel, Christina Vazquez.

— Tout à fait. Nous l'aurions marié à Miriam et aurions récupéré son argent pour le diviser entre nous. J'aurais laissé Schlessinger, et Dewberry aurait pu… l'emmener au diable, s'il le voulait.

— Et Lord Dewberry t'a crue quand tu as dit que tu garderais le secret ? Pourquoi ?

Il y eut un long silence, et Raft, confus, tourna son visage vers l'endroit où il avait entendu sa voix pour la dernière fois.

— Ada ?

— J'ai gardé ton secret, non ?

Je vais le dire à Père. Je vais dire à Père que je vous ai vus, Harry et toi, dans le grenier à foin. Je dirais à Père et il te fera partir et il t'enfermera dans une pièce sombre et personne ne saura plus jamais que tu as existé, jamais ! Tu mourras là-bas ! Tu mourras !

C'était Dewberry qui avait envoyé la fille, Christina Vazquez, sur la rivière, sur la barge, mais l'inscription, « La dame de Shalott » avait été l'idée d'Ada. Ada, dont le sens de l'humour avait toujours été mesquin.

— C'est toi, la femme qui est venue dans mes appartements, ce soir-là… la dague, elle appartenait à Schlessinger ?

— Très bien. Tu sais, tu n'es pas aussi idiot que je le pensais. Nous n'arrêtions pas de devoir penser à de petites diversions, pour toi, pour t'occuper.

Sa voix se durcit.

— À plus d'une occasion, tu as failli découvrir toute la vérité, toi et ton satané freluquet.

Il choisit d'ignorer la pique envers Cholmondely.

— La vieille femme qui gardait Miriam Dewberry prisonnière, la femme qui s'est occupée d'elle. Qui était-elle ?

— C'est Dewberry qui l'a embauchée. Nous l'avons trouvée près de Saint Giles, en train de vendre des pommes. Elle était en très mauvais état. Elle aurait fait tout ce que nous voulions en échange d'un peu d'argent, d'un peu de gin, et d'un lit dans le quartier des domestiques.

Bien sûr : le lit vide dans le quartier des domestiques, là où Raft et Cholmondely avaient fouillé, chez Dewberry.

— Vous avez fait tout ça... tous les deux... toi et Lord Dewberry. Pourquoi ?

Ada tendit la main derrière les barreaux et attrapa sa main, pour la tenir.

Le compagnon de Raft fronça les sourcils, mais Raft le rassura.

— J'étais amoureuse de lui.

Le vent hurla entre eux, froid et sauvage.

— Comment vont tes yeux ?

— Je suis... aveugle.

— J'en suis tellement ravie.

Elle ronronnait presque. Ses doigts se resserrèrent sur son poignet, écrasant sa main.

— Cela fait longtemps que j'avais envie de te faire ça.

Raft sentit les muscles de l'autre homme se tendre.

— Arrête, dit Raft. C'est exactement ce qu'elle voudrait.

Ada pressa son visage contre les barreaux et fanfaronna.

— J'espère que tu es heureux, Philemon ? Tu te souviendras toujours de mon cadeau d'adieu !

— Par ici.

John Gallant guida Raft pour reprendre le chemin d'où ils étaient venus, son contact doux et ses manières assurées.

— Nous n'en avons plus pour longtemps.

— Ah, Monsieur Gallant. Ou devrais-je vous appeler par votre vrai nom ?

Gallant sourit.

— Vous en souvenez-vous ?

— Hmm... non, dit Raft en souriant.

C'était la première fois depuis très longtemps qu'il avait envie de sourire pour quelque chose.

— Désolé.

— Ah, eh bien, répondit Gallant en resserrant sa main sur le bras de Raft. Cela vous reviendra.

Ils rejoignirent la calèche qui les attendait et Raft grimpa à l'intérieur.

— Voilà une tâche douloureuse dont je suis bien heureux de m'être débarrassé.

Il tâtonna à la recherche de la main de l'autre homme et l'agrippa.

242

— Merci, ajouta-t-il, en ayant soudain les larmes aux yeux. Pour tout.

— Encore un arrêt, maintenant, et nous aurons terminé.

Raft resta perplexe.

— Un autre arrêt ? Où ?

— Je lui ai promis que je vous emmènerai là-bas directement, dès que vous en auriez terminé avec Ada.

Gallant ajusta le plaid autour des jambes de Raft.

— Je détesterais le laisser tomber. Il a fait un si long chemin.

La nuque de Raft le picota et il frissonna.

— Qui ? Qui a fait un long chemin ? Qui est-ce ?

— Vous verrez.

Gallant cria quelque chose au cocher et la calèche se mit en route, laissant Newgate Gaol derrière eux.

— Je vous le promets.

LA TOMBE était cachée dans un coin du cimetière de Kensal Green, entre deux grands hêtres. La pierre tombale était simple et banale, l'épitaphe une gerbe de blé brisée, et en dessous, les mots : PHILLIP DEVLIN – IL A SERVI SON PROCHAIN. Raft s'agenouilla et traça les lettres d'une main, après avoir retiré son gant.

— Inspecteur Devlin. Bon Dieu, je ne m'étais pas rendu compte que…

Gallant inspira lentement.

— Cette affaire avec l'éditeur, il y a quelques années. D'après ce que j'ai compris, il y avait du mauvais sang entre eux. Devlin avait accusé cet éditeur, Smellie, je crois, d'être revenu sur une série de contrats. Apparemment, l'horrible épouse de cet homme a embauché son beau-frère pour trouver Devlin et… eh bien. Ils l'ont trouvé dans le North Yorkshire, une balle dans la tête.

Gallant trouvait que c'était un lieu de repos serein et magnifique, peut-être un lieu de repos nécessaire pour quelqu'un qui était mort aussi violemment que Devlin.

— Vous le connaissiez ?

Gallant, malgré tout, pouvait parfois se montrer délicat : il était pleinement conscient de son statut ici, comme un intrus.

— Pas bien… nous nous croisions parfois dans le couloir.

243

Raft se souvenait de lui : mince, des muscles noueux, des yeux sombres dans un visage pâle et fin, et une touffe de cheveux d'un roux sombre.

— C'était un homme bon.

Devlin avait aussi eu un constable du nom de Freddie, même s'il n'avait rien à voir avec son propre Freddie Crook, qui était censé s'être noyé dans la Tamise. D'après les rapports officiels de Scotland Yard, il s'était suicidé. Depuis ce jour-là, Devlin n'avait été que l'ombre de lui-même, vidé de sa vitalité ; lui aussi était mort, une année ou deux après son constable. Raft s'était souvent demandé si Devlin et lui avaient été amants, s'ils avaient décidé que le risque en valait la chandelle.

— Je pense que vous êtes son héritier, si l'on peut dire.

Raft se tourna vers la voix de Gallant.

— Que voulez-vous dire ?

Il se releva, ses genoux protestant comme toujours.

— Vous semblez avoir décidé de faire appliquer la justice, continuant ainsi là même où l'inspecteur Devlin s'était arrêté.

Gallant le regarda intensément.

— Beaucoup de vos collègues policiers ne se donneraient pas la peine.

— Je pense que vous êtes trop dur avec les forces de l'ordre, Monsieur Gallant. Je ne pense pas vouloir continuer à vous écouter.

Raft fit mine de partir, mais la main de Gallant sur sa manche l'arrêta.

— Attendez, dit Gallant. S'il vous plaît.

Il soupira, attrapa la main de Raft, et la glissa au creux de son bras.

— Vous ne pouvez guère vadrouiller par ici. Le sol est vraiment traître.

Il éloigna Raft de la tombe de Devlin.

— Dois-je vous expliquer ce que je fais ici ?

— S'il vous plaît, répondit Raft sèchement. Le suspense me tue.

— J'ai passé l'année dernière en Amérique du Sud, et j'ai travaillé un peu pour Monsieur Jeremy Hoare.

Raft se figea.

— En Amérique du Sud ?

— Oui, en Argentine, pour être précis. J'y suis allé à la demande de Monsieur Hoare pour espionner un peu pour lui. Lord Dewberry a toujours une maison à proximité de Miramar, et nous avons décidé qu'il serait utile qu'un autre anglais garde un œil sur votre Constable Crook.

— Freddie est allé en Argentine pour espionner Lord Dewberry.

Les poings de Raft se serrèrent.

— Que diable faisiez-vous là-bas ? Et pendant que nous y sommes, j'aimerais comprendre ce que vous faisiez à l'hospice Mile End.

Un vent froid jaillit du Nord et Raft resserra son manteau autour de sa gorge.

— Vous n'étiez pas le maître de l'hospice.

— Et vous n'êtes pas policier, cracha Gallant. Malgré tout, nous sommes ici.

Il saisit le bras de Raft et l'attira vers lui.

— Freddy Crook est allé en Argentine pour trouver un remède à sa dépendance au laudanum. Pensez-vous que je l'ignorais ?

Il rit doucement.

— Allons. Vous me connaissez sûrement mieux que cela.

— Je ne vous connais pas du tout.

Raft libéra son bras et avança de deux ou trois pas, avant que la réalité de sa situation le frappe, assez littéralement, en plein visage.

— Philemon.

Gallant écarta la branche incriminée et récupéra Raft de l'autre main.

— Vos souvenirs ont commencé à refaire surface, n'est-ce pas ? Cette marque sur votre poignet, vous savez aussi bien que moi que ce n'est pas accidentel. Et il y a d'autres choses, votre rythme cardiaque, la teneur de vos rêves, la conviction inéluctable que cette vie mortelle n'est pas tout à fait réelle.

Il soupira.

— Je suis la seule chose que vous ayez juré de ne jamais oublier.

Il fouilla dans sa poche et en sortit une montre toute abîmée, conçue d'un métal étrange qui brillait de son propre feu occulte. Il la posa dans la main de Raft.

— Tout comme votre presse-papier en verre, voici mon tel'ambrii. Je suis désolé, vous ne reconnaîtrez plus ce mot. Ce n'est pas grand-chose. J'ai dû faire avec ce que je pouvais trouver, avec un préavis assez court.

Sa voix était teintée d'amertume.

— Vous vous souvenez peut-être que je ne faisais pas parti des Élus.

Quelque chose refit surface dans l'esprit de Philemon Raft : un éclat de souvenir.

— *Les Élus. Nous partons.*

Derrière ses yeux aveugles, il vit sa propre main faire glisser un panneau en métal et en verre.

— *Nous partons.*

Il lui rendit la montre.

— Ils s'en sont mieux sortis avec vous, dit Gallant. La *tabula rasa* parfaite.

Raft ignora l'insulte implicite.

— Et qu'en est-il de Thomas Charles Rennie ? Des choses que vous lui avez faites ?

Gallant grogna.

— Oh, pour l'amour de Dieu ! Je n'ai rien fait à Thomas Charles Rennie qu'il ne souhaitait pas. Oui, nous nous sommes rencontrés pendant que j'étais en vacances. Oui, nous avons profité l'un de l'autre. Il était obsédé par les vampires. Il aimait que je le morde. Ce n'est pas différent des choses que vous avez faites et que vous faites encore avec votre beau constable.

— L'avez-vous hypnotisé pour lui ordonner de tuer ?

— Philemon, je vous le jure, je n'ai jamais hypnotisé quiconque, dans cette vie ou dans une autre. Rennie était un fou, vous le savez. Bon sang, vous avez vu son comportement de vos propres yeux.

— Pourquoi étiez-vous à l'hospice ?

Gallant haussa les épaules, même s'il savait que Raft ne pouvait le voir.

— Cela m'amusait. Parfois… je m'ennuie.

— Et pourtant, vous avez tué certains des habitants de l'hospice… pour votre propre plaisir malade.

— Je n'ai tué personne, répondit Gallant en se forçant à se calmer. Jamais… je ne suis plus qui j'étais, autrefois. Je ne serai jamais cet homme de nouveau. S'il y a une chose que vous devriez savoir, c'est celle-ci.

Ils marchèrent en silence un moment, et une sorte de contentement étrange sembla les entourer, les influencer de façon bienfaisante. Galant prit le bras de Raft, lui offrant de temps à autre des directions à voix basse ou écartant les obstacles de son chemin.

— Je n'ai pas eu de nouvelles de Freddie depuis des semaines.

La voix de Raft avait l'air étouffée.

— Je pense… je veux dire, je crains…

— Il va bien.

Gallant parlait d'un ton ferme.

— Croyez-moi. La décision de rester silencieux était mutuelle : étant donné que le Constable Crook et moi-même étions entrés dans les bonnes grâces de la maisonnée de Lord Dewberry, la suspicion a commencé à croître, comme quoi nous nous étions retrouvés parmi eux pour des raisons autres que celles que nous avions évoquées. Nous avons rassemblé beaucoup de preuves impliquant Lord Dewberry dans un nombre de transactions illégales. Comme votre chère sœur nous l'a dit…

À cet instant, Gallant laissa échapper un court rire désagréable.

— Dewberry était enfoncé jusqu'au cou dans la crise de la banque Baring. Le Constable Crook et moi-même ne voulions pas interférer dans votre enquête sur lui, donc nous avons décidé de cesser toute communication avec l'Angleterre. Nos lettres et nos télégrammes étaient souvent interceptés et lus, et nous aurions été stupides de risquer cela. De temps à autre, des lettres étaient envoyées à une fausse adresse, à Kensington, et Crook et moi nous rendions régulièrement au bureau télégraphique. Voilà pourquoi vous n'avez eu aucune nouvelle de lui.

Ils passèrent les portes du cimetière, et c'est à cet instant que Gallant s'arrêta.

— Si vous voulez le châtier, toutefois, je vous prie d'attendre que je sois parti.

Il fit signe à un jeune homme qui se tenait debout de l'autre côté de la rue, les mains dans ses poches.

— Le voilà.

Galant lâcha le bras de Raft et s'écarta.

— Mon cher inspecteur Raft, nous nous reverrons sans doute très bientôt, mais jusque-là, je vous laisse aux soins de mon ami. Votre Shakespeare avait raison : *Les voyages sont finis quand les amants se sont rencontrés.* Au revoir.

Il grimpa à bord de la calèche qui attendait, et sans plus tarder, s'en alla.

Freddie Crook contempla Raft pendant quelques instants avant de parler.

— Phil.

Sa gorge se serra.

— Ils m'ont informé de ton accident. Oh, mon chéri… je suis tellement désolé.

Raft avait l'impression de s'être endormi et de rêver, ou qu'il était éveillé et était victime d'hallucinations. Il faudrait qu'il pense à mentionner

247

cela au Docteur Carr quand il le reverrait. Il se demanda comment il allait rentrer chez lui, maintenant que Gallant, ce goujat, s'était enfui avec la calèche. C'était bien le genre de Gallant de faire ces choses-là, sur un coup de sang.

— Pourriez-vous me héler un fiacre ?

— Phil. Phil, c'est moi.

Ses mains se posèrent sur les épaules de Raft et Freddie l'attira dans une étreinte, ne se souciant pas d'être vu.

— Mon chéri. Je suis si heureux d'être rentré.

Cet homme avait la voix de Freddie, il faisait apparemment la même taille de Freddie, et portait son eau de Cologne. Les bras qui tenaient Raft étaient ceux de Freddie, forts et assurés, et cela ne pouvait signifier qu'une chose.

— Freddie ?

— Oui.

Raft tendit la main pour toucher son visage, pour s'assurer que Freddie était réel et pas uniquement la manifestation d'un rêve pieu.

— Tu es rentré.

— Oui, Phil. Je suis rentré.

Il desserra son emprise sur Raft, conscient de spectateurs éventuels, mais garda une main sur l'épaule de l'autre homme.

— Je suis rentré et je compte bien rester.

— Ada m'a frappé avec un vase. J'ai des problèmes avec mes yeux.

Freddie essaya de chasser ses larmes.

— Je sais. Le Docteur Ponsonby me l'a dit.

Il serra l'épaule de Raft.

— Ne t'en fais pas. Nous allons trouver une solution. Je m'occuperai de toi. Je te le promets.

— Freddie, je ne peux pas voir, dit-il en déglutissant difficilement. Je ne sais pas si je reverrai un jour. Je serai peut-être ainsi pour toujours. Je ne pourrais peut-être pas…

— Je m'en fiche.

C'était vrai.

— Je resterai avec toi pour toujours, Phil. J'ai passé une année loin de toi, et c'était horrible. Être sans toi, c'était comme me réveiller et me retrouver dans un monde mort.

Les bras de Raft se recouvrirent de chair de poule.

— Oui.

Nous devons y aller. Il n'y a plus de temps.

— Un monde mort. Oui, exactement.

— Une voiture nous attend, dit Freddie en prenant son bras très doucement. Rentrons chez nous.

— Oui.

Raft laissa Freddie l'aider à monter dans la calèche.

— Faisons ça. Je veux rentrer à la maison. Je veux rentrer à la maison.

Par J.S. COOK

Devenir poussière

Publié par DREAMSPINNER PRESS
www.dreamspinner-fr.com

www.ingramcontent.com/pod-product-compliance
Lightning Source LLC
Chambersburg PA
CBHW031211260626
47169CB00007B/2014